怪城少女

劉思坊

目次

推薦序

說故事的技藝與力量

臺灣師範大學國文學系教授　石曉楓

當思坊還不名之為「思坊」的時候，她是臺灣師大國文系現代文學課堂上的一名女生。當時我教的是「二十世紀世界華文文學史」，印象中大男孩們總對我的提問應答如流、侃侃而談，思坊則非常安靜地坐在教室角落。我當然閱讀她的每週心得，也約略知曉思坊參與了校內的「師大寫作協會」社團，在「盈月與繁星」（啊，這早已成為時代的眼淚了）BBS站上發表文章，但相較於她的閨密文藝少女們，思坊仍是非常低調的存在。

幾年後，在政大修習過碩士學位，並前往美國加州大學爾灣分校就讀博士班的思坊，不聲不響地出版了處女作《躲貓貓》。閱讀散文集，但覺她文筆輕俏多姿、舉重若輕，與大學時代的印象頗有差別，好像重新認識了思坊；而字裡行間的話語，彷佛也像周慕雲樹洞裡的祕密一樣，隔著迢遙時空，在向我訴說著什麼。我寫信告訴她這些感受，與此同時，臉書上見到的思坊愈發靚麗且充滿活力（雖然其時她可能正處於論文煉獄中）。直到畢業十餘年後，我們再度會面，她已經又推出了小說集《可憐的小東西》，場景大部分是去國之後的異鄉空間，十餘個精緻短篇，在各種文學獎加持之外，印證了續航力極佳的寫作才華。

在散文、短篇小說集相繼出版之後，而今，思坊終於完成了她的首部長篇書寫。《怪城少女》曾以《城南怪事》為名，入圍二〇二三年的「臺北文學年金」獎助計畫，「城南」、「少女」，含括了「臺北地誌」與「成長書寫」兩層內涵；而在前後兩種命名中堅持保留的「怪」，則決定了全書的風格屬性。小說由加勒比海旁的臺灣邦交國貝里斯起筆，即將升上國小六年級的劉可可，與父母到中美洲進行移民體驗旅行，在一趟鬼使神差的迷途中，困於洞穴千年的馬雅女子「水晶夫人」，竟然隨可可返臺。於是揉合了亡靈、夢境、鬼屋、幫派介入等通俗元素的故事奇幻登場，隨著可可與堂兄妹的都市探險歷程，鎔鑄成一則成長傳奇。

小說以第一人稱視角，帶領讀者在一九九〇年代的臺北城南遊走。就讀於臺北市幸安國小的劉可可，偶爾會隨父母去麗水街的「京兆尹」、永康街的「誠記」大快朵頤，更多時候則是待在阿公家的「綠寶石屋」消磨長日。綠寶石屋所在的「埤仔腳」位於大安區新生南路與仁愛路之間，在當地進行都市更新以前，阿公家只是個破舊的拼裝屋，但鄰近的豪宅外牆卻是雍容的玫瑰色大理磚，大門前是寬敞的車道。相隔幾個巷弄外的尋常祖厝，竟像是都市裡醜陋的肉瘤，劉可可在與同學的互動中，開始意識到「貧窮」、「小康」、「富裕」等社會分層結構的存在。

臺北地景空間的遊走路線，一方面捕捉了「埤仔腳」在一九九〇年代中期的懷舊殘影，另一方面也推進了時代變遷中的諸多問題。除了階級分層問題之外，隨著黑道、財團介入收購老屋，作者帶出臺北城南土地開發的亂象，以及伴隨而來的家庭危機、社會問題等。而可可浪遊城市的時間點設定於一九九五至一九九六年間，其時又正逢中共導彈危機、臺灣第一次進行總統直選，飛彈演習與武力威脅，引發了一九九〇年代中期的移民潮。以這些歷史現實為背景，臺灣在上世紀末的社會、政治與外交情勢，遂成為牽動庶民日常活動的重要因素，例如可可父母在位階關係考量下的貝里斯移民狂想，以及階級流動困難下購屋的種種決定等。

可以看出，思坊在時代感的考察與形塑方面，思考是非常細密的。《怪城少女》全書分卅六節，各節多以一九九〇年代的歌曲命名，我以為這樣別具慧心的設計，讓全書充滿了音響感，讀者在故事線流暢的進行過程中，彷彿耳邊也自攜配樂。隨身聽與錄音帶、包青天與美少女戰士，共同譜寫出世紀末的可可日常又非常的生活。

《怪城少女》實在是一部好看又具有文學性的小說，在兒童的限制性視角下，讀者可以覺察到十二歲少女隱微的孤獨，父母時有紛爭、父親疑似外遇，可可又被被誤會有說謊習慣，以致必須服用精神科藥物。她之所以產生姊姊幻覺，源於作為獨生女的寂寞；她之所以擔慮自己故障、壞掉，源於被消失、被漠視的想像與恐懼。小說在歷史、城市變化與成長的軸線裡，一方面嘲弄了成人世界的虛偽與現實，另一方面也不無蒼涼地暗示，可可最終或許也可能長成自私的大人。無怪乎在國難、家難的煎逼中，可可必須以童稚輕鬆的語調寫出生存之艱難：

「能讓我活下來的，就是真實的地方。」

於此，說故事的虛實意義被帶出。我以為關於真實與虛構的辯證，關於創作本質、意義的提問，是隱藏在成長敘事中，創作者對自我所進行的靈魂拷問。為何眼見為實的事，世人才願意相信？為何可可所聽到的（蛇）、所感覺到的（姊姊）會被認為是假的？對孩童而言，幻覺有時便是想像力的釋放，也是故事的起源。換言之，我所感覺到的比你所看到的更真實，這難道不是說故事的前提嗎？來自異世界的水晶夫人告訴可可：「真實不能只從自己的視野感受來決定」，「我要妳用自己的話，說出世界真正的樣子」。因此可可必須動用氣味、聲音、觸覺等感官來理解世界，甚至必須暫時失去視覺，以感知所謂「真實」的世界。

如何說出世界真正的樣子？在小說裡，大人世界裡有欺騙、自私、營利、迫害等各種鬼故事，孩童世界則有可可的野臺秀與奇幻寓言。劉可可一出場就認知到：「我生來就是要說故事的。」對可可而言，故事所產生的魔力與喜悅，在於可以從當下處境逃遁，探索現實之外的真實。於是在小說裡，我們看到作者不斷剝開一層又一層的故事：水晶夫人的故事，可可說的鬼故事，父母、師長演繹各種版本的成人鬼故事（水晶夫人說：「作為交換，妳得一直跟我說故事。」）

說故事的力量正在於某個神祕時刻，它倏地觸動並改變了成長的進路，這種虛構的愉悅，最終足以讓可可充滿耐心地讓時間慢慢走過，並在自己想像的神祕世界裡，長成一個有意義的人。回應到小說篇首的引文，說故事者難道不是那隻領路回家的普啾鳥？旅人返家了，而普啾鳥將帶著內心巨大的洞，飛進黑暗裡，繼續尋找更多的故事。

思坊在日常生活裡勤練瑜伽、Barre、芭蕾、馬拉松，那是對身體有意識的鍛鍊。而寫作技藝則是關乎靈魂的鍛鍊，我能感覺到在這種鍛鍊中，思坊得到了生生不息的力量與喜悅。虛構的力量無以倫比，所以，一定要帶著故事魔法繼續走下去，這是我對思坊真切的祝福與期盼。

孩子，一個由成人的遺憾所形塑的怪物。

——尚－保羅．沙特

不要忘了妳是一個女孩，妳轉生的真正意義也在此。

——《美少女戰士》

在猶加敦半島地區，有種鳥叫普啾鳥（pujuy），牠的羽毛是灰燼般的哀戚顏色，總在日與夜交接的黃昏時刻，飛到旅人眼前的泥土路上。牠是個領路者，一邊唱著歌，一邊引著旅人回家。沒有人聽得懂牠在唱什麼，只知道牠的歌曲調哀傷，彷彿鳥兒內心有著巨大的洞，彷彿牠已經失去了所有的希望。等到旅人平安回到了村莊，一路伴隨他的普啾鳥便振了振翅膀，頭也不回地飛進了黑暗裡。旅人想答謝，總已經太晚了。

——猶加敦馬雅鄉野傳說

01 飄洋過海來看妳

看過紅色的土嗎？

從前，我只看過黃褐色的土。在連著幾日都沒下雨，晴朗無雲的天氣裡，臺北市的土壤是淺黃色的，像蔡老師常常夾在腋下的牛皮紙袋顏色。在小公園，我常蹲在盤根錯節的老榕樹中間，盯著黃土壤上無數個圓球堆成的小山丘瞧，猜想誰有這麼小的手指，可以捏出如此細小的圓球。

「不要亂碰，那是蚯蚓的屎。」阿公提醒我。

我從口袋裡拿出特地帶來的鐵湯匙，壓了一下這金字塔般的屎，瞬間這偉大的建築就變成了扁平的小鬆餅。我還喜歡在地上挖大大小小的洞，把洞裡挖出來的土都集合成一個塚。乾季的時候，土摸起來粗而硬，不似培樂多黏土般有彈性。我吐點口水混合，勉強可揉捏出幾隻面目扭曲的小貓小狗。

但那幾天在加勒比海旁的陌生國度貝里斯，我看到的土都是紅色的。

所謂的紅，並非像血液般鮮豔的紅，也並非像酒漬般黯淡的紅，而是充滿生機的番茄紅。紅土聞起來有新雨和朝陽的氣味，也有種在漫長時間裡悶熬過的厚濁氣味。我抓了一把土，在太陽下仔細瞧，土壤裡成千上萬微小的顆粒閃閃發亮，如小眼睛般眨啊眨的。

我們租來的車子在紅土上奔馳，揚起兩道塵沙，早上才洗過的窗子，又被飛塵所覆蓋。有時我打開窗，想要看清楚外面的景色，媽媽就吆喝我把窗子關起來。

「妳不怕過敏嗎？」她提醒我。

她忘了我們現在不在臺北。在這個幾乎沒有開發工程的貝里斯，沒有空氣汙染的問題，我的鼻子得到重生，從原本紅腫阻塞的廢棄器官，變成順暢敏捷的接受器，把周遭環境裡各種氣味都無條件地吸納進來。

只是這裡沒有現代道路，到處都是原始的紅土路，我的臉一下子就被飛土覆蓋成褐色，媽媽頻頻回頭，叮囑我擦把臉。紅土路不似臺北的柏油路那般平穩，行駛在上頭的車子搖搖晃晃，彷彿隨時會翻覆。我的身體像是在冬天裡打哆嗦的流浪狗，連五臟六腑都在劇烈震動。媽媽回頭時，我看見她的臉頰抽搐，下巴皮膚左右晃動，看起來比我更像隻哈巴狗，我忍著想把媽媽的臉皮往兩邊拉扯的衝動。

即使離開了車子，站在平地上時，這震動感還是停留在身體裡。先是腳掌中心傳來了微微的脈搏聲，接著再往上傳遞到小腿大腿，最後延續到了心臟，與我的心跳合而為一，怦怦作響。

自從臺灣總統李登輝受到美國康乃爾大學邀請，計畫赴美一趟，中共武力演習相關新聞就層出不窮，臺灣的移民公司也乘機在報紙一角刊登各國移民廣告。爸爸被幾張白沙灘上的椰子樹風景照所吸引，盯著「移民貝里斯」幾個大字猛瞧。

免投資，免面談，輕鬆擁有居留權。

六百坪花園別墅土地，只須臺幣五十五萬元，再送您貝里斯居留權。

他買了張世界地圖，在加勒比海附近找到了貝里斯這個國家，用綠色螢光筆圈了起來。看著這塊陌生的土地，他的眼神迷離，嘴角上揚，連說話都變得溫柔。

他對著媽媽說：「貝里斯不大，大約佔臺灣三分之二大小，是臺灣少數的邦交國之一。妳看，貝里斯距離美國不遠，又是英語系國家，像我們這種沒有錢、沒有技術移民到美國加拿大的人，現在居然有這個這麼好的選項，根本像做夢一樣。」

他低頭繼續對著我說：「誰說沒有錢就不能做移民夢？可可妳要知道，老天若關了一扇門，就會打開另一扇窗。沒有錢沒關係，有靈活變通的腦袋更重要。貝里斯跟夏威夷有什麼不一樣嗎?沒有嘛!都是陽光沙灘和仙人掌。我們去度假個幾年,等妳把英文練好,就能去美國上大學了。哈佛啊、耶魯啊,妳想去哪裡就去哪裡,我就是妳的老船長,帶著妳環遊世界!」

那陣子,家裡難得彌漫著一股難得的幸福氣氛。但在學校裡,同學們常常面露緊張神色,討論中共飛彈打臺灣的新聞。他們吵著這飛彈最好落在某某某家,把他們討厭的同學屁股都炸爛,說著說著,一夥人發出土狼般嘻嘻的奸笑聲。

我們跟著移民仲介公司的安排,在貝里斯的聖佩德羅過了幾天悠閒的海島生活。聖佩德羅果然像是夏威夷,到處是美麗的海岸和度假村。只是和太平洋蔚藍的海不一樣,大西洋的海水是綠色的。近看是介於檸檬與萊姆之間的黃綠色,讓人想放個吸管進去喝喝看。遠看,這綠色就更深了點,如同貓的碧綠眼,神祕不可測。

幾天後,我們坐船回來貝里斯市,參觀這裡的社區、商圈、學校。房地產公司的人甚至帶著我們看了幾間房子。他們說,這裡是華人主要的生活圈。但這幾天我們除了移民公司的人以外,只看到零零星星少數幾個會說中文的人。大多數的人皮膚黝黑,五官深刻,身材矮小,說著西班牙語和英語,睜大著眼好奇地盯著我們。

這裡沒有任何百貨公司或現代化的商店,連柏油路都非常少見,學校破破爛爛,連房子也都簡陋如鄉下農舍。紅土路上常有晒太陽的大蜥蜴。媽媽看到兩公尺長的爬蟲類忍不住尖叫，退回屋裡去，被這世界的粗野蠻荒嚇得臉色慘白。

但我蹲在地上，和大蜥蜴對視。大蜥蜴十分鎮定，先是看了我一陣，接著扭一扭粗壯的脖子，轉過頭去，挪移身子準備離開。我跟在牠後頭，牠走了幾步又回頭看，像是在警告我。最後，牠在走進樹叢之前，忽然把脖子抬高，大嘴一張，把一朵垂墜的紅色朱槿花吞了下去。牠目視著另外幾朵位置比較高的花，大嘴又一張，但身體卻無法再抬高了，牠的脖子最多就只能伸到這個程度。

我幫牠把花摘了下來，放在牠的頭頂上。

大蜥蜴不動聲色地瞪著我，不知如何反應，停格幾秒後搖擺著身子走進樹叢裡。我怪牠不但不感激，還敢忿忿不平地離開，好像在氣我多管閒事一樣。但牠頭上那朵鮮豔的紅花，仍牢牢地蓋在牠的頭上。這下，大蜥蜴變成了三八阿花，惹得我在旁呵呵大笑。

爸媽兩人無視大蜥蜴，他們待在旅館的房間裡默不出聲。他們也無視每天掛在樹上的黑色猴子。當地人稱這種猴子叫「吼猴」，因為牠們的叫聲深厚綿長，在很遠的地方都聽得到。儘管吼猴不斷發出如恐龍般的鳴叫，但爸媽彷彿還是什麼都聽不到，整趟旅程兩人都保持著沉默。旅館房間內安靜緊張，像是大雨來臨前的氣氛——空氣飄浮著鐵鏽般的氣味，白蟻都飛到了燈前，但外頭的世界卻暗了下來，靜悄悄一片，彷彿這世間的萬物都屏住氣息，正在等待天崩地陷前的第一聲響雷。

最後幾天，移民公司的人讓我們自由去探險。於是，我們租借了一臺破舊沒有冷氣的車，往貝里斯中部的城市前去。

小鎮聖伊格納休在貝里斯國土的中西部，比貝里斯市更原始簡樸。小鎮中心有個傳統市場，攤販上擺著各種顏色但長得有些奇怪的水果。比如手掌大小但表面卻突出許多青色小尖刺的水果，據說名字叫「番荔枝」，但長得並不像我愛吃的荔枝，倒是更像釋迦。若拿來砸人，那流星鎚般的外殼絕對又比軟釋迦更有傷害力。又有外型像馬鈴薯但摸下去卻軟若柿子的東西，當地人卻稱之為「蘋果」。我在各個攤販上東摸西摸，發現每樣熟悉的事物當中都有些不尋常之處，拿原本既有的常識來比對，其差異之大總是讓我感到驚訝不已。

我拉動媽媽的袖子說：「妳看！好短的香蕉！」這些短香蕉大約只有我的手指長度，我將它整串拿起，擋住媽媽的視線。

「有什麼好看的。」她甩開了我的手，面無表情地繼續前進。

媽媽從抵達貝里斯市開始，就沒再笑過。她的眉頭緊緊往中間擠壓，兩眉的中間形成了個漩渦，見到了這漩渦，我剛揚起的驚喜就會被用力地拉扯進去，並沉溺在黑暗深處。我閉上嘴，跟在媽媽身後，不敢再對任何事好奇。

豔陽正午，我們在一家路邊餐廳吃完了烤豬肉和米飯。這幾天每餐都瀰漫著滿滿的玉米味，讓人食不下嚥。好不容易，在這家餐廳裡吃到了米飯，媽媽因而顯得稍微放鬆，她一進車裡，就將身子鬆進了座位裡，沉默了幾天的她終於開口和爸爸說話。

「當初說的不是這個樣子。」她的口氣還算溫和，只能算是個小小抱怨。

「我能未卜先知嗎？」剛吃完飯的爸爸似乎也不想吵架，也只是普通的回嘴。

「別人都是去加拿大、去美國。像那個企畫部的王經理，還有那個吳襄理，他們參加的都是美國團，加拿大團。」媽媽繼續加溫。

「妳也不秤秤我們家有幾兩重。」爸爸說。

這個氣氛讓我開始不安，午後的低氣壓雲團正在車頂凝聚。

車子在太陽正烈的時候前進，氣溫節節升高。我的頭上頂著風暴漩渦，身體跟著車子左搖右晃，體內器官強烈震動，加上一口氣吃了很多飯，這些全部集合成一股強大的力量，壓迫著我的腸胃。剛剛才吃進去的午餐，已經面臨往外噴發的危險。我的腦海不斷浮現以前去新加坡時看到的噴水魚尾獅，現在只要往肚子一壓，我肯定能噴出更遠更長的水柱。

每隔一陣子，我就得把從食道衝上來的食物吞回去，但爸和媽之間的對話，像是一雙粗猛有力的手，不斷想扳開我的嘴，讓裡頭的瀑布宣洩出來。

「我知道我們沒錢去美國加拿大，但也不能是這種我聽都沒聽過的地方。」媽媽說。

「錢我是都已經花下去了，妳不喜歡貝里斯，我也沒辦法。」爸爸說。

「你會在意我喜歡不喜歡嗎？這裡的學校，可可能適應嗎？在這裡我找得到工作嗎？你從來沒在考慮這些事。你只想到你自己。」

「怎麼變成我只想到我自己了，這是為了我一個人嗎？」

爸每說完一句話，就用手掌大力撞擊方向盤，風暴正式降臨，大事即將不妙。媽媽不想繼續說話，她的身體向右傾斜九十度，整張臉面對著側窗，把後腦杓暴露在爸爸面前。

「我想吐。」我再也無法壓抑突然湧上的胃液，對他們兩人說。

沒有人回應我。爸媽吵架的時候常常聽不見外面的聲音，也看不見外面的世界，好像他們的眼睛和耳朵都塞了張濾紙，只有對方尖銳的字句、挑釁的表情，才能鑽過濾紙，最後進入他們的心裡，如火苗般引爆預埋好的炸彈。見此情狀，我只能把這湧上的嘔吐物，再努力吞食回去。

我小心地把眼珠往後翻，想吐的時候，只要不斷翻眼珠，就能抑制胃的抽痛感，這是姊姊告訴我的祕訣。

爸爸繼續一邊撞擊方向盤，一邊大聲咆哮，而媽媽則開始用前額輕輕地撞著玻璃窗，發出規律的叩叩叩聲響。

我趕緊從包包裡掏出了隨身聽，按下了錄音鍵，隨身聽裡的兩丸黑豆眼便轉啊轉了起來。

我怎麼能錯過，這是一首不同於以往的交響曲：新的節拍，新的器樂，新的技巧。這也是姊姊教我的，要從生活裡發現不一樣的聲音。

隨身聽內的卡帶裡盡是我親自錄製的音樂。A面有范曉萱、林志穎和張雨生，迪士尼的《阿拉丁》、《獅子王》、《美女與野獸》主題曲。有時候一首歌還沒結束，另一首卻就迫不及待地開始。有時候下一首歌的音量比前一首大得多，害得我要手動調整耳機音量。雖然這卡帶有著各種瑕疵，但我對我的選曲還算滿意，常會主動多拷貝幾捲卡帶，分享給我的朋友。

但B面卻是我的祕密。我偷偷錄下這個世界的聲音。

鐵皮屋頂上的貓正在嚎哭；鄰居砸下的石頭在鐵皮屋頂上滾動，發出鍋碗瓢盆大合唱的聲音。安靜幾秒後，野貓居然又開始叫春。一扇窗戶被滑開，男人罵了聲：「幹，沒死喔」，又把窗戶關上。

從在貝里斯的第一天起，我就換上了新的錄音帶，標籤紙上整整齊齊地寫下：「貝里斯」三個字，並開始了我的錄製計畫。我錄下只夠十人坐的小飛機，螺旋槳快速轉動，像千百隻蜜蜂在耳殼旁舞動的聲音。我錄下在馬卡爾河的小舟上，船夫把櫓插進平靜的水面，奮力往後滑動時，河水被驚擾而發出的柔弱埋怨。我錄下了在樹叢裡的黑色吼猴，攜家帶眷，從一棵樹跳到另一棵樹上時，發出如迅猛龍般滄桑有力的嘶吼。我還錄下清晨時樹梢的鳥鳴，其樂句跨越八度音域，優雅動人，但牠卻只會這一段，不斷重複同樣的小節，像是一臺跳針的唱盤機。

「吵死。」媽媽大力關上窗戶說，「這裡的人不用睡覺嗎？」

媽媽的咒罵也錄了進去。

這個世界幾乎從來沒有全然寂靜過，任何時刻都充滿了各種有趣的聲音，比如爸爸上廁所時大便咚咚掉進水裡的聲音，媽媽打噴嚏後扭轉鼻子所發出小豬叫的聲音。還有他們互相辱罵的聲音，電風扇被高高舉起後撞向衣櫥時的聲音，電熨斗被甩落，蒸燙的水氣在地面上發出如野獸嘶吼的低吟。酒瓶迸裂水花四濺的聲音，房門摔進門框裡，牆壁像果凍般搖晃震動的聲音。

今天爸爸發明了手擊方向盤的搖滾節奏，媽媽頭撞玻璃的音效也以規律的四四拍子加入演奏，這充滿創意的新作一定要好好收藏。錄音機裡的兩丸黑豆眼溜溜地轉著，盡職地把這一切壓碾到磁帶上，我迫不及待想要和姊姊分享。

「可可，妳說要做什麼？」撞窗戶撞累了的媽媽突然問了我。

「我剛剛想吐。」我說，「但現在不想了。」

「喝點水？」

「不要。」

太晚了，嘔吐早就又被我吞了下去。

此時，我注意到車前景色的變化。

眼前的紅土路中間有條若隱若現的分隔線，初看以為不過是油漆畫的。但車子一靠近，那條線便移動彎曲，一群亮黃與黑藍色相間的蝴蝶，在車子前翩翩起飛。我凝神一看，果然不是實線，而是由成群的蝴蝶迤邐相連、沿路停駐而排成的直線。

「哇，爸，你看到了嗎？」

「看到什麼？」

「路的中間都是蝴蝶，小心不要壓到啊。」

「在哪裡？」

「就中間那條線。」

「中間哪有什麼線？」

爸爸轉頭看了媽媽，媽媽聳了肩。她整理了一下自己的表情，回頭問我：「妳今天吃醫生給的維他命了嗎？」

「當然吃了。」

「沒有騙我吧。」

「早吃了。」

窗外開始起風，遠處的蝴蝶集體隨風盤旋而上，但馬上又有一群蝴蝶悠悠降落，填補了原本的空缺。

「停車。」我說。

「休息一下，我又想吐了。」我堅持。

我下了車，門還沒關上就聽見他們又開始大聲吵起來，這次吵架主題肯定跟我有關，我先逃為妙。

我在蝴蝶排成的直線前蹲了下來。幾隻受到驚嚇的蝴蝶迅速拍翅飛起，雙翅張開時，翅膀上竟顯現出一對人類的大眼睛。

我驚訝地朝著地上的蝴蝶望去，這裡的每隻蝴蝶翅膀上都背負著不同的眼睛：有的含笑，有的微張，有的緊閉，有的怒瞋如銅鈴，有的驕傲睥睨。

有隻蝴蝶飛向了我，在我的面前上上下下逡巡，最後決定停在我的食指上。牠的左右翅膀有著不同的眼睛，一隻輕輕閉著，而另一隻眼角上揚。牠拍拍翅膀，眼神便不斷閃爍變幻。

這是個邀約，我一看就懂。

背後爸媽的吵架聲越來越大，我深吸一口氣，對著蝴蝶說：「好，我跟你走。」

02 你來自何方，你去向何處

在臺北的小公園裡，我是出名的洞洞危機製造者。我喜歡在泥土地挖洞，但挖了洞以後，卻常常忘記把土填回去。老人走過的時候拐了腳，先對著我大罵，再轉頭罵公園涼亭裡專注在象棋賭局的阿公。

「阿明，管一下你孫仔，她又在公園的地上『賭康』（挬空，tu̍h-khang）。」一個老阿媽說。

「什麼是賭康？我只知道賭博，我阿公在賭博。」我回答。

阿公馬上從涼亭裡竄了出來，雙眼瞪大，示意我閉嘴。

「賭」這個字的發音很好笑。賭爛，賭康，賭博。說這個詞的時候，整個人就像是圓胖胖的小丑，臉頰鼓如氣球，嘴唇像放屁一樣把身體裡的臭氣擠出來。

「妳幹麼在公園的土上戳這麼多個洞？難怪被罵。還有，賭博這兩個字不要大聲亂講。」

阿公怒氣沖沖地走向我。

我迅速藏好鐵湯匙，用腳把黃土撥進洞裡，掛起諂媚的笑臉：「阿公，你看！」

我指著地上青白色的破碎瓷片，那是我挖了一整個下午才找到的寶藏。這幾片甚至還可以拼成半個菊花的圖案。我在地上拼來拼去，不斷解釋：「這個啊，應該是乾隆皇帝的花瓶還是碗，我們要發財了。」

阿公蹲下，跟著我觸摸這幾片邊緣已經鈍化的破瓷。

「哭枵（khàu-iau）咧，妳看到了嗎？」他指著碎片的一角。

「這三個字，妳會唸嗎？來，公——賣——局。」他對著我大笑，「還乾隆咧。」

「哎啊，真的不是乾隆的？還是嘉慶君的？」我心裡雖然失望，但慶幸他已經忘記要對我生氣。

「學校沒有教嗎？乾隆和嘉慶君都沒來過臺灣。」阿公說。

「但歌仔戲有演。」

「歌仔戲是戲，不是真的。」

我握著破碎瓷片，手指沿著邊緣繞了一圈，想像它如故宮展櫃裡那些碗盤，被燈光照得璀璨發亮的樣子。哎，這不是真的寶物嗎？我感到遺憾，只好把瓷片埋回土裡，埋深一點好了，不然，多年以後，大概又會被哪個孩子挖出，而他也將因為看見「公賣局」三個字而大失所望。

在貝里斯，到處都是洞。路上是坑坑疤疤的小洞，小洞裡窩著晒太陽的蜥蜴，但有時候遇到的是大洞。當地人開車，若遠遠見到大洞，就會繞個極大的彎避開。爸爸一開始不知道要這麼做，直直開進了洞裡，車輪子便卡進了積滿雨水的大洞。當車子卡在前後無人的泥土路，兩邊的叢林裡又傳來如恐龍的吼叫聲時，爸媽滿臉驚恐，彷彿闖進侏羅紀公園一樣。

「猴子啦。」我說。

「猴子哪會這樣叫？」他們說。

「之前導遊講話，你們都沒有在聽。」

他們常常無法注意身邊發生了什麼事，別人說話的時候他們也從不認真聽。他們吵架的時候更是如此，就像現在，他們互射火箭飛彈，即使我已經離開車子附近的草叢，他們應該也渾然未知。

我在公路上遇見的蝴蝶，帶著我偏離了紅土路，往樹林裡的小徑走去。走不到幾分鐘，眼前的小河便阻擋了去路。小河的水清淺，河底鋪滿細小的石子，但流動的時候卻沒有半點聲音，乍看之下還以為只是一層透明玻璃。

蝴蝶沿著河岸往上飛行，我隨著牠走了幾步，便停留在河邊的泥地上。我看見泥地旁有幾個人類腳印，但仔細數一數，竟然只有四個腳趾。這該不會是傳說中的小矮人吧？我心裡一驚。導遊曾跟我們說，馬雅人相信在原始森林裡還住著小矮人。我舉手問：「他們長什麼樣子？比我矮還是比我高？」

移民考察團裡的其他團員說要唱〈雪中紅〉。導遊便放起了伴唱帶，完全不理睬我的問題。

河邊有棵巨大的樹，樹幹中間有個眼睛似的印記。我往上望去，濃密的樹葉在至高處圍成了巨大的圓盤，倚著湛藍色的天空。環繞在我身邊的是大樹的根部，這些根群如水泥牆般直直挺立，幾乎比我還高，我若躲藏在這樹根群裡，大概永遠都不會被發現。這種樹我認得，當地人稱之為「席巴樹」，是「生命之樹」的意思。我在樹旁大力呼吸，想要感受它偉大的生命，但過度換氣只讓我覺得頭暈。

蝴蝶在樹旁繞了一圈，耐心等我恢復正常呼吸。接著，牠再次露出誘惑的雙眼，引導我往樹的身後走去。

一道黑線橫跨在地面上，劃分了光明與黑暗兩個領域。大樹的正面被太陽擁抱，每片葉子都鑲著柔黃邊框。但樹的背面卻隱藏在黑暗裡，漆黑吞食了一切，我看不見樹的形體，枝葉的輪廓，只看見無止盡的黑暗。我往樹的背後看，原來是一個巨大的黑洞。

蝴蝶絲毫不猶豫地飛進了黑洞之中。我在洞口停下了腳步，猶豫不前。也許我應該回到車上，爸媽可能正在找我；也許洞裡有什麼危險，我不該貿然前進；也許小矮人並不是好人，如果遇到他們，搞不好我會被綁架。

我看著越飛越遠的蝴蝶，覺得對不起牠。

「再見了，蝴蝶。」我說。

如果我轉身，這趟冒險就會戛然而止。

每次都這樣。我不怕一個人玩、一個人長大、一個人數著時間等爸媽下班，但在這種時候，我總希望身邊能多一個人，比如說有個姊姊，如果她在我旁邊的話，一定會跟我說：「不要害怕，不要放棄，我們再往前走一點點，搞不好有什麼很棒的東西在等著我們。」然後我們就可以手牽著手，繼續勇敢前進。

但偏偏，我現在只有一個人。

我退回幾步，不料卻踩到一塊異物。把覆蓋的紅土撥開後，發現這原來是一塊深橘紅色的陶片。這陶片上畫有黑色紋路，看起來並非天然的礦物顏色痕跡，更像是經過人工設計的工藝條紋，上頭的圖案像是隻黑鳥，但也有點像隻雞。這隻鳥側身單腳站立，翅膀上長長的羽毛往後延伸到地上。搞不好是孔雀？反正再怎樣，都絕不可能是公賣局的破碗了吧。我到處翻轉細看，害怕看見陶片上有任何現代的商標字眼。

在附近的土地仔細繞了一圈，我發現只要用手指隨意在地上摳摳，就能掏出一塊塊陶片。我將陶片一一平放在草地上，其中幾片的圖形甚至是連續的。只要花點心思，慢慢挖掘，這些碎陶片肯定能排出什麼驚人的圖案。畢竟這一帶曾經都是古馬雅文明的城邦，荒廢千年後，又再次被茂盛叢林雜草所覆蓋。

天啊，我要發財了。如果姊姊在旁邊，我會拉著她的手轉圈圈。我將陶片塞入口袋，決定轉身追向小蝴蝶，一起進洞穴。要不是牠，我哪會這麼幸運？洞穴裡，搞不好又有更多寶藏。

山洞裡並沒有想像中的黑暗，巨大的洞口透進了大量的陽光，將山壁的細節照得透亮。河水是從山洞內流向外頭的，我逆著河水行進的方向，小心翼翼地在高低不均的石群中攀爬穿梭，直到眼前出現了一片細白的淺灘。

我脫了鞋，在淺灘的沙子上行走。

這裡的沙子宛若墾丁的沙灘，柔軟細膩，在沙灘上能留下深深的腳印。我想回頭喊媽媽過來看，卻想到只剩下自己一人了。但自己一個人似乎更好一點，反正我的發現永遠勾不起媽媽的興趣。如果她在這裡，肯定要我別碰這個，別摸那個，這裡髒，那裡噁心，別做這個，別做那個。

我蹲在山洞裡的淺灘，腳趾浸在冰涼的河水裡。貝里斯在中美洲，離臺灣很遠，光是坐飛機就十幾個小時，時差更是日夜顛倒。空間隔得遠，時間也就跟著抽長了，在臺灣的日子就好像是幾年前的事情一樣，變得有些模糊了。此刻，我在臺灣的同學們只能躺在沙發上看卡通，度過無聊的漫長暑假，而我卻在這裡撫摸清澈的河水，在鬆軟的沙灘上翻滾，甚至還可以挖土尋寶，搞不好還會因此發大財。這下，我便不再計較幾個月前他們是如何排擠我的。

突然間，洞口閃爍一道強烈的藍光，我還來不及反應，一聲巨響又轟隆霹下。這雷聲傳進洞中，在石壁間四處碰撞，彷彿喚醒了蟄伏在洞穴裡的老靈魂，從石壁深處傳出了低沉的吟唱。剛從幽暗石壁後頭傳來的聲音，又像乒乓球一樣，迅速反射到另一邊的石壁上。彈跳的聲音左右交疊，最後糊成一團如耳鳴般的嗡嗡聲。

我往外張望，陽光不知從何時開始已經被烏雲籠罩，洞裡的光線也已變得昏暗，洞前大樹上千百隻棲鳥因被雷鳴驚嚇而同時起飛，一陣嘰嘰喳喳，在洞裡，被風吹得左右搖晃的樹影在石壁上張牙舞爪。

見情勢不對，我當機立斷，這下得回去了。我的發財夢，先在這裡暫停。

「掰掰，謝謝你帶我來這裡玩。」我跟停在石頭上的蝴蝶誠懇說再見。

蝴蝶的翅膀緩緩打開，此時的眼神又和上次不一樣了。牠的雙眼微瞇，輕輕顫抖，彷彿對我的決定不太認同。

你不喜歡這樣，我也沒辦法啊。我猛然從沙灘上站起，準備轉身離開。這突然起立的舉動讓我頭暈目眩，沉重的氣壓從頭頂往我的脖子壓去，幾乎被壓矮了十公分。而一陣不明的刺痛忽然從腳底傳至心臟，彷彿洞外的閃電也打進了我的身體裡一樣。

抬腳一看，一塊尖銳的陶片刺進了腳掌，陶片周圍冒出汩汩鮮血，一滴一滴落入清澈的河裡。

我發出了哀號聲，眼淚幾乎衝破了眼眶，但這裡沒有其他人可以安慰我，我便快速吸乾了鼻涕眼淚，一鼓作氣拔出了陶片。洗清鮮血，陶片上竟有個清晰的白鳥圖案，翅膀上長長的羽毛也拖在地面上。我把方才在洞口找到的另一個陶片拿出來仔細比對，上頭的圖案竟然長得一模一樣。

這兩隻鳥原來是一對，雖一隻白，一隻黑，但大小體型，卻像雙胞胎一樣。我不加思索，幾乎本能地，把這兩塊陶片像拼圖般，接合在一起。

此時，地底傳來的震動逐漸擴大，這不再是我的錯覺。這幾天來血脈裡感受的微微震動已轉變為巨大的晃動，彷彿地底有人拿著大鼓槌敲著天花板，像在開封府前擊鼓申冤般猛烈。我再也無法站穩，最終跌坐在溪水裡。

「現在妳明白了吧？」突然間，洞穴的深處傳來了女人的聲音。

不明白，我怎麼會明白？洞穴裡怎麼會有其他人的聲音？這整趟旅程中，我遇到的當地人不是說英語就是西班牙語，在這裡我等於是個聾子。但現在，怎麼會忽然聽得懂人話？

我循聲張望，洞穴深處果然出現了女人的身影。我無法分辨她在地上行走或者在半空中飄移。總之，等我回神，她已披著一件單肩的連身白衫，額頭上戴著一條墨色頭帶，後面插滿了綠色羽毛。她的皮膚黝黑發亮，在遠處靜靜站立。

在黑暗中，我看不清楚她的臉，也看不清楚她的表情。

會不會是這兩個陶片招來的禍害？我張開手，像投降一樣，把陶片夾在左右的手掌指縫間。

「對不起，我不應該亂拿別人的東西。」我正準備開口說這句話，卻發現這話已經從我的心裡傳達出來，完全不需要述說。

「是普啾鳥牠們找到了妳。」她告訴我。

她也不須開口說話，我在腦裡便能清楚聽見她的聲音，她能用打印的方式把話語打進我的腦海裡。她也不需要自我介紹，我就能感受到她的氣息，她的存在。奇怪的是，我竟然不感到害怕，反而覺得好奇。這女人應該不是現代人類，但她也不像傳說中小矮人的長相，那她是什麼呢？鬼魂？神靈？妖精？困在過去時間裡的馬雅人？

「我想請妳幫一個忙。」女人說。「如果可以的話，請帶我走吧。」

「去哪裡？」我也試著用打印的方式，把我的問句印在腦裡。

「跟妳一起去妳來自的地方。」

「為什麼？」

「因為妳想要一個朋友。不是嗎?」她說。

「妳要當我的朋友?」我很久沒聽到這樣的話了,於是再確認了一次。

「妳願意嗎?」她誠懇地說。

我張望四周,洞穴裡一片漆黑,我已看不清腳下的河水與白沙灘,這裡變得又冷又寂靜。

我丈量自己的處境,深知這下我沒有選擇的餘地。

03 我想有個家，一個不需要多大的地方

我來自離貝里斯很遠的地方。貝里斯面對著大西洋；而我的家在臺灣，被臺灣海峽和太平洋所圍繞。大西洋和太平洋，或是古代馬雅和現代臺北，就像北極熊和南極企鵝，本不該相遇。

但在說到我真正的家之前，我得先介紹阿公阿媽的家。這個外祖父母之家，才是我每天放學後，必須先回歸的小窩。一直要等到夜裡，下班的媽媽才會去那裡接我回家。我不常在阿公阿媽家過夜，我自己也不以「家」稱之。但是，我怎麼想不重要，在我這個年紀，最重要的還是別人怎麼想。在學校裡，所有的人都認為阿公阿媽家就是我的家，因此，那也就是我的家了。

在臺北市幸安國小，我是第二小隊的路隊長。我們學校有四個小隊，依照學生的住家方位，把學生分成四隊。放學後，學生從學校的東西南北四個門離開。第一路隊從學校的東門口被釋放出來，戴著黃色圓帽的學生就像一群黃茸茸的小鴨，摩肩接踵地往北走。只是，走

到紅葉蛋糕店門口前，小鴨前進速度就趨緩，逐漸塞成一團。有的小鴨要求家長買冰淇淋蛋糕，有的要吃巧克力蛋糕。但既然不是誰的生日，就沒有理由買這麼貴的蛋糕。小鴨被大人騰空拉起，兩隻小腳在空中擺動，大人們知曉只要快速拉著小鴨通過建國南路，到了高架橋的另一邊，這些記憶短暫的小鴨就會忘記剛才發生什麼事。

第三路隊的從南門出來，這大概是最讓其他學生羨慕的路線。放學後，這些小鴨子會穿過無數蜿蜒的巷道街弄。每個小弄裡窩藏著各種雜貨、電動、漫畫、泡沫紅茶店，小鴨子便一隻隻被這些小店吸進去，就像掉進了溪水的漩渦。走到小巷的盡頭，已沒剩幾隻小鴨了。他們面對著車流鼎沸的信義路，眺望著大安泥巴公園。這個新蓋好的公園這麼大，但裡頭的樹木瘦巴巴，像是鬧饑荒。乾扁的枝頭掛著一兩片孤單的黃葉，像是忘記從晒衣竿收回的皺襪子。這整個公園無聊荒涼，除了玩地上未乾的泥巴以外，放學的小鴨們也不知要在這裡玩什麼，只好快步通過。

第四路隊是可憐蟲。出了校門，經過幾條小巷之後，小鴨們就到了新生南路。新生南路又寬又大，但兩側卻到處都是安親班、心算班、作文班、才藝班……這些小鴨往往成群結隊，跟著補習班的班主任走。他們的書包往往倒插著珠算盤，走路的時候身體左右晃動，珠子也跟著滑動，發出了海浪退去時，細沙在海灘上滾動的聲音。但實際上，根本沒有人會帶這些孩子去海邊玩。每個下午，他們只能在畫畫班上想像海沙淹蓋腳踝的感覺，然後乖乖跟著老師指定的筆法順序，畫出全班一致的海岸風光。

身為第二路隊的隊長，我也想發揮隊長的威嚴，引領小鴨們乖乖排隊回家。在我的認知裡，路隊長可比什麼班長啊風紀股長啊更威風，因為在全部的幹部裡，就只有路隊長有武器配置。

每個路隊長都配有一支驕傲的鮮黃色三角形旗子，旗子的旗桿是白色藤條做的，這使得旗子不只是領隊的象徵，還具有實際訓誡功能。當老師想打人卻找不到塑膠製的「愛的小手」時，就會走向其中一個路隊長，從他的書包抽出捲好的路隊旗，用旗桿來暴打學生的手掌心。有的木藤老舊，長著又刺又粗的雜絲，老師打著打著常會整根爆裂，木屑飛散，渣渣刺刺插進手心肉裡。我把這歸咎於路隊長的失職。我的路隊旗永保如新，木藤有細絲時，我一定會仔細刨除，以保護眾生的皮肉健康。

路隊長不是民選的，而是指派的。如果是民選的，根據我在班上像透明空氣般被無視的狀態，是不可能當上如此熱門的公職的。指派的條件是：根據登記的住址，離校最遠的同學，就成為了該路線的路隊長。一路上，路隊長護送同學回家，反正一定會順路。

離開學校的北門以後，第二小隊沿著仁愛路走，還沒走到新生南路口，小隊裡有一半的同學就已經走入了旁邊的小巷，他們對我說：「我自己會回家，不用妳陪。」剩下的，跟著我經過大安分局，橫過了仁愛路，來到對面的加油站。在那個路口，更多的隊員又將散佚。

有人說要去打電動，有人要去看漫畫，我跟他們索取零食和糖果，禮尚往來的話什麼都好談，我會管好嘴不會報告老師。我繼續走，通過最大的馬路新生南路。此時，只剩下三個小孩跟在我身後，其中兩個還是從其他班的路隊偷跑來跟我會合的堂弟和堂妹：森仔和咪咪。

最後一個隊員是《櫻桃小丸子》卡通裡的花輪。當然，花輪不知道我心裡這樣叫他。卡通裡的花輪雍容富裕，說話前老是先撥弄一下被髮膠固定成波浪狀的瀏海，是小丸子班上的白馬王子。

幸安國小的花輪也是白馬王子。他的皮膚乾淨發亮，頭髮梳得整整齊齊，不會有其他男孩幾天沒洗頭時頭髮結塊的悶臭味。他的制服總是熨燙得挺立，襪子鞋子也都是純白的，沒有一點汙漬。黑色的真皮書包表面乾淨滑順，散發著高級牛皮的味道，不像其他人的塑膠書包上總是貼著亂七八糟的貼紙。

花輪總是乖乖地走在我的身後，不發一語。我停止，他就停止；我移動，他也跟著移動。花輪最後停在仁愛路上外牆是粉紅大理石的大樓前，大樓的前方有個迴轉車道，他彎過車道，走向一道墨黑色的玻璃門。這道玻璃門把所有的視線阻擋在外，我們從來看不到裡面長什麼樣子。花輪在門前停止，禮貌地和我們搖手說掰掰，再目送我們離開。

「裡面應該是柏青哥。」堂弟森仔說。

「怎麼可能有人住在柏青哥裡面？」堂妹咪咪說。

「不是柏青哥，那為什麼玻璃黑黑的？」森仔說。

「是有錢人的家啦。有錢人怕被綁架，都嘛要黑黑的。」我說。

「難怪我們阿公家都沒有門。他不怕被綁架。」森仔說。

「誰要綁阿公？」我說。

「對啊，阿公家看起來那麼窮，誰要綁阿公？」剛上二年級的咪咪跟著我說。

擔任路隊長不但讓我感到驕傲，更感到幸運，因為這樣一來，就沒有人知道我要去什麼地方，我要回怎樣的家。我的同學要不住在需要爬樓梯的老公寓，要不就是有電梯的華廈，更有錢一點的，住在有前院後院的獨棟房屋，再不然就是像花輪一樣，住在這種聳天大樓裡的其中一層。但我都不是，我不知道要怎樣歸類我要回去的地方。阿公家既不是公寓，也不是房子，更不是大樓。在九〇年代的臺北市，它是異類般的存在。

從遠處看，那不過是個深淺不一的綠色樹叢。夏季的時候絲瓜葉長得濃密，爬滿頂棚，形成一片翠綠，但這當中，夾雜一棵果實總是酸澀的番石榴樹。稍微走近看，才會發現地上擺滿了大大小小綠色的植物盆栽，有的在克寧奶粉罐裡茂密生長，有的從印著水產公司名稱的保麗龍箱裡冒出新芽。此外，這裡到處堆滿老甕破陶，裡頭還積著幾日前的雨水，水蜘蛛張著長腿，漂浮在骯髒的水面上。

再看得更仔細些，番石榴樹後有個狹隘的通道，正常身高的大人得先彎身，再用手撥開垂墜在眼前的枝葉，才能鑽進去。過了通道，才正式進入了阿公家的亭仔腳區域。那是一個由塑膠板當頂棚架起的半露天空間。在這狹小的空間裡，擺了一臺年久失修的洗衣機，一臺騎起來會嘰嘰拐拐亂叫的腳踏車，還有幾個阿公用剩木拼拼湊湊釘成的木頭矮凳。有陽光的下午，阿媽會打開一張桌面印有象棋棋盤的方桌，我們幾個孫子各自拉來矮凳，在樹蔭下寫作業。絲瓜葉的影子印在國語生字旁，我便在簿子上描起影子的邊框。

亭仔腳一側是道實牆，隔出了幽暗的小空間。這個小空間既是廚房，但也是洗澡用的浴室。平常阿媽在老灶上做菜，但要洗澡的時候，就會轉開掛在旁邊的黃色水管，等阿公在外頭把柴放進火爐，燒開了熱水，再把水打進一個大鋁盆裡。有時媽媽來接我的時間太晚，我就在這裡洗澡。我的身體剛好可以屈坐在鋁盆裡，阿媽幫我抹香皂，我則緊張地注視著眼前一條可任意通往外界的小水溝。碩大的老鼠常常路經此溝來拜訪，露出一顆小小尖尖的頭，兩隻小手不斷摸著自己的耳朵。我還來不及尖叫，阿媽已大聲發出「噓」的一聲，把老鼠嚇跑。

廚房的旁邊其實有道門，但在我的記憶裡，這道門幾乎沒有關起來過，以至於我們都忘記了它。門內才是真正的起居空間。首先，得經過阿媽的千年藏物櫃，也就是所謂的冰箱。這裡頭肯定可以找到三年前吃了一半的醬瓜和麵筋，但他們已經長成毛茸茸的青色小球。搞不好這裡頭還有日本時代就留下來的味噌湯，現在已經是堅硬的化石，仔細觀察還能看見海帶等浮游藻類的形狀。隔壁是安裝了蹲式馬桶的廁所，長年發出潮溼氣味，角落長著菇蕈，若採收了它們，過幾天便會又長出一整個家族。最後，脫了鞋，走上兩個臺階，把一張日式木門往右一滑，便是神奇的萬用空間：這裡既是客廳，又是飯廳，甚至還可當臥房。寫功課的時候，把一張折疊方桌架好，就成為小孩讀書的主要空間；到了用餐時間，阿媽大喊一聲「食飯！」，我們又把作業塞到桌子底下，空出的桌面便用來擺放菜肉熱湯。晚上就寢前，方桌抬起，往牆上靠著，再把墊鋪棉被拿出來，這裡就又成了臥室。

這麼狹小的空間裡，最鼎盛的黃金時期竟住了八個人：阿公阿媽，我的媽媽，以及她的五個兄弟姊妹。幸好媽媽與舅舅阿姨們，很快就長大成人，各自在外有了自己的家庭，不然再加上我們幾個孫兒，這屋子肯定會爆炸。現在，大約是小屋最清閒寬敞的時候了。放學時，雖然幾個孩子常在小屋裡吵吵鬧鬧，但我們都更喜歡在外頭的公園撒野。晚上，大家被各自的父母接回家去，夜裡就只剩下阿公與阿媽還在這裡睡覺。

這間屋子隱藏在密生蔓延的綠色樹叢之中，路過的人，絕不會發現這裡頭竟然是個可以住人的家屋。我在貝里斯時，也曾看過類似的景象。導遊帶著大家在馬雅金字塔遺址裡遊晃，離開時，我走進了神廟附近荒涼的小樹林。導遊要我仔細看，這些樹和雜草，並非長在平地上，而是長在突起的小丘上，然而這些小丘並不是天然的土堆，更不是岩塊，它們是被叢林的樹木包圍的古老建築，是古代馬雅人的家屋。

「若把這些房子挖掘出來，就都是古蹟寶藏喔。」導遊小聲地跟我說。

阿公家搞不好也藏有寶藏。有次，咪咪的好朋友約我們去她家玩，而她就住在阿公家旁邊的大廈。我們幾個孩子小心翼翼地靠著落地窗，從十一樓的客廳往外看，四周都是水泥建築與玻璃帷幕，但往下看，卻有塊狀似抹茶蛋糕的綠茸茸物體。

「那是阿公家！」咪咪喊。

「真的耶！」看見了屋外堆疊的那一堆木柴後，我也辨識了出來。原來，從上空看，阿公家一點也不破爛，反而像一顆遺落在都市水泥叢林裡的祖母綠寶石。

「阿公家是綠寶石。」我說。

「好耶，綠漢堡。」咪咪說。

「不是啦，是綠寶石的綠寶。阿公家是綠寶石屋。」我糾正。

那一日，我在綠寶石屋前的公園遇到了我的同班同學。我們一起玩了一陣，誰知道他要離開的時候，一隻我平常固定餵食的流浪狗小黑，突然看他不爽，上前咬了他的手臂，等我扳開小黑的嘴後，他的手臂上已留下了清晰的牙痕。同學哭著回家，沒多久，他的媽媽帶著他回到了事發地，找到了我，要我帶他們去見大人。

他們跟著我鑽進了綠寶石屋的樹叢隧道，同學媽媽小心翼翼地屈身，雙手遮住了頭髮，害怕有什麼怪蟲會跳到她頭上。

「妳住在這裡？」她的眼睛瞪得巨大，露出了不可置信的神情。

「我阿公阿媽住在這裡。」我說。

同學媽媽原本因為憤怒而上揚的眉毛，聽到了我的回答，開始逐漸下彎成同情的新月弧度。她剛走過廚房便停了下來，像是在猶豫是否繼續走到屋內。她快速瀏覽四周，看見了擺放著瓦斯桶的陰暗廚房，聽見了廚房水溝裡吱吱的老鼠聲。

「這樣好了，劉可可，這件事就算了。」她說，「但是以後妳要管好你們的狗。」

「小黑不是我們的狗。」我想撇清責任。

「算了算了。你們這麼窮，有沒有飯吃都還是個問題。」她拉著自己的孩子往後退，對著他說：「你看看，根本是自己找麻煩。這麼愛玩，竟跑到這樣的房子來玩了，你被綁架怎麼辦？」

離開前，她的眼神上下掃描了我幾回，最後，在我的口袋裡塞了兩百塊。

「拿去給妳阿公阿媽買點吃的。」

我張大了嘴，這位媽媽也太慷慨了。我媽都不曾一下子給我兩百塊。原來看起來很窮還可以賺錢。兩百塊我可以買超多可樂糖情人果，還可以買思樂冰和寶咔咔。

「謝謝蘇媽媽。歡迎常來喔。」我對著他們的背影揮揮手。

沒想到，綠寶石屋能幫我擋禍賺錢。現在的綠寶石屋又更了不起了，這裡還藏著另一個巨大的祕密，那就是：我把我的新朋友，也帶進了這間屋子裡。貝里斯洞穴裡遇見的那個奇怪女人，跟著我一起回到了臺灣，我暫且先把她藏在阿媽的老衣櫃裡。

這個自稱為「水晶夫人」的女人，附著在當初刺傷我腳掌的破碎陶片裡。當我帶著這個陶片坐上飛機，回到臺灣，她也就來到了這個對她而言十分陌生的異國。她要我把陶片放到一個黑暗之處，越是幽閉漆黑，她越能保養靈氣。想來想去，也只有阿媽的衣櫃最適合，那是我玩躲貓貓時最喜歡躲藏的地方。我要召喚她的時候，只須躲在衣櫃裡，手上握著這塊上頭有著白色普啾鳥的陶片，誠心誠意地閉上眼睛，陶片上的白鳥就會開始拍動翅膀。

當普啾鳥從陶片上飛出來，牠就成為了領路鳥，帶著我穿越了黑暗與明亮世界的疆界，帶著我進入了一片幽冥溼潤之地，最後抵達水晶夫人所在的那個洞穴。

白色普啾鳥飛入洞穴後，徑直飛向了水晶夫人。一開始洞內太黑暗了，我無法看見水晶夫人的臉，只能聽到她的聲音，感受到她身上發出的低溫寒氣，和當時在貝里斯聞到的紅土一樣，帶有一種下雨前萬物蠢蠢欲動的原始氣息。但慢慢的，我便有了在黑暗裡辨識物體的能力。我看得見她白色的輕薄連衣裙，她頭上的羽毛，她手上的翠玉戒指，她傷痕累累的腳踝。她的左肩上站著白色普啾鳥，而右肩上則站著另一隻黑色普啾鳥，牠們有時互相對望彼此，嘰嘰喳喳對話一番，有時兩隻鳥安靜地用尖喙理毛。

再過一會，我的視力變得更好了。我看見了水晶夫人微挺的雙胸，細細瘦瘦的脖子，杜鵑血色的厚唇，再往上看，是一雙被挖空，只剩下乾涸血跡與深幽黑洞的眼睛。

「就叫妳別往上看吧。」她說。

我一看到她臉上那兩個恐怖的黑洞，便即刻移開視線，即使我什麼都沒說，但這突然吃驚的情緒還是讓她感覺到了。

「妳的眼睛怎麼了？為什麼變成這個樣子？」既然如此，我也就問個明白。

「我的眼睛被人挖掉了。」她說。

「那不是很痛嗎？」我問。

「當然。在我們的文化裡，活人被當成獻祭品的時候，心臟是要被挖出來的，但那樣的話，痛苦也只是瞬間的事。而我不一樣，我並沒有被當作獻祭品。我只是運氣不好，眼睛被人挖掉而已。」水晶夫人回答。

「為什麼妳的眼睛被挖掉了呢？」

「因為我看到了不該看的東西。就像妳現在這樣，妳也看見了別人看不見的我。」

我本能地蒙住了眼睛說：「拜託不要，不要挖我的眼睛。」

「有誰說要挖妳的眼睛嗎？拜託，不要自己嚇自己。沒有妳幫我看這個世界，我怎麼會有故事可以聽?」

「有故事聽,就不挖我的眼睛?」我說。

「妳不相信我嗎?」她說。

我現在只能相信她,就像她也只能相信我一樣。就這樣,我們幾乎每個星期都密會好幾次。我告訴水晶夫人生活裡發生的大小事,她則不斷地發問,對我每天的生活有莫大的興趣。只是,我無法帶她離開洞穴,不然我真想帶她到臺北街頭走走,看一下什麼是高樓大廈,什麼是火車計程車,什麼是夾娃娃機。我只能用我的三寸不爛之舌,盡可能地形容。

但這對我來說,一點也不難。我生來,就是要說故事的。

04 一千個說謊的理由

在說故事之前，我只是個聽故事的孩子。

星期天午後，我和媽媽合躺在一張藤椅上。躺椅是圓弧形的，椅背往後彎曲，到了頂端又彎了回來，像是海芋花瓣，把坐在裡頭的人包裹在花的中心。媽媽腿上擺著《天鵝湖》繪本，一個我已經聽過好幾次的故事。但在那個陽光和煦的星期天午後，我忽然又想再聽一次。我從書架上挑出了這本書，那時雖一個字都看不懂，但我認得出封面那個穿著白色蕾絲洋裝、頭上綁著羽毛裝飾，像公主一樣的白天鵝；也認得出背對著她，穿著黑色短裙，脖子上繫著黑色緞帶的反派主角黑天鵝。

「今天讀這個。」我對媽媽說。

「不是讀過了嗎？」媽媽說。

「再讀一次。」我說。

我打開書，把書放在媽媽的腿上，在她的旁邊盤腿坐好。等著她按著固定的節拍，用手指滑過一顆又一顆的字；也等著她的手每經過一個字時，端正發出那個字的聲音；更等著這些聲音，最終串聯成讓我明白的意義。白天鵝為什麼傷心欲絕，黑天鵝的詭計是如何成功的，而最後知道真相的王子又是如何的後悔，這些細節我都記得一清二楚。

但故事是怎樣被說出來的？為什麼這個字的後面接了那個字？為什麼當媽媽說「突然間」的時候，我的心就會漏一小拍，急迫地想知道下一個字是什麼？說故事本身就是一場魔術表演，在虛無的空間裡，媽媽的聲音竟然召喚出了這些神奇的人物，而他們的一舉一動，左右牽扯著我的情緒。

「妳根本就知道『突然間』後面會接什麼吧！這本書我都讀過這麼多次了。」媽媽說。

這句話不在書上，我把她亂動的手指又放回書上，示意她不要自己加詞，也不要任意說出書中沒有寫的話。

「突然間，白天鵝甩開了其他小天鵝的手，從湖邊的大岩石往湖水裡跳了進去。」媽媽只好乖乖按照書上的每個字閱讀。

隨著白天鵝的消逝，我的身體也塌進了藤椅裡的白色沙發墊裡，軟軟鬆鬆的棉花墊就像水中泡沫磨蹭著我的臉頰，我若繼續將頭埋進沙發裡，也會因為失去空氣而窒息，這就是沉到湖底的白天鵝所承受的痛苦嗎？

媽媽把我拉了起來，要我坐好，不要像沒長骨頭一樣東倒西歪。她說：「快點，我把這本讀完就要去煮菜了。」

如果可以當個任性的孩子，我希望我能永遠活在聽故事的當下，大人永遠不要有其他的事。

但現在的我，不需要大人的幫忙，也已經看得懂書中的每個字了。我不需要央求大人，就能不斷重複閱讀喜歡的故事；我也能張大眼睛，束緊喉嚨，把「突然間」三個字說得像是春天的驚蟄一樣，喚醒所有沉睡的眾生。甚至，我再也不需要按著書中的文字發展，只要把腦袋裡的世界說出來，它就成為了故事，成為那股曾經把我迷得魂牽夢縈的神奇力量。

說故事，原本是一件如此美好的事，如果那件事沒有發生的話。

今年放暑假之前，我不知不覺成為了被全班厭棄的說謊精、處處受到欺凌、冷落的討厭鬼。

事情的源頭追溯到那節下課。那天，當我上完了廁所，準備站起來擦屁股的時候，忽然有股沉重氣壓罩住我的頭頂，眼前頓生黑影，讓人頭暈目眩。這氣氛讓我大感不妙，該不會是中邪了吧，我心想。

仔細想想，這間廁所好像是傳說中的第四間。可惡，我太急了沒有注意到，平時會避開的。但每層樓的第四間女廁都被說有鬼，有人說是斷頭鬼，有人說是長髮女鬼，有人說是上下顛倒的倒立鬼。不管是什麼鬼，我不可能每次都記得避開。我左右張望，沒看到半個鬼影，但為什麼我的身體那麼沉重？彷彿有人張開手掌重重壓著我的頭，像是把我的頭當籃球一樣，用力往地上壓。

當我的恐懼感慢慢爬升之際，突然間，我聽見了遠方傳來清楚的嘶嘶聲響。這聲音不似鬼哭神嚎，而像灑水器在花圃噴水時發出的規律聲音。但這裡哪有什麼灑水器呢？我再仔細凝神一聽，這次倒有點像昆蟲蚱蜢蟋蟀的鳴叫，但又比蟲鳴更細微。此時，巨蛇吐信的畫面閃進了我的腦裡。沒錯，我看過電視，蛇吐信的聲音就是這樣。正當我分辨出聲音的來源，這隻蛇便緩緩蠕動，鱗片擠壓摩挲，聲音從遠而近，慢慢抵達我的頭上。

我渾身顫抖，瞇著眼睛往上一瞧。廁所上頭罩著一片方格鐵網，那鐵網微微晃動，發出輕微的顫抖之聲，彷彿有什麼可怕的生物，正在上面緩緩移動。

我拉起褲子，連屁股都沒擦，就尖叫衝出廁所。

「有蛇！女生廁所有蛇！」我一路跑一路大叫。

許多人聽見了，竟然也跟著我喊：「有蛇，女生廁所有蛇！」

整棟教室大樓尖叫連連，有人說是青竹絲，有人說是大蟒蛇，有人說是眼鏡蛇。

「妳確定？妳看到了嗎？」蔡老師開始追問說是青竹絲大蟒蛇和眼鏡蛇的學生。

他們支支吾吾，說好像看到又好像沒看到，最後老師終於問到我。

「劉可可，妳說廁所有蛇？」

「是。」

「哪一間？」

「第四間。」

「妳確定？」

「我聽到聲音了。」

「妳聽到聲音而已？妳有看到蛇嗎？」

「我雖然沒有看到，但我真的聽到聲音了。那是蛇吐信的聲音。」我說。

「妳又知道蛇的聲音是什麼樣子了？妳這臺北小孩，搞不好連真的蛇都沒看過。」老師說。

蔡老師拿了一支掃把，先小心翼翼地撞了門板幾下，門內沒有任何聲音回應。他打開了廁所門，戳了一下垃圾桶，等了幾秒，還是沒有蛇爬出來。這下，他乾脆把整個垃圾桶翻倒，裡頭沾著黃黃紅紅的衛生紙團散了一地，還是沒有蛇。

「哪裡有蛇？」他懷疑地看了我一眼。

「在上面。」我指了指廁所上方的鐵網。

他抬頭看，快速戳了戳鐵網。鐵網上頭有廢棄的水桶和各種掃除工具，被掃把一戳，發出了器物傾倒撞擊的聲音。但就是沒有我聽到的「嘶嘶」蛇叫。

「你太大聲，嚇跑牠了。」我說。

「是被嚇跑了，還是原本就沒有東西？」他說。

他關上了門，把掃把丟回工具間，對著圍觀的學生大叫：「誰再敢亂說話試試看！」

「至於妳，」蔡老師指著我的鼻頭說，「跟我來辦公室！」

事情原本沒這麼嚴重的，大不了就是聽錯了。老師也沒有再追究的意思，他要我回教室後，好好反省自己的行為，日常生活裡得養成小心實證的習慣。

「不要對什麼事情都大驚小怪，先眼觀六路，耳聽八方，確認一切都是真的，再冷靜反應。」曾經參加八二三炮戰的蔡老師耳提面命，「奇怪，妳明明功課很好，看起來很聰明啊，但做事若是這樣不沉著，總是會吃虧的。要是在我們以前打仗的時候，像妳這種肯定會第一個就被子彈打死。」

我回到座位上不斷想著：戰爭時，如果看到蛇要怎麼辦？在原地被蛇咬死比較好，還是跳起來被敵人發現，然後被槍擊斃比較好？

只是我沒想到，不管是蛇還是戰爭都沒那麼可怕。最可怕的還是那些曾經一起編好朋友幸運帶，並且送給彼此當信物的好姐妹們。她們才真的會咬人。

曾經，這些好姐妹們都喜歡聽我說故事。公主王子的故事聽完了，民間傳說也聽完了，我只好開始說些我生活裡的故事，比如說，我姊姊的故事。

我的房間裡有個上下鋪，睡前我常常和上鋪的姊姊說話，拜託她不要比我先睡著，但這個姊姊總是不太可靠，當我睡不著的時候叫著她的名字，她卻總是鴉雀無聲。於是，我必須把雙眼往內用力交視，直到視線開始模糊的時候，她的形象才慢慢浮現在我的眼前。她跟我長得極像，我右眼旁的痣她也有，明顯不同的是，她比我高，是我夢想中大人該有的高度，她有長而捲的一頭秀髮，走路的時候左右搖擺，不像我一頭男生短髮。雖然她不常現形，但只要爸媽一吵架，無須我用力召喚，她就會自動在我面前出現，她教我不要害怕不要慌張，快把錄音機拿出來。

「只要按下錄音鍵，錄音機就會把妳不想聽、妳厭惡的所有東西都吸進去。」她遮著我的耳朵，輕聲告訴我，「髒東西都吸進去以後，這個世界就乾淨了。」

我常常在小團體裡分享我和姊姊的事，比如週末的時候去西門町逛街買了什麼小貼紙，照了怎樣的大頭貼，以及她在隔壁的國中不斷收到男生情書的故事。只是，「廁所有蛇」事件以後，她們偷偷去翻閱了學生的家庭資料，卻發現我是獨生女，根本沒有姊姊。她們非常震驚，深深覺得受騙被背叛。

「為什麼要說謊？」她們問我。

我回答不出來，只好移開眼神，別過臉看向窗外。
「那妳家真的有黑狗嗎？」她們繼續問我。
「算有吧。」我說。我當然希望流浪狗小黑是我的狗，但希望只是希望而已。
「那肯定是沒有的意思。」她們說。
「妳說妳在阿公家，如果用熱水洗澡還得先燒柴。明明妳阿公家就在學校附近，這裡是臺北市仁愛路耶，被妳說得好像是什麼鄉下地方。這太假了吧！」
「這是真的。」說到這我有些激動，把眼睛睜到最大，直勾勾地看著她們。
「我們不要會騙人的朋友，我要去跟老師報告。」她們威脅我。
「隨便妳，反正我阿公家真的就是這樣。」

媽媽來學校與老師會談之後，嚴肅地問了我：「所以，妳到底看到了蛇沒有？」
「沒有。」我說。「但我聽到了。」
「妳從頭到尾都沒有看到蛇，卻跟大家說廁所有蛇？」她再問一次。
我已經被這樣的問題問到厭煩，無法再解釋了。
「對，就是這樣。」我簡短地說。
她嘆了一口氣，搖搖頭說：「為什麼要這樣做？」

「沒有為什麼。」

「和同學說妳有姊姊的事情，又是為什麼？」

「沒有為什麼。」

「好吧，再這樣下去，我們家要出一個騙子了。老師說要帶妳去看精神科醫生，我看不用，直接帶去觀音廟，跪在觀音面前，看妳敢不敢再說謊。」

「我不過是想要個姊姊而已，我就不能想像嗎？」我繼續說，「不然，弟弟或妹妹也可以，一個人太無聊了。」

「我的天。」媽媽把眼睛往上翻，往後癱坐在椅子上，像是骨頭突然被抽掉一樣，只剩下軟塌塌的一層人皮。她抱住頭，痛苦地皺著眉頭說：「妳就不能體諒我嗎？我已經夠苦了。要不是因為生了妳，我現在還會困在妳爸爸這裡嗎？妳居然還想要個弟弟妹妹來折磨我。」

醫生沒和我們說太多，只說這不過就是小孩常見的心理幻象，是孩子正在轉變成長的跡象，他只開了一些維他命似的藥物，表示身體強健才能正面思考。

「如果每天一直都在幻想怎麼辦？」媽媽問。

「很多事，長大了就會好了。」醫生說。

只是，蔡老師卻慎重其事，在班上宣布：「我們大家要相親相愛，幫助劉可可恢復健康，提醒她按時吃藥。如果她又開始說奇怪的話，大家要怎麼辦？」

「報告老師。」全班同學齊聲說。

我的桌上常被人拿粉筆用注音寫著「ㄕㄨㄛ ㄏㄨㄤˇ ㄐㄧㄣ」。不知道哪個笨蛋寫的，「說謊精」三個字的國字不會寫就算了，居然還ㄥㄣ不分，簡直笨到沒救。有人知道我十分害怕毛毛蟲，便趁著我去上廁所的時候，把幾隻帶有黑斑點的螢綠色毛毛蟲放在我抽屜裡。上課的時候，毛毛蟲一彎一伸地慢慢爬上了桌面，最後爬上了我的手臂。我跳起來大聲尖叫，雙手到處飛舞，瘋狂地在頭和肩膀上亂抹，想把毛毛蟲甩掉。

「劉可可，妳幹麼？」蔡老師喊。

「有毛毛蟲。」

「這次是毛毛蟲了啊，妳確定？不是蛇嗎？」蔡老師微笑著說。

全班哄堂大笑。

我跑出了教室，把洗手檯的水龍頭轉到最鬆，讓大水嘩啦嘩啦地沖洗我的手臂。那種毛毛蟲爬過，痲痲癢癢的感覺卻怎麼洗都洗不掉。彷彿毛毛蟲早已經爬進了我的心臟，在裡頭築了個窩。每當夜深人靜，這些蟲子就爬出來搔癢，逼著我在腦海裡溫習同學笑得東倒西歪的嘴臉。

暑假結束後，我升上了六年級，同學沒有因為過了一個暑假就忘記上學期發生的事，原本幾個比較親密的朋友，一看見我走近，便默默走開。無所謂，我走到其他小圈圈，和以前不熟的人聊天。

暑假時，有人去了加州迪士尼，有人去日本北海道。有兩個同學則再也沒有回學校了。開學後，他們的號碼成為了空號，蔡老師點名時直接跳過。據說，其中一個全家投資移民，賣了房子賣了公司，終於成功去了美國加州。另一個則是和媽媽兩人去了加拿大，爸爸還在臺灣的證券公司上班。我們聽了都很羨慕。

「待在臺灣有什麼不好？為什麼要移民？」有人說。

「因為中共隨時要打臺灣，你不知道嗎？我們家今年暑假就不出國，我媽說誰知道坐飛機的時候，會不會被中共的東風導彈打下來。」有人回答。

我說我們家原本也要移民去貝里斯，暑假的時候我還去了貝里斯一趟。

「那是什麼？」大家笑成一團，「根本不是真的地方吧？說謊精又來編故事了。」

「孤陋寡聞。」我說。

「什麼菇？」眾蠢人們又笑成一團。

「哼，懶得跟你們說。回家自己查地圖，貝里斯就在大西洋的加勒比海一帶。算了，我看你們連大西洋在哪裡都不知道。」

我才不怕中共打臺灣，但我也想要移民。去哪裡都好，只要能立即離開教室，離開我身邊的這一群笨人，我就會很感激。

只可惜，我們從貝里斯回來後，爸媽就不再提起貝里斯。連當時拍的幾卷底片也沒有人拿去相館沖洗。爸爸偶爾會抱怨白花了錢。但移民仲介收了十多萬，本來就是提供體驗與參觀的服務，體驗後顧客不喜歡，最終選擇不移民，也是常有的事。

「就當作花了十多萬，買個夢醒時分。」爸爸順便把整首陳淑樺的歌唱完。

貝里斯在大人的世界裡算是終結了，但在我的世界裡，與這個地方的邂逅卻才剛剛開始。

05 不要問我從哪裡來，我的故鄉在遠方

「所以，學校廁所到底有沒有蛇？」水晶夫人問我。

「大概沒有吧。我從頭到尾都沒有看見蛇。」我說。

「不過妳聽到蛇的聲音了？」

「我是聽到了，但聽到又怎麼樣？我最終還是沒有看見蛇。」

其實，我對這個話題已經感覺到厭煩了。所有的人都覺得不可能有蛇，因此我也開始檢討自己：沒看到的東西，好像本來就不應該認為它存在。

「這麼說來，在這個叫臺北的地方，人們聽到的事物都不算，只有看見的才是真的。」水晶夫人下了這個結論，她的語調充滿挑釁意味，彷彿並不認同這樣的想法。她繼續說：「這真是太奇怪了，難道在你們的世界裡，聲音是沒有意義的嗎？聽到雷聲不能代表將要下雨嗎？

「若沒有真的看到雨，或是被雨水打溼了頭，就不算真的下雨吧。難道在你們的馬雅世

界，沒有那種只打雷卻不下雨的日子嗎？」不知為何，當水晶開始出現比較的語氣，我就想為我所在的世界辯護。我是沒去過古代馬雅世界啦，但我就是不能接受水晶那種挑毛病的語氣。

「總之，如果那天我是看見蛇，而不是聽見蛇，事情就不一樣了。沒有人會認為我說謊。」我想快速結束這個話題。

「那如果只有妳看見，其他人都沒看見呢？這樣算不算有蛇？『看見』真的有這麼重要嗎？難道你們那個世界的人，都沒有其他感官嗎？」水晶夫人繼續說，似乎完全沒發現我已經失去了耐心。

「媽啊，這件事其實一點都不重要。」我感覺自己脖子正在發燙，有股熱流從體內冒出來，我再也控制不住自己，一字字像火焰般從熔岩裡爆出來：「我說過了，我現在真的不在意到底有沒有蛇。再說，我越想越不可能，我的學校在臺北市市中心，正前方還是仁愛路耶！臺北市很繁華、很文明，怎麼可能出現這種可怕的動物？但什麼是繁華富裕的生活，這妳一定不知道吧。我們要買什麼就有什麼，要吃什麼就有什麼，到處都是高樓大廈，街上車水馬龍。哎，妳知道車子是什麼嗎？就是一種四個輪子的盒子，我只要打開門，坐進去，車子就會在馬路上快速跑起來，咻一下就到達我的目的地，一定比你們騎馬還要快多了。喔對了，你們騎馬嗎？你們那裡有像仁愛路那樣又寬又直的大道嗎？」

我越說越快，一心只想贏，說到最後根本已超出我原本想說的話。等我停下來，水晶夫人那方已經完全安靜下來，她彷彿融入了身後那一片黑暗的岩石裡。

我不知道車子是什麼，我也不知道輪子是什麼。但我記得，那條通往宮殿的白色石灰岩大道。我也記得，從我居住的村莊一直往北走，將會抵達人聲鼎沸的城市。

天剛破曉的時候，大道上已經出現了三三兩兩的小販，他們把要販售的商品放在背後的藤簍裡，用帶子在額頭前固定住，就這樣用頭拉著重物往前走。這些人一邊聊著村裡發生的大小事，一邊沿著大道往山坡上的市集裡前進。沿途他們經過無數的民房，傳來炊煙與玉米的氣味。原本在房子前繞著圈追跑的小孩，看見小販後，便站在路邊傻傻地笑著，等著小販往路邊丟出幾塊橡膠糖。

我也往市集去。我的包袱裡帶著母親編織的吊床。她編織的床網格細密，繩子堅韌無比，品質極佳。但母親最近又有了新想法，她把繩網染成了藍色。村莊的夜裡，據說有兩隻巨大的紫鳥在村裡盤旋，牠們停在熟睡的孩子旁，從胃裡吐出劇毒汁液，再從孩子的嘴裡灌進去，等到孩子失去了氣息，牠們便開始朵頤孩子鮮嫩的肥肉。奇怪的是，身著藍衣的孩子都能逃過一劫，村莊因此流傳「大紫鳥畏懼藍色」一說。母親的藍色吊床，可以保護孩子的性命。

陽光很快就把眼前的路晒得晶亮，我的衣襟被汗水溼透。往前方望去，早晨的廣場已經擠滿了人潮。

有人竟然想要用兩顆可可豆跟我買一張吊床，開什麼玩笑。我揮揮手叫他閃一邊去。三條綠辣椒都要三顆可可豆了，今天我想湊十個可可豆，這樣就能買到晚餐：一隻肥胖的兔子。編織一張吊床可要花一整天，還要染色風乾，少說也要賣五顆可可豆。

我不知道臺北有多熱鬧，多繁華，能讓可可說到這麼激動。但每個早晨，我們的市集都無比熱鬧，要買什麼就買得到什麼，要吃什麼也可以吃到什麼。我的吊床攤旁，是貝殼玉石首飾的攤子。再遠一點，還有各種野生畜牧的動物肉販，當然也少不了菜販與香料攤。但最熱鬧的那一區，是賣奴隸的野臺。一群富有的人圍住攤子，對著臺上的女子品頭論足，互相喊價競標。這些日子，我的城邦與其他國家發生了不少戰事，戰敗國的女子從家鄉被抓來異地販賣。這些女子披頭散髮，雙眼布滿血絲，怒視著臺下。

我快速別開眼神，不敢多看。

這些人的先生，父親與兄弟，大多都已經在戰爭中死亡，而活著的，也即將被凌虐獻祭。我看著她們，想的卻是自己，等到我的國家不再強盛，敵國最終贏得戰事的時候，我是不是就會像這些女子一樣，被抓到陌生的市集裡販賣，在野臺上看著底下的人對著我扭鼻歪嘴地淫笑？

可可說的文明世界，是什麼意思呢？難道，在可可所居住的城市裡，就沒有戰爭這回事嗎？可可就不怕，自己有一天也成為敵國的俘擄？如果文明代表著沒有敵人，沒有戰爭，那文明的世界是不是比我的世界，還要美好很多？

我曾幻想一個和平快樂的世界，但我睜眼所看到的，卻往往是痛苦的現實。

人是簡單的動物，他們想什麼要什麼，早就都寫在臉上，不像藏在森林裡的黑豹，不讓人輕易感受到牠的氣息、牠的動向。因此，我能從每個人的氣息裡，感受到他們的慾望和需求，以及他們想要的答案。

很小的時候，我隨著母親觀察人們的行為和表情。母親是巫師，但因為是女人，村民只會在生病或飼養的牲畜不見時，才會來找她尋求答案。地位崇高的男性巫師，多被召喚到華麗雄偉的宮殿裡替國王辦事。母親相信我也繼承著她的通靈能力：能讀懂天地，能知曉鬼神，更能看到過去與預知未來。

我其實什麼都不會。我最好的能力，就是能召喚我所養的一對普啾鳥。我能讓牠們高聲歌唱，在沙地裡翻滾，我還教牠們像小狗一樣認路帶路。

但村民相信我，就像相信我的母親一樣。

我只好燒著柯巴樹脂，讓氤氳的煙氣嗆傷我的眼，嗆痛我的肺，此時我便感覺靈魂出竅，飛到了席巴樹上，看見了枝葉間一閃一閃的光暈。

頭暈目眩之際，我跟眼前來問事的老婦說：「好，我看到了妳要找的小女孩。」

我嘆了一口氣說：「但是，在告訴妳之前，我得先和妳說說妳的前世。我看見妳是一隻全身長著硬皮的鱷魚，匍匐在河岸旁，吞下一隻剛誕生不久，摔落在樹下的黑色吼猴。妳這隻鱷魚沒有一絲猶豫，第一口就咬破了小猴的頭，第二口整隻小猴就消失了。再張口，妳的牙齒已被血染紅一片。母猴在樹上憤怒地悲嚎，其悲泣之吼從一棵樹延續到另一棵樹，從一個村莊蔓延到另一個村莊。」

我繼續對老婦說：「所以，別找了。妳的孫女也是這樣，她在森林裡迷路，也被一隻懷孕的母豹跟蹤，在她累到睡著的時候，將她開膛破肚。但不要太過傷心，她死亡後，逆著冷河之水流，走進了地穴裡。她已經去了地底的世界。只要沒有迷路，她就是幸福的幽魂。」

我編造的故事太悲慘，老婦在我面前哭得泣不成聲。我於心不忍，想要改說一個故事，但老婦已經不想再聽，留下了兩顆可可豆就離開。

村裡的人尊敬我，不管我說的是噩耗還是喜訊，他們都接受。所謂的真實，不能只從自己的視野和感受來決定。他們相信：這世間的真實，都藏在看不見、聽不到的世界裡。而對他們來說，只有我有能力，看到他們所看不見的世界。

只可惜，真實的我什麼都不會。我只會說故事。

06 告訴你，一個神祕的地方

開學後沒多久，臺北就進入了秋季。秋天的天空看起來特別高，雲朵也特別稀疏，像湯裡的蛋花，在淡藍色的天空中四散。微風四處流動，把我身上剛流出的臭汗吹走，再把矮樹叢上白色星星花朵的香味吹到我的臉頰。就算我在公園裡野了一個下午，玩了紅綠燈跳格子躲貓貓，身體還是十分乾爽。不像夏天，每次從公園回到綠寶石屋，我看起來就像剛從游泳池裡打撈起來一樣。

唯一亂掉的是我的辮子，我沾了沾水，扯下了橡皮筋，坐在長凳上快速編織固定。我這神技引得堂妹咪咪好生羨慕，她充滿渴望地盯著我看，問我可不可以也幫她綁一條。

咪咪和森仔都是二舅舅的小孩。暑假的時候他們回到新店的家，只有開學的時候，因為與我同樣寄讀在阿公家附近的幸安國小，才會出現在阿公阿媽的家。暑假期間我可慘了，一大清早就被送到沒有其他小孩的綠寶石屋裡，獨自一人待在狹窄的小房間裡一整天。等到晚上六七點，媽媽下班了，才會被接回家。

於是，每天早上我總會做好萬全的準備來應付無聊：背包裡裝著一個淡紫色的雙子星天使鉛筆袋，一本英文作業簿、《佛陀傳》漫畫五本、還有一本《小牛頓》、《窗邊的小荳荳》的故事集、美少女戰士著色圖畫冊、彩色鉛筆，和一盒六色的培樂多黏土。媽媽常常說我的背包可能比我的體重還重，每天這樣背根本是「笨猴搬石頭」。

笨猴無所謂，無聊猴才可憐。但不管帶了多少道具，到了下午我就已經無聊到發慌了。有時我就躺在地板上，看著蜘蛛在螢光燈管下吐絲結網。有時我閉上眼睛，在腦裡回憶《美少女戰士》裡我最喜歡的木星仙子的樣子，我喜歡她捲翹的大馬尾，綠色的制服短裙，還有一雙都快長到天花板的大長腿。她能召喚雷電，再動用花朵的力量，將這兩股力量集合成無敵花朵炫風，一股腦兒打倒壞人。我若有個姊姊，就一定得長成這個樣子。我想像自己跟在她身後，忽然也有了長而捲的馬尾，走路的時候左右一擺一擺地甩著。當我正努力開發屬於我獨有的特異功能，沉沉的睡意卻讓我卡在變身的循環中。等到我再恢復意識，已經是晚飯時間。我還是什麼都不會，臉頰上甚至還多了兩坨蚊子咬的腫包。

暑假總是這樣一事無成。好不容易熬到開學了，回到學校上課的堂妹和堂弟再次出現在我眼前，我終於可以和真實的人類一起玩耍。只是，即使心裡無比雀躍，但還是得保持大姊姊的矜持。

「學人精。看到我有什麼，就想要什麼。」我一邊說，一邊暗示咪咪坐到凳子上。

我摸摸她的頭髮，如小嬰兒般又細又薄，什麼時候她才會長出像木星仙子一樣茂盛的長髮呢？

「妳要綁兩個辮子，還是公主頭？」我問她。「綁公主頭好了，公主頭很浪漫。」

「什麼是浪漫？」咪咪問。

「就是霹靂虎吳奇隆會愛上妳，帶妳去迪士尼玩。」

「那我想要乖乖虎蘇有朋。」

「好，那吳奇隆給我。」

阿媽做好了菜，呼喚在亭仔腳的我們進來吃飯。光是在外頭，就聞到整鍋滷肉彌漫的香氣，但我對油膩的肉沒有什麼胃口。整鍋滷肉裡，我只挑滷蛋來吃，而滷蛋我也只吃外層滷到焦黃的蛋白，我左右翻著蛋黃，不知要把它藏到哪裡。

已經吃完一碗飯的咪咪，正準備要添飯。

「嘿，我剛剛幫妳綁頭髮。」我用眼光掃了一下蛋黃，再偷偷跟她說。

「這有什麼難？我最愛吃蛋黃。」咪咪說。

的確，她什麼都吃。黏黏爛爛、看起來像妖怪內臟的三層肉也吃。臭如焚燒塑膠廢棄物的香菜也吃。也難怪國小一年級的她，體重已經超過我。

阿公突然宣布：「明天下課後，就要趕快回來幫忙，埤仔腳要拜觀音拜祖先啦。」

「明天歌仔戲就來了?」我問。

「對,放學後就先回來幫忙拜拜,拜完才可以看。」

森仔和咪咪齊聲歡呼。

農曆九月十九日為觀音出家日,埤仔腳的觀音廟將舉行一個月的慶典活動。據說,阿媽的阿公的阿公的阿公(不知道要數幾次),就已經住在臺北的埤仔腳了。只是,「埤仔腳」這三個字像是一個神祕的咒語一樣,每次我在學校說出來,同學都一頭霧水,連老師都要我閉嘴,不要再說奇怪的話:「臺北市哪有什麼埤仔腳?妳回去查地圖,妳阿公家在濟南路,那邊是中正區幸市里。」

「學校的外省老師他不懂啦。」阿公揮揮手說,「我們埤仔腳在清朝就有了捏。以前這裡都是妳阿媽周家祖先的田地,要種田就要有水。埤仔就是水池的意思,我們這裡位在水池的下面。」

阿媽為周家女兒,分到了窄小的一塊祖地,在這地上從零開始蓋起了這個破破爛爛的小屋。阿公喜歡種植綠苗花卉,便在小屋前亂種一通。每幾年,這個小屋就又開始變形,東一塊西一塊多出了廚房、廁所、亭仔腳,最後變成現在這個模樣。

左鄰右舍當中,有的也是周家的叔叔舅舅,見到我們就笑笑打招呼。但有的是連名字都叫不出來的遠房親戚，人也早已不住在這兒，矮小的房子就租給了他人。雖然這些房子的門口都對著同一個廣場，但出入時鮮少有互動。

只是，到了祭祀這段日子，無論是不是周家子嗣，只要住在觀音廟旁邊，都成了埠仔腳觀音廟的一部分。家門口的那塊空地，將被紅色的大棚所覆蓋，棚下擺了圓桌，供人擺放祭祀品，其餘空間，留給歌仔戲班子搭戲臺。

觀音老廟已有三百年歷史，為早期泉州移民所建之廟宇，庇護當地居民和商家。此廟以傳統的紅磚砌成牆面，兩旁各有扇雕花小窗，夜間廟門緊閉之時，我們常踮起腳尖，趴在小窗口往內瞧。廟裡黑暗，火紅燈燭產生疊疊殘影，讓人心生恐懼。我們往供桌下望去，想著月黑風高之日，大概會有殭屍從底下跳出。只是每次屋頂上的野貓跳過，我們就嚇得一哄而散，到底有沒有殭屍也不得而知。

兩隻細長的小龍橫飛在廟宇頂端。因為年代久遠，原本的青藍色已經褪了大半，身體還原成純樸的土褐色。我們在附近的巷弄玩瘋失去方向感的時候，只要抬頭一看，就能看見悠哉晒太陽的小龍，也因而得知回家的方向。廟宇前的廣場有個拜天公用的香爐，煙霧繚繞，宛如小籠包剛出爐。大人老愛把我們拉住，大把大把地將焚香之煙搧到我們身上，我扭來扭去，試圖逃跑。

「別跑，來求神明保庇！」大人一邊說，一邊把我的衣領緊緊揪住，我繞著圈子跑，衣服也跟著繞成一條麻花繩，最後打成個硬結。從此，我被釘在原地，再也動彈不得。煙霧籠罩我的全身，我就是剛蒸好的小籠包。

進入廟前，得跨過接近我膝蓋高度的門檻。因為「只能跨，不能踩」的禁忌，我總是奮力地抬起腳，才進得了廟宇。一進入室內，無論外面如何喧囂蒸騰，氣氛馬上變得嚴肅安靜。小孩們也不敢笑鬧，不敢說話，像是嘴巴自動被縫上了一樣。坐在正殿中間的主神是觀世音菩薩木頭雕像，臉部表情和五官已經被煙燻得發黑，因而更顯莊嚴神祕。觀音左右兩旁還有關公、清水祖師爺，底下則有媽祖和土地公。

我不太敢直視觀音，大約只知她身上掛著暗紅色毛絨披風，坐在上頭凝視著我們。觀音菩薩保佑整個埤仔腳的居民平安健康，保佑市場裡的攤販生意興隆。但觀音菩薩也是我肚子裡的蛔蟲，早上沒喝完豆漿偷偷倒掉的事，數學考七十分時偷偷在考卷上描著媽媽簽名的事，還有我偷偷與洞穴中的水晶夫人幽靈當朋友的事，大概都被觀音看透了。

我只好把頭壓得更低。

我跪在紅色方形的拜椅上，喃喃自語：「親愛的觀音媽，我是劉可可，我的生日是十二月。我射手座，愛好自由。」

在旁的阿媽糾正我：「不對，要講農曆的生辰。妳是十一月生的。」接著她又突然轉頭說：

「還有，觀音媽哪會不認識妳？她看著妳長大的。連屁股有幾根毛都知道。」

「屁啦！我沒有毛啦！」我抗議。

「恬恬（tiām-tiām），小聲一點。不要在觀音面前講這些。」

明明是阿媽她自己先開始的。

觀音殿內陽光充足，正氣凜然，但只要走入後殿，氣氛就馬上有了大轉變。後殿狹小，只有一個狹隘的小走廊，從左邊進，從右邊出。這裡沒有窗戶，也沒有燈光，只有幾盞微弱的紅色蠟燭。燭光閃爍裡站著幾排祖先的黑色牌位。

神祖牌仔真是史上最讓人毛骨悚然的設計，黑壓壓一片，上面盡是些考啊顯啊妣啊等字，這些字的寫法扭扭曲曲，看起來格外可怕，就像是軟骨的鬼在到處亂飄。

「阿媽，我不要進去。裡面都是鬼。」我拜完觀音後說。

「亂講一通，什麼鬼，這些都是妳祖先。我的爸爸，也是妳的阿祖……」

「那不都是鬼？」

「真不孝，哪有人這樣說祖先的。那咪咪妳進來。」

「我也不要，我不要跟鬼講話。」咪咪哭喪著臉。

「我去！」森仔自告奮勇。

「就這個孫尚『優好』（有孝，iù-hàu）。」阿媽說

孝順的臺語聽起來真是個至高無上的稱讚，是成績單上印著「又優又好」的那些人。沒關係，我不需要「優」，只要拿「甲」就好。森仔剛走進黑暗無光的後殿，我和咪咪就把廳前晒太陽的懶貓抱進來，偷偷往裡面一丟。大貓被我們擾亂安寧，十分不耐，發出野蠻貓吼。

原本閉著眼睛專心唸祈禱文的森仔被這貓叫嚇得驚跳了起來，把香直接丟在地上，迅速竄了出來，把阿媽一人遺留在黑暗的走廊裡。

「啊你不是都不怕。」我對森仔說。

「很煩耶。」森仔傻笑，但又有點擔憂地說：「那這樣剩阿媽一個人，她會不會怕鬼？」

「沒關係，她才不會怕。」我說，「那裡面都是她的阿公啦。」

「那妳幹麼怕？」森仔問。

「她阿公又不是我阿公。」我說。

當天清晨戲班子的人就來搭戲棚，在綠寶石屋的正前方搭出了個竹架高臺。等我們放學回來，戲臺早已建構完成。一個白布簾阻隔其中，後面是劇團更衣化妝之處，前面則是舞臺。我們進到屋內把書包放下，就趕快溜出來，這個月功課變得一點也不重要，不是在學校寫了大半，就是放棄了根本不想寫。

「笨蛋才會待在家裡寫功課。」我不斷對森仔咪咪洗腦。

戲臺上有個女人臉上畫了張白臉，頭上纏著黑色髮帶，綁成個高髻。她坐在地上，面對著銅鏡畫眉。我們幾個站在臺下，看著她小心翼翼地像拉龍鬚糖一樣，在眼角拉出了一條黑線。等到她準備畫第二隻眼時，我和森仔也準備好，在她一下手的時候大叫，眼線飛離了軌道，到外太空流浪。

「死囡仔！」她對著我們大罵，這讓我們極度興奮。

我們繞去後臺，攀在竹梯子上，偷覷裡頭的情景，以為可以看到正在換衣服的裸體演員。實際上，大家卻都是把一套內裡白衣直接套在吊神仔背心上，白衣外再套一層戲服。戲班裡也有個幼年的孩子，坐在凳子上抱著奶瓶吸奶，一隻黃狗盡職地蹲在一旁守著他，讓我們斷了想把孩子誘拐出來一起玩的念頭。

「小鬼，到前面去等。」發現我們在偷看的演員對我們吆喝。

「妳才是女鬼。」森仔對塗著半張白臉的她亂喊。

五點終於開始扮仙，臺下只有小貓兩三隻，就是我們。大人們還有祭拜之事要忙，要等到七點大戲正式上演才會出現。扮仙，顧名思義就是扮成仙人跟神明致意，我們看著八仙一一出場，在臺上繞圈子。

「你最喜歡哪一仙？」我問咪咪和森仔。他們喜歡的不是風姿綽約、玉樹臨風的男主角韓湘子，就是手持荷花，溫婉如瓊瑤女主角般的何仙姑。

「那妳呢？」他們反問。

我想了想，實在很難決定。「藍采和吧！」我說。

森仔和咪咪兩人馬上皺起眉頭：「怎麼會？他長得好奇怪！」

剛出場的藍采和綁著兩個沖天炮，身穿孩子般的肚兜，手裡拿著竹籃。明明是大人，但動作又像個孩子，他沒有年紀，也沒有性別，是個無法定義的存在。沒錯，真的長得很奇怪，尤其是飾演這個藍采和的演員眼球外凸，有著極度寬敞的扁額頭，想起來就像是外星人ＥＴ穿著東方服飾，在臺上跳來跳去。他對著我們微笑，露出了一顆金色的門牙，有種說不出的詭異。

「可可妳好奇怪。」他們兩人接著繼續攻擊我。

「哎呀，你們不懂啦。」我有點生氣。我並不奇怪，我只是還不知道長大是什麼樣子。長大就意味著要變成瓊瑤連續劇裡浪漫美麗的女主角，或者成為瀟灑帥氣的男主角嗎？為什麼那樣的人離我這麼遠？我現在什麼都不是，就像是這個藍采和一樣，穿著幾個月前剛買，但現在就已經過短的褲子，與這個世界格格不入。我既沒有木星仙子又長又捲的馬尾，也沒有她呼喚雷光閃電的超能力，我不知道自己能幹什麼。

小公園變得十分熱鬧，有賣棉花糖的、賣草仔粿、龜仔粿、糖炒栗子、烤香腸的。還有打彈珠和射氣球，以及賣金黃色小鸚鳥、小兔子的攤位。我們手上拿著粉藍和粉紅的棉花糖，在公園裡晃來晃去。

「歌仔戲很無聊，都看不懂。」森仔說。

「對啊，為什麼不全部都放電影就好。」我說，「可惜咪咪不能看電影。」

「為什麼我不能看電影？」咪咪問。

「因為會放限制級的電影，去年有大奶奶大屁股。」我說。

「好噁心。」森仔說。

「超噁心，我都要吐了。」我回應。

咪咪用雙手遮起了眼睛。

「那我們去其他地方玩好了，反正大人都在看歌仔戲，沒人管我們。」我說。

我想了想，大膽提出意見：「不如，我們去探險，怎麼樣？」

「去哪裡探險？」森仔問。

「四十七巷的那間鬼屋。」我說。

07 是不是這樣的夜晚，你才會想起……

說起四十七巷那間鬼屋，在整個埤仔腳裡，真是無人不知無人不曉。據說貓咪走到這間鬼屋前，都會豎起毛髮，躡手躡腳地悄聲繞過，像是怕驚擾到裡頭的不明生物。至於狗兒，反應更是激動，一到巷口就開始吹狗螺，壓低身體，腳爪緊緊抓住地面，像是隨時要撲上前方的空氣一樣。為什麼這間房子讓這些動物如此害怕呢？

「因為住在這裡面的惡靈，並不是那些老是穿著白衣、披頭散髮的臺灣女鬼，而是非常、非常特別的鬼喔！」我說。

「什麼鬼？」森仔和咪咪同時問。

「你們不知道嗎？」我嚥下口水，緩緩地說道：「是阿啄仔（a-tok-á）鬼。」

「那什麼鬼？」森仔問。

「問得好。阿啄仔，顧名思義，就是跟我們長得不一樣的外國人。像是霹靂遊俠的李麥克，就是阿啄仔。」我說。

「李麥克有什麼可怕的？」森仔說。

「李麥克不可怕，但李麥克變成鬼，那就不一樣了，很恐怖喔。」我說。

「為什麼？」咪咪問。

「小孩子不要一直問為什麼。」我說。

我們沿著四十八巷的老屋圍牆走，秋日夜晚氣溫涼爽，抬頭可以看見明亮的月光，圍牆內送出一波又一波的淡淡花香。原本應該沉靜如深井之底的夜，卻被遠方歌仔戲的表演所擾動，空氣裡傳來麥克風嗡嗡嗡的聲音、二胡嗩吶熱鬧的伴奏，還有人群鼓掌叫好的聲音。森仔牽著咪咪的手，緩緩地走在我的後頭。我則踏著前鋒兵野狗小黑的影子，又興奮又緊張地往鬼屋移動。

轉個彎，我們停在四十七巷口。此處榕樹長得茂盛，遮住了大半視線，但往前看，那棟神祕的建築仍從枝葉縫隙中隱隱約約地透出輪廓，像是飄浮在灰雲中的城堡。附近的公寓都透出了鵝黃燈光，唯有這間屋子不點燈，安靜地埋伏在夜裡。只是，今天月色明亮，若仔細看，似乎還可看見屋頂的三角尖塔形狀，以及尖塔中央那塊圓形的彩繪玻璃。那是這棟房子的眼睛嗎？我想起《美少女戰士》裡的露娜黑貓以及她額頭上的那個弦月印記。只要將膠布撕開，揭開印記，露娜就不再是普通的黑貓，她變成一隻能說話的神貓。那如果我們將彩繪玻璃擦拭乾淨，讓它重新映照月光，會召喚出什麼神奇的靈獸嗎？

小黑突然將前腳抵住地板，露出牙齒，發出了低鳴。看來這裡肯定有什麼不尋常的東西！這讓我心跳加速，忍不住上前探個究竟。

「我們走！」我催促著大家往前，但森仔和咪咪卻繞到我的後面。

「真的要去？」他們說。

「都已經來了，不去白不去。」說完我便不顧一切往前，我知道他們會跟來。

鬼屋前是生鏽的圍欄，一條鏈鎖將兩道門緊緊纏繞。旁邊是枝葉繁盛的桂花樹，雖過了花期，但幾朵小白花仍努力發出殘餘的幽香。我將眼睛湊近圍欄的洞，往內一看，竟瞧見了在城市裡難得見到的異境。庭院一角的大樹展開枝椏，樹葉四處蔓生，根鬚垂墜到地面，像個披頭散髮的女子。一株株大片圓葉植物環繞著大樹，讓人還以為這裡有座荷花湖。但到了庭院的中間，所有的枝葉藤蔓卻又都退散了，一座尿尿小童噴泉高高聳立在這荒蕪之中。古銅色的阿啄仔小孩一手叉腰，一手扶著他的小雞雞，但他卻早已尿不出來。小池裡乾燥無水，堆滿了枯黃的落葉。

往庭院深處瞧去，才發現一棟兩層高的樓房。明明在臺灣，這房子卻也是個阿啄仔，這裡沒有臺灣常見的紅磚牆，矮平房；看到的則是灰色洗石子外牆，大理石希臘神廟純白石柱、多角造型窗臺、左右對稱的圓形窗戶，以及一道又一道的拱門。

「據說曾有個從南美洲來臺灣的外交官，攜家帶眷住在這裡，因為這房屋頗像他家鄉的西班牙殖民風格房子，又位於非常方便的地段，便高價租下它。誰知道，外交官的妻子來臺灣就生了水土不服的疾病；還有，她跟她的先生感情不好，每天都在吵架，吵到她不斷用頭撞牆，而她先生也忍不住，朝著她的臉投擲酒瓶酒杯。於是，有一天早上，她在精神恍惚的狀態下，便殺了先生，等到她清醒以後，因為忍受不了現實，最後也自殺了。自此之後，就沒有人敢繼續在這裡住，房子也就荒廢了。」

我一說完，小黑便對著這荒廢老宅吹狗螺，彷彿牠能看見窗臺上正在撞牆的女阿啄仔。

「好可怕喔，我們真的要進去嗎？」森仔說。

被他這樣一說，我也心生怯懦，即使所有的故事都是我亂編的，但說著說著我也被自己說服了幾分，感覺李麥克和他的太太就在二樓窗戶陰冷地看著我們。

「來都來了，至少走到房子門口。到門口我們就折回去。」我說。

「那我跟小黑一組，森仔你跟咪咪一組。」我把小黑摟在懷裡，拿小黑當護身符。不要看小黑是流浪狗，牠可是連我的同學都敢咬的恰查某。

繁盛的桂花樹叢中竟有塊枝葉焦黃之處，形成了個缺口。我們撥開缺口處的枝葉，後頭竟有個小洞，我們幾個人彎腰魚貫而入。我和小黑走在最前頭，經過了尿尿小童噴泉。月明星稀，尿尿小童的臉被月光照得青紫一塊，像是被痛毆過一樣。

「尿尿小童剛剛對我笑了一下呢！」我回頭跟咪咪說。

這話嚇到了咪咪，她面露不悅，拉著森仔往外走：「我要回去了。」

「哎哎，我開玩笑的啊。」

正當我說這句話的時候，尿尿小童卻突然往外噴出了一道水，水珠落在乾裂的落葉上，發出了把菜撒進熱鍋裡的爆破聲，嚇得咪咪鬆開了手，不顧大家逕自跑回巷子裡。但那尿也不過是一陣而已，馬上就停了下來。年久失修嘛，難免漏尿。

我繼續往前走，森仔艱難地說：「妳說的喔，只要走到鬼屋門口我們就回頭。」

「嗯。」我應付著。

走過了尿尿小童，眼前就是老洋房。要到房屋的門口，需要爬一段階梯，這階梯就像耶誕卡上那些外國屋子一樣，沿著屋牆側面，蜿蜒而上。階梯旁的手把也像是白玉雕出來的，在月光下透出溫潤的色澤。奇怪的是，明明已經荒廢這麼多年了，為什麼這階梯倒是乾乾淨淨？就算扶著手把前行，我的手指也沒有被蜘蛛網覆蓋，上頭沒有厚厚的灰塵，我甚至還可以感受到玉石的冰涼溫度。

我甚至出現了「每走一步，就會有一盞煤氣燈跟著發亮」的妄想。對，這時候我們有燈就好了，就不需要每一步都踏得心驚膽跳，不知道腳下會踩到什麼。

「如果踩到死人骨頭就糟了，我們會衰一輩子。」森仔說。

「你是說這個嗎？」我轉身，手裡握著一塊方型的石頭。

森仔連看都沒看就把我手上的石頭拍掉，目露凶光。

「夠了，不要再開玩笑了。」森仔嚴肅地繼續說：「妳真的很煩。」

「好啦。」我決定收手，看來那就是他的極限了。

此時我們已經走到了最上層，也能清楚地看見紅漆剝落的大門。看到大門後的森仔想轉身就走，表示任務已完成。

但我卻搖搖頭，表示想要繼續前進。畢竟，森仔的極限不是我的極限，我還可以再往前一點點。我想利用現在大家都在的時機，讓我的腳步再踏遠一些。難得我不是一個人，當然要故意多探一點險，不然剛剛早就折回去了。

「妳到底要幹麼？」森仔說。

「噓，不要說話，這樣我們會把鬼嚇跑。」我說。

我把背包裡的錄音機拿出來，放在大門前，按下了錄音鍵。然後我輕輕地敲了門。等了幾秒，鴉雀無聲。

我於是又敲了第二次門，這次用的是拳頭的底部，沉重如擊鼓。

此時一陣陰風吹來，大門開始啯唧唧地響，尿尿小童又漏了一次尿，落葉又劈里啪啦地大響。小黑也按耐不住，哀嚎了幾聲，把平常恰北北的形象都拋諸腦後，緊緊夾住牠的尾巴，躲在我的雙腳之間。

就是在這樣的夜晚……

在這個時候……

08 爆米花，爆米花，一顆玉米一朵花

「就在這個時候，風聲颯颯，窗前有個人影忽然飄盪而過，他到底是誰？各位看倌，欲知詳情，明天同一時間，請繼續來可可故事屋報到。」

我示意咪咪把奶粉空罐拿出來，走到小孩人群中和他們討錢。銅板投進奶粉罐裡時發出清脆的聲音，我的心也畢畢剝剝盛開出一朵朵爆米花，飽滿香甜。只是，總還是有些人喜歡看霸王戲，他們假裝在收拾板凳，其實想趁人不注意時開溜。

森仔從後面抓住他們的領子。

「有聽故事的人都要給錢。」森仔說。

「又還沒講完，講完再一起給！」想逃票的小孩說。

「不行，誰知道你明天會不會來？」我說。

「那要多少錢？」

「十塊錢。」

小孩不情願地在褲子口袋裡亂撈，把兩個口袋內裡都抽出來，橘紅色頹喪的布囊就像兩根拖長的血舌頭。

「我沒錢。」小孩說。

「搜他的外套口袋。」我說。

小孩知道大事不妙，轉頭想跑。但高他一截的森仔仍緊緊抓住他的衣領。

「這故事又不是真的，你們又沒有看到鬼。」小孩抱怨。

「奇怪，司馬中原講的鬼故事也不一定是真的，你還不是聽得很高興？況且，你又不知道我們到底有沒有看到鬼。」

「有的話才有鬼！」他不情願地掏出了十塊錢，丟給了森仔。

遠處野臺上的歌仔戲演得正激烈，女子哭腔高亢，麥克風幾次還破了音，鑼鼓喧揚熱鬧非凡。但在公園的溜滑梯旁、木頭搭建的小亭子裡，也同樣熱鬧。這裡是「可可故事屋」，小亭子的梁柱上貼著一張畫報，上頭是森仔寫的藝術體，旁邊還用小字標明：「聽一次十塊錢。」

原本森仔還想和爸爸開金紙香舖店的阿乾借點道具，比如能圍繞整座亭子的燈泡，但阿乾在家裡找了半天，還真沒有那種東西，只能在爸爸不注意的時候，偷了幾座神壇上用的金身赤燭燈，勉強借給我們。這下，亭子的四個角落瀰漫著血紅之光，像是在舉辦神祕詭異的宗教獻祭儀式。故事都還沒開始講，可可故事屋的周遭就已經散發著不祥的氛圍。

咪咪年紀雖小，但她的人緣最好，阿乾是她的同班同學，老是乖乖聽她使喚。這兩個小孩在鄰里巷弄內到處穿梭，把原本要去看歌仔戲的小孩、正準備看包青天連續劇的小孩、寫功課寫到打瞌睡的小孩，全部都網羅而來。這一群人跟著咪咪和阿乾，一同來可可故事屋聽故事。

算一算，今天來了八個小孩，賺了八十塊。我們用樹枝在沙地上計算：八十除以三，除不盡。

「不然這樣，我們去買零食，大家一起吃好了。」我提議。

「那我要可樂糖。」咪咪說。

「我要浪味仙。」森仔說。

雜貨店裡總是有各種大型的玻璃罐子，有的放著粉色的肉條，有的是青綠色的情人果，紫紅色的仙楂片。我坐在雜貨店外的石階，等著在裡面挑零食的咪咪和森仔，秋天已經有了涼意，隔壁人家在院子裡煎秋刀魚的香氣隨風吹到我面前。

我思考著剛才小孩說的話，若我說的鬼故事不是真的，那我是不是又在騙人了？為什麼任何事情都一定得是真的，大家才願意聽呢？七龍珠和美少女戰士也不是真的，為什麼都沒有人抱怨？

我們到鬼屋探險的那個夜晚，也是這樣涼爽的天氣。

當晚，舒爽的清風一陣陣襲來，彷彿對我施予迷幻魔法，我不再恐懼，也不再考慮後果。我只想往裡頭走得更深，發掘更多關於這間老屋子的祕密。森仔見我沒有止步的意圖，甚至不守承諾，跑去敲鬼屋的大門，決定轉身就走，不再捨命陪君子。而瑟縮在我腳下的小黑，竟也決定跳槽加入森仔一隊，夾著尾巴跟著森仔一起離開。到最後，只剩下我一個人，獨自站在斑駁的紅色大門前。

於是，阿啄仔洋房裡到底有沒有鬼，只有我知道。如果只有我知道，我想它有什麼，就可以有什麼，有鬼有蛇有恐龍，都是我說的算。

當天，為了怕「廁所有蛇」的事件重演，我先把錄音機設置好，如果真的只有聲音的話，那至少留了紀錄。我等了一下，門內還是沒有動靜，於是我用力推了一下紅色大門，只可惜大門緊鎖，文風不動。我只好走向旁邊的窗戶，先用袖子抹掉了一層厚灰，再把頭湊近一看。

雖然很昏暗，但看得出來這裡頭曾是個客廳。牆上掛著破舊的大笨鐘，旁邊有一幅巨大的畫，但因為光線不足，看不清楚畫上是什麼。電視的螢幕已經破了，茶几的玻璃也破了，沙發上的破洞長出了一團團的白色棉絮。我睜大眼睛，努力想要看得更仔細一點，突然間，一個巨大的臉貼上了窗戶，接下來狠狠地用額頭在玻璃上撞擊一下。

「妳是人還是鬼？」窗戶內的臉大聲對我喊。

我先是倒吸了一口氣，接著大聲尖叫。

「是人的話，快滾。」窗內的臉對我說完，便用力拉上了窗簾。

我迅速把錄音機掃進懷裡，雙腿發軟不聽使喚，只能用半爬的方式離開。森仔和咪咪聽到我的尖叫聲，也跟著衝進洋房院子裡，攙扶著腿軟的我一起逃出洋房。他們絲毫沒有任何懷疑，認為我肯定是看到鬼了。

我把錄音調出來聽，的確聽到玻璃撞擊的聲音，接著是我高亢的尖叫聲，但太過尖銳而壓過了大部分的聲音，若把音量調到最大，似乎還是可以聽見隱隱約約幾秒男人說話聲，即使內容無法辨識。

「聽見了錄音帶裡的男人聲音了吧，你們覺得是人是鬼？」

「當然是鬼。」咪咪和森仔同時說。

「既然你們也這樣說了……」我說，「那也只能是鬼了。」

只是，那天除了那張突然逼近的大臉以外，我還看見了地上散落的鍋碗瓢盆。一個小瓦斯爐上正煮著麵條青菜，湯汁滾動，快要滿溢出來。如果真是鬼的話，哪還需要進食？再說，鬼，又有什麼好怕？我想見鬼的時候，只要走到石穴裡，就能看見雙眼都被挖空的女鬼。

第二天，可可故事屋繼續開張。入夜的公園深處只有幾盞微弱的路燈，十分漆黑。但遠處的歌仔戲臺燈火通明，朦朦朧朧地化成一團光暈。我們依舊在木造小亭裡搭建舞臺，這次除了讓人毛骨悚然的赤燭燈光，森仔又向開舞廳的鄰居叔叔借了個長滿銀色鱗片的圓球，懸掛在亭子中央，旋轉時在周遭環境製造出飛快流動的影子，公園因此而鬼影幢幢。咪咪則是撿了很多玻璃瓶子，裡面裝有不同高度的水，用筷子敲過時，發出了彷彿是精靈在唱歌的玄妙之聲。

這簡易搭建的舞臺雖然不大也不豪華，可是因為周圍漆黑，發著詭異紅光的故事屋就變得格外有吸引力。如果歌仔戲臺是暗夜裡的一艘郵輪，光明璀璨，不斷向岸邊發出汽笛聲，那我們的故事屋就是一艘小小的漁船，點著幾盞小燈，在海裡自在地漂流，等著路過的魚群上鉤。

今天的魚群大約還是昨天那幾隻，數來數去就六七隻。但不管臺下幾隻魚，戲還是要演，故事也還是要說。

「那我要開始了喔。」我清清喉嚨。咪咪開始敲她的玻璃瓶，森仔開始變化燈的開關，一暗一亮營造登場感。

即便我常常在說故事，但站在臺上說故事還是不一樣。在臺上說錯了不能重新開始，忘了也沒有人會提醒。底下的人張大眼睛瞪著我，彷彿在等我出錯，他們就能捧腹大笑，用盡一切的力氣嘲弄我有多麼愚蠢。為此，我在家練習了無數次，對著鏡子練習，也對著錄音機練習。準備月考也從來沒這麼認真過。

「怎麼辦？我的鬼故事一點也不恐怖。」我潛進衣櫃，到水晶夫人的石穴裡，頻頻向她抱怨。

「什麼樣的故事才恐怖？」水晶夫人問。

「聽的人要被突然嚇到啊。」我說，「要是妳有眼睛就好了，我就給妳看殭屍片。殭屍本來在妳面前蹦跳，但突然不見了，一轉眼，他就在你身後。」

「像這樣嗎？」水晶夫人瞬間移動，飄浮在我耳邊。

「對。但妳這樣不可怕，我都先知道妳要移動了。」

「那像這樣呢？」水晶夫人開始搖頭晃腦，接著把頭摘了下來。我搖搖頭，說不可怕。她把雙手反折，將斷裂骨頭擠出胸腔，再將雙腳拆解下來。這種分解式的畫面看幾次就膩了，也不可怕。她又飄浮前進，倒立行走，像個馬戲團特技員。

「算了，別試了。」我對著突然七孔流血的水晶夫人說：「到底什麼才能讓人恐懼啊？對了，妳最怕什麼？」

「最重要的東西消失的時候。」水晶夫人說。

「那是什麼?」我說。

「那一天當我醒來,我發現我失去了自由。我在洞裡四處摸索,但找不到出口。」她說。

聽她這麼一說,我便知道這是水晶夫人死亡前的最後景象了。她還未把事件完整說出,我就已感到肌肉緊縮,血液在腦裡凝固,呼吸越來越急促。那一刻,我知道我必須馬上離開洞穴,回到現實生活裡。我的世界裡有陽光有微風,有各式各樣的遊戲,現在甚至還有精采的故事等我跟人分享,我才不要陪她一起等死。

「各位客倌,昨天的故事你還記得嗎?就在那個夜黑風高的夜裡,我們埤仔腳的小公主,也就是在下我,與我的兩個跟班,也就是左邊這位負責美術設計的帥哥和右邊這個敲著水瓶的美女,還有一隻黑溜溜的神犬萊西,決定去四十七巷的那間荒廢洋房探險。關於那個洋房,還記得它的名字是什麼嗎?」

「阿啄仔鬼屋!」有個不管我說什麼,眼睛都瞪得極大的眼鏡男孩興奮地回答。

「很好,老師在講你都有在聽!」

「阿啄仔的故事昨天已經說過,今天就不重複了。今天,我們就從阿啄仔鬼屋的院子開始講起。」

此時,一個黑影突然竄進了人群裡,待他找到位子抬起頭來,我便覺得身體往下沉了一寸，沒想到，竟然是王冬瓜。王冬瓜是我的同班同學，本名王東華，雖然成績與我差不多，彼此競爭第一名，但他卻非善類，常常在眾人的面前給我難堪。我的名字劉可可就被他改成「劉口水」。沒錯，我說話說得太興奮的時候，會不小心滴下一灘口水，但這種事又不是我能控制的。為了報答他為我取名的好意，我也將「王冬瓜」賜名給他，提醒眾人時時注意他低人一截的身高。

意識到王冬瓜在場，我便更不想出糗。心有罣礙，腦袋就變得遲緩，平時練習特意安排的笑話都不小心跳過了，說話也有些急促。我深呼吸，盡量讓自己的情緒平穩下來：沒關係，不要急，慢慢講。不過是一顆冬瓜，沒什麼大不了。

終於講到洋房的窗戶，為了證明故事改編自真實事件，我和森仔還準備好了當時現場錄的錄音帶，放給故事屋裡的小朋友聽。

大家先是被我的尖叫聲嚇到，摀住了耳朵，我提醒他們接下來才是重點：「聽到了嗎？那一小段男性的呢喃聲。」我又重複播放了幾次。

「好恐怖喔！這是真的鬼的聲音嗎？」很捧場的眼鏡男孩彷彿被嚇著了。

「當然是真的。」我說。

「那妳知道他說什麼嗎？」

重頭戲來了！我先背對大眾，假裝回頭找東西，然後再突然轉頭。此時的我，七孔皆流血，聲音淒厲地對著觀眾喊：「我死得好慘！」

就這樣，夜裡的小公園深處，發出了雲霄飛車般的群體尖叫。這尖叫讓我全身的細胞都數倍賁張，暢通的血液全身上下快速迴轉奔流，我的頭皮也微微發麻，像是有人用墊板在腋下來回搓過，然後用這充滿靜電的板子將頭髮吸起來。喜悅和圓滿充斥在我胸膛，我也想跟著群眾忘情尖叫。

尖叫聲平息以後，突然有人開始拍手鼓掌。我正準備鞠躬行禮，那人卻又停止鼓掌，接著突然大聲一喊：「假的！」

我抬頭一看，眼前浮現王冬瓜的大臉。果然，他就是來拆臺的。

「那男的是說：你如果是人類的話，趕快滾吧。別來煩我。」王冬瓜說。

我愣在臺上，一時說不出話來。

「劉口水，妳現在一定很疑惑我怎麼知道嗎？因為這世界上本來就沒有鬼。阿啄仔鬼屋根本不是鬼屋，就是一個長期沒有人住的屋子罷了。現在裡面住的是老林，老林不是鬼，就是個流浪漢。我媽她們那些慈濟志工，每個月還會給他送吃的。」

我還是說不出話來。直挺挺地站在臺上，剛剛快速奔流的血液突然急凍，從七孔中流出的假血則被冷風穿乾，凝固成羞恥的斑斑點點。

王冬瓜還沒罷休，他繼續對著臺下的小孩說：「她是我們班出名的說謊精耶。你們怎麼還會相信她？」

突然間，腳下的地板開始漂浮躍動，底下的人也都變成扭曲的、無法辨識的殘影。我衝出了人群，在黑夜裡一邊跑一邊喘息。公園裡的樹影在地上延展，像是一個密密麻麻的漁網。我一直以為自己在船上捕魚，沒想到，我才是掉到水裡，被捕的那一隻笨魚。

我不知道要跑去哪裡，反正只要是看不見光，聽不見森仔和咪咪呼喚我的聲音，聽不見歌仔戲臺的聲音的地方，我就往那裡狂奔而去。

09 心花怒放，卻開到荼蘼

夜晚的巷子非常安靜，兩旁的公寓窗戶不時發出藍紫色閃光，待在客廳裡的人想必剛看完了今天的《包青天》，但還賴在沙發上不想去洗澡，正繼續盯著電視發呆。而我穿著拖鞋，在暗巷裡全速衝刺，一路發出啪嗒啪嗒的聲響，像是有人正在追殺我。

其實，我並不是真的厭惡王冬瓜，只是不喜歡每次和他說完話後，他所帶給我的種種衝擊。和森仔咪咪相處時我總是輕鬆自在，我身為姊姊，不管說什麼，他們都輕易相信，也願意順從我的指令，我就像是擁有了一支忠心耿耿、以我為首的軍隊。但王冬瓜不一樣，他信奉科學，自以為知識豐富，足以理解這個世界的結構。因此，只有經過他那顆冬瓜頭驗證過的事實才是事實，其他都不是。每次他眼珠微微往上吊起——那是冬瓜腦開啟運轉的儀式——我就想打爆那顆冬瓜頭。畢竟，他所謂的事實永遠牴觸了我的世界。在他旁邊，我總會變成假的、錯的、失去意義的那一個。

我回想著剛剛臺下小孩崇拜的眼神漸漸消失的過程。他們先回頭看著王冬瓜，從一開始的驚訝逐漸表露出認同，接著再轉頭看著我，這下，他們的眉頭長出了幾條直紋，眼眶往內擠壓，眼裡透出的光變得銳利而堅硬，彷彿想從我身上找出什麼蛛絲馬跡，好印證王冬瓜的話。為了不被他們凌厲的眼光切成血淋淋的肉片，我只能放下一切，轉身逃跑。我希望能完全消失，到一個沒有人認識我的地方去。我相信，只要在這條暗巷裡跑久了，就會通往另一個全新的世界。

不一會兒，我已經沒有了力氣，心臟幾乎快從我的嘴中跳出來，兩隻腿像水泥塊，再也拖不動。我走出了小巷子，接上了熟悉的濟南路。路口的一家茶葉店是同班同學家裡開的，我趕緊低下頭來，快速通過新生南路，來到了我不會獨自走到的、屬於大人世界的另一端。

入了夜的臺北，路上還是有很多車。我在馬路的側邊走著，看著飛奔而來的白色車燈逐漸靠近我，然後又超越了我。回頭一看，車子的背後則發散著紅色燈光。原來，連車都有兩張臉，兩樣個性，兩種情緒。更何況是人呢？方才我剛剛享受到人生的高峰，卻一轉眼就掉落到谷底。我不知道要怎樣消化這些極端的感受，只好在夜裡毫無目的亂走。

我經過了一間熟悉的牛排館門口。那是每次月考考全班第一名時，爸媽帶我去的地方。牛排館裡彌漫著一股淡淡的炙燒香味，一聞到心裡就先暖了起來。真皮軟墊沙發附有高聳椅背，將用餐空間圍成一個方形的小堡壘，我們安心地窩進去，就看不見外在世界的混亂與骯髒。餐桌上鋪著紅白格紋的餐巾布，一旁的白色花瓶裡，插著玫瑰與滿天星。女侍一手拿著皮製的菜單，另一手裡提著個墊著碎花布的藤製小籃，裡頭是香味四溢的大蒜麵包。她對著我們微笑，像仙女一樣。

即使到了牛排館，我也不敢點高價牛排。但沒關係，我最喜歡的本來就是濃湯和義大利麵，只要有這兩樣就夠了。有時膽子大一點，會加點一份焦糖布丁。在牛排館裡，我的要求很少被拒絕，爸爸不再吼叫怒罵，媽媽不再抱怨。他們在這裡說話總是客客氣氣的，好像電視裡的演員。音樂輕輕的，燈光柔柔的，濃湯裡的洋蔥煨得金黃鬆軟，連飯後的紅茶也甜甜的。這裡到底有什麼神奇的力量，能讓所有尖銳醜陋的事物都消失不見？

我走進去的話，會不會也能消失不見呢？只可惜，招牌燈已經熄滅。

我再往前走了一陣子，看見了一家花店。這間花店我也去過，是爸爸帶著我去的。花店的門口常放著一隻比我還大的泰迪熊，胸前掛了個花籃，裡頭有幾叢藍色的繡球假花。爸爸把我留在門口，叫我跟泰迪熊玩，但我都這麼大了，怎麼可能還想要跟一個沒有生命的絨毛動物玩？我假裝應允，眼睛梭巡了四周，附近有個門口有夾娃娃機的超商，想著等下就溜到那裡去試試手氣。

爸爸進去了花店，和裡頭一個留著長捲髮的女子說話。女人的頭髮真是好看，比美少女戰士木星仙子的頭髮還長、還蓬鬆。只是，他們越說越激動，隔著窗戶，只見他們嘴巴張得越來越大，像是一場吃蒼蠅比賽。光說話，還不足以表達激動的情緒，爸爸甚至要上了他慣用的黃飛鴻無影手，把幾個花瓶甩破在地上。

女子撫著臉啜泣，兩人便冷靜了下來。光是看這裡面的戲就比夾娃娃機還好玩得多。我心裡產生了一股舒暢的感覺：原來，不光是在家裡，在外面也會發生這種廝殺衝突的場面啊。媽媽老愛跟我說：「若不是妳，我們也不會……」這樣的話，但其實不管有沒有我，這些大人們想吵的架，都還是會轟轟烈烈地發生，關我什麼事呢？

「走！」爸爸打開花店門對我說，「今天的事妳不要跟媽媽說啊。」

「那給我一百塊，我要去夾娃娃。」

現在花店也已經打烊，鐵捲門下降到了一半的位置。但仍可看見窗前擺放的香水百合、玫瑰花、桔梗花、向日葵和文心蘭。我真喜歡花，希望長大也能開花店。但我更喜歡的是那些包裝花的材料和工法：內層是透明的，半霧面的玻璃紙，外層是亮晶晶的粉紅、藍彩紙，最後繫上誇張的各色絲帶，在花束的底端綁出另一朵緞帶花來。有時，我也想偷偷來找那位哭泣的長髮阿姨，我想問她要怎樣才能長出這麼美麗的頭髮？我也想跟她索求一些彩色的包裝紙。她一定會答應吧？如果不答應，可以像爸爸那樣，把她的花瓶都打碎嗎？當她嚇死的時候，就會答應我的要求，就像爸爸每次一發功，就都可以得到他想要的。

但今天我不想看到她，我從門口快速一瞥，看見她獨自坐在收銀機前。爸爸不在花店內，那他在哪兒呢？他知道我現在在哪兒嗎？

再往前走，我就再也遇不到熟悉的店了。身旁的馬路上有座高架橋，車子開過的時候，傳來呼呼的聲音，像是颱風掃過。接著，我走到另一條更大的馬路，路的中間甚至有種滿大樹的安全島。我猜，這大約是國小前面的仁愛路，只要沿著仁愛路走，就會走回我的國小，然後也許會走到花輪的家，花輪家旁邊的小巷子就是通往阿公綠寶石屋的入口。

不，我不要回去。我這一輩子都不要回去了。我提醒自己，這趟遠行的目的是消失，不是回家。即使如此，我還是繼續在仁愛路上走著。就算要消失，我也要在熟悉的路上消失。

終於，路的中間出現了巨大的圓形花圃，所有的車子都匯集到了眼前的圓弧形道路，開始繞起圈圈來。

我記得這個圈圈，元宵節的時候才和阿公阿媽還有森仔咪咪一路走到這裡。路上好熱鬧，好多小孩子都提著塑膠燈籠，燈光一閃一爍，竟然還有電子卡通歌。我們三個孩子則共享一盞燈籠，而且還是阿公趕工做出來的。作為支架用的竹片得先被用火烤，才能折成魚的形狀，外頭黏上一層螢綠色玻璃紙，白膠一乾，沒拉平的玻璃紙便瑟縮起來，這魚便成為了千年魚怪，長了滿臉皺紋。空心燈籠的中間，用鐵絲綁了一根鐵釘，上頭插著一支紅蠟燭。蠟燭點亮的時候，魚便變得晶瑩剔透，被賦予了生動的靈魂。只可惜，才走出房子沒多久，蠟燭就被風吹熄了。阿公不願再點著燭火，一直說：「到了再點，到了再點。」這魚燈籠就又死了過去，成了個累贅，我、森仔、咪咪三人都不想提這魚屍體，不斷在三人手中流轉，誰拿誰丟臉。

路上也有許多小販，阿公難得掏錢出來給我們各買了一支糖葫蘆，我們才開始露出笑顏。遠遠的，路中間的圓形花圃裡，冒出了一枚巨大的桃紅色仙女。這仙女全身被切成一格格的矩形，每一格都發出霓虹燈光。到了整點，仙女在花圃中間開始隨著音樂繞圈圈，發出嘰嘰拐拐的聲音。

「這仙女長得怪怪的。」咪咪說。

「小孩子不要亂說，要請神明保佑我們今年健康平安。」阿媽露出虔誠的眼神。

現在這個圈圈的中間已經沒有仙女了，她大概已經升天了。過了辦公時間，附近的辦公大樓也全都熄了燈，圓環四周的行道樹上也不再掛有瀑布似的銀燈，一片黑漆漆。我抬頭尋找熟悉的標誌，但沒有了仙女，周遭的一切變得陌生和疏離。

我這樣算是消失了嗎？為什麼消失會這麼孤單？

我坐在路邊的鐵椅，數著經過的車子，只要數到一百輛，我就會被新的能量灌滿，我就不再會感到悲傷。

但才數到十七輛，眼淚就嘩啦啦地衝了出來。

那個夜裡，我不只七孔流血，其中還有幾孔噴發了大量的淚液和鼻涕，滿臉糊成液體蔓延，五官難辨的肉團。巡邏的警察終於發現了我，看見了這張謎樣的臉龐，小心翼翼地靠近我。

「妳是人還是鬼？」他說。

那一晚，我們都很晚睡。

客廳裡傳來爸媽吵架的聲音，他們互相指責對方，竟然連小孩子不見都不知道，還要等到警察通知，才發現我一個人竟然跑了這麼遠。我這次不再使用錄音機，不再和幻想中的姊姊求救。我進入了水晶夫人的石穴，我叫她不要說話，就讓我耳根清靜地待在這裡。

我不知道自己是什麼時候睡著的，但當我醒來的時候，我倚在水晶的腿上，她則倚著石壁，半身都被壁上的水氣沾溼了。她的手輕輕扶在我的背上，她的裙子上則留下一片我乾掉的鼻涕與淚水。她似乎也睡著了，鼻子吸吐著均勻的氣息。

「嘿！」我拍拍她的肩膀。

「對不起。」我說。

「為什麼對不起？」她意識朦朧地問。

「我給大家帶來了麻煩。」我說。

「哎，孩子，過來。」水晶把我擁入懷中說，「在這裡，傷心了就大大方方哭泣吧，沒有人會笑妳，也沒有人會罵妳。」

但我已經不想哭了。

現在，我壓抑著不斷浮現的笑意，故事才剛開始，好戲都還沒上場呢。

10 鬼迷心竅

「我最討厭那些不相信鬼的人。」想到王冬瓜，我不禁氣憤抱怨。

「他們相信太空船，相信宇宙有黑洞，相信跑得比光速快就會回到過去，但就是不相信鬼。我問他們，為什麼不相信啊？他說我又沒有看過，怎麼能相信？我又問他們，那你看過黑洞，或是你曾經跑得比光速還快，如果這些你都沒看過的話，憑什麼相信？況且世界上若真的沒有鬼的話，那為什麼常常有人看到鬼，分享他們撞鬼的經驗？他們這下又回答，我為什麼要相信別人的話？別人說他看到，不代表真的看到。誰知道這些人會不會說謊？阿姊，妳看，不管我說什麼，他們都能對回來，妳說生氣不生氣？」我不間斷地說。

自從與水晶夫人共度一個晚上之後，我就開始叫她姊姊了。有了前車之鑑，我再也不敢和人分享姊姊的事情。對我來說，要讓處在看不見的世界的姊姊永久存在，我就得學會保守祕密。無人知曉的話，姊姊才得以在我們的祕密國度裡長存。

「妳為什麼這麼在意他們相信不相信鬼？」水晶問。

「因為若他們不相信，那我的世界……，甚至包括妳，不就都是假的了嗎？」

「妳若自己知道是真實的，那就是真的了啊。」水晶說。

「唉妳不懂現代社會啦！外面世界的人很壞。只有比他們強，吵架吵贏他們，才能代表真實。」

「所以妳現在想要吵贏他們？」

「不，吵贏還不夠。最好的方式是，讓他們也看到鬼。」

「那他們要怎樣才會看到鬼？」

「妳終於說到了重點，這就是我的新計畫。」

從前，埤仔腳的觀音媽是我的許願精靈。雖然觀音媽全身漆黑，只有柚子般大小，很容易被忽略，但她位在神壇的最高處，身披紅色大披風，看起來帥氣十足。小至月考考第一名，大至長大要賺大錢，都會一一和觀音媽許願。但我知道，觀音媽很忙，若整個埤仔腳的人都跟觀音許願，等到她處理到我的願望，月考早就考完了。而且，跟觀音媽只能許那種大人想聽的願望，若在她面前時，心懷不軌，許下「希望王冬瓜掉到水溝裡」、「希望阿媽不要再煮可怕的三層肉」之類的願望，正派的觀音媽搞不好還會處罰我。

但現在，除了觀音媽以外，我有了新的許願精靈。水晶姊姊既然是鬼，想必具有一些靈力。我的要求不多，只要嚇唬嚇唬我們這幫小孩就好。比如有時候，她的皮膚一轉眼就變成紫青色，並長出了一塊一塊像屍斑的深色印子，兩個空空的眼洞裡發出蟲子攢動的聲音，光是這個畫面與聲音就能讓王冬瓜嚇到尿褲子。

「這件事，阿姊妳能幫我嗎？」我向水晶許願。

「好吧，既然妳堅持。」水晶說，「但是，作為交換，妳得一直跟我說故事。」

「這有什麼難？這不是我們一直在做的事嗎？」我說。

「不，我不要妳編故事。我想聽的是真實的事情，我想知道，妳的世界真正的樣子。」水晶說。

「可是，外面的世界很無聊，每天都差不多啊。那這樣，我還不如找一臺收音機，每天播放新聞給妳聽就好了。」

「不，我要妳用自己的話，說出世界真正的樣子。這樣妳辦得到嗎？」水晶說。

「好吧，但我不知道妳會不會聽到睡著。」

那一晚，我們又準備出征了。這一次，除了森仔、咪咪，我們還拖著鄰居阿乾一同前來。阿乾既然家裡開金紙店，平時也跟著他爸爸學祭祀，肯定比我們都還懂這些鬼神之事，找他來當「見鬼證人」最合適。但最重要的是，王冬瓜也來了。我以為說服王冬瓜會很難，但之前我迷路被帶到警局的事，似乎讓他有些愧疚。所以我幾乎不需要威脅利誘，他就答應跟著去阿啄仔鬼屋一趟。

今晚，鬼屋門前的桂花盛開滿叢，遠遠便聞到濃濃的香氣。走近時小白花像薄雪般覆蓋了整個綠叢。上次來幾乎快謝光了，沒想到竟然又回春怒放，簡直不可思議。我們找到了綠叢的缺口，一個跟著一個鑽了進去。

「你們不怕嗎?怕的話現在還可以回頭。」我問。

森仔和咪咪同時說：「怕。」

「除了你們兩個不能回頭以外，其他人想退出可以退出喔。反正這世上又沒有鬼，也沒什麼好怕的不是嗎?」我說。

「我要是讓我爸爸知道來這裡找鬼，肯定會把我打死。」阿乾說。

「這世界上哪有鬼?等下不要又把人當成鬼。」王冬瓜一邊說，一邊敏捷地鑽過了樹洞。

「好，等下就不要嚇到尿褲子。」我滿心期待。

鑽過了桂花叢，映入眼簾的便是蕭瑟的小花園。下午剛下過一陣雨，泥土發出溼潤的氣味，枯葉都吸飽了水汁，踩在上頭不再發出清脆的聲音，而是一種悶悶的，用拳頭打肚子的聲音。月亮躲在厚厚的雲層之後，院子裡比平常都還漆黑，儘管我的手電筒能幫忙辨識路況，但卻無法幫每個人都照亮他們周圍的環境。我只能用聽的，有的人腳步穩定，每一步都深深地踩進土裡，有的人像是小麻雀般跳躍，走過水窪時老是濺起水花，噴得大家褲腳都溼了。

「咪咪，妳不要這樣跳，弄到別人了。」我說。
「妳怎麼知道是我？」她說。
「除了妳還會是誰？」
「搞不好是鬼。」咪咪回嘴。
「鬼是用飄的。」我說。
其實鬼當然也能跳。水晶夫人不只能跳，能飛，也能邊倒立邊飄移。但是沒看過鬼的人不會知道的。
經過了尿尿小童，這次倒沒有像上次那樣突然漏尿。他安安靜靜地看著我們這個長長的隊伍經過，咪咪緊緊抓住我的手，我知道她肯定閉著眼睛。還沒到阿啄仔洋房，她就已經用光了她所有的戰鬥值。光是尿尿小童，就足以讓她嚇到昏倒。
我用手電筒往上照，照到了尿尿小童的表情。明明上次看的時候是一個歐洲小男孩的臉，這次，看起來卻像個女人，臉部線條似乎更陰柔，嘴唇也更飽滿了。
「森仔，你看。尿尿小童是不是長得不太一樣？」我說。
「好像真的怪怪的。」森仔。
「那我可不可以回去了。」咪咪說。
「不行，妳要全程參與，我跟妳保證，妳不會有事啦。」

「妳怎麼知道？」
「我就是知道。」
「你們快看尿尿小童的眼睛！」森仔大叫。
我把手電筒慢慢往上移，果然，眼睛不見了，只剩下兩個空空的洞。這下森仔和咪咪開始恐慌，阿乾則從背包裡拿出羅盤，上面的指針輕輕地搖晃。我心裡暗自偷笑，和眼前這個水晶的複製銅像使了個眼色。
「你們不要裝神弄鬼喔。」王冬瓜說，「誰知道妳們是不是事先就來挖洞了。」
「尿尿小童是銅做的耶，我們才沒辦法挖洞呢！長這麼可怕你還不相信。」我說。
「看來，最好是他的眼睛都流血了，你才會相信。」我大聲說，希望水晶姊姊能聽得到我的請求。
我把手電筒再往上一照，尿尿小童的臉卻還是一樣，沒有什麼變化。樹枝上原本正在休憩的鳥被擾得煩心，嘎嘎大叫後一飛沖天。
「還流血咧！」王冬瓜翻轉了一下眼球，語氣充滿不屑。
我又再狠狠地拿燈照了幾次，看來水晶是不打算回應我的請求了。
「照這磁場看起來，的確是有點問題。」阿乾說。
「你才有問題咧。」王冬瓜說，「你看看，眼前這不是一個銅像，那不是金屬嗎？金屬本來就有磁性。」
「咦，金屬的磁性會影響羅盤嗎？」在功課很好的王冬瓜前，阿乾抓抓頭，對自己失去了信心。
阿乾搖了搖羅盤後說：「你說的好像也有道理耶。」
這個局勢看來不太妙，王冬瓜具有影響他人的氣勢，再這樣下去一切就會白費苦心。我於是引導大家繼續往階梯上走。經過尿尿小童之後，森仔和咪咪已經十分相信鬼魂的存在，他們於是走到隊伍的最後，一有動靜就打算逃跑。緊緊跟在我身後的是阿乾和王冬瓜，他們有著與女孩不一樣的呼吸節奏和氣味，既急促又深厚，脖子間飄散著綜合著痱子粉和酸汗的複雜氣味。
和上次一樣，我們在門口停下來。幾個人各自用袖子清理了前方的窗口，眼睛貼著窗戶朝裡頭看去。牆上掛著一樣的畫，角落是破爛的電視和家具，地上散落著幾個破碗盤。我快速掃視四周，沒有任何人影。
「看來老林今天不在啊。」王冬瓜說。
「那我們今天就可以進去了。」我說。
不等大家回應，我便用力推開紅色大門，發出了如車子急踩煞車的尖銳聲音。森仔和咪咪面露難色：「我們真的要進去嗎？」

「反正都來了，就只是看看而已，我們不會有事的。」

「為什麼妳這麼確定？」

「因為鬼又不是壞人。壞人比鬼還可怕。有什麼事的話，我會保護你們啦！」

我牽著咪咪的手，其他人跟著我緩緩踏進來。王冬瓜也跟了進來，他第一件事就是蹲下翻看瓦斯爐和那些破碎的碗盤，像是偵查刑事案件的警探。

「你看這些盤子後面，是不是慈濟的標誌？就說是老林了。」王冬瓜說。

這是我第一次踏進傳說中的阿豚仔鬼屋，心臟無法控制地快速怦怦跳。空氣中瀰漫著停滯的氣息，聞起來與屋外的新鮮空氣截然不同——屬於久遠過去的空氣被困鎖在這裡，並重重地壓在我的頭頂。這是我那天在廁所裡感受到的氣壓，也是在貝里斯的洞穴裡感受過的沉重氣息。這股古老的氣息，像是淋浴時的水柱，慢慢從上而下浸潤了我的皮膚，進入了我的毛孔，讓我不禁打了個冷顫。

就算沒有水晶的介入，這裡肯定也有些什麼東西，只是我無法向他人證明。

我站在客廳那幅顏色已經幾乎褪盡的畫前，想要辨識它原本的樣子。看起來像是已經褪成淡粉紅色的牡丹花，但隨著窗外透進的樹影，這朵大牡丹似乎不斷在改變色澤與形狀。

客廳的一角有個往二樓的樓梯，但除了我以外，沒有人想要上去。在場只有王冬瓜不害怕地說：「上去就上去，有什麼難的嗎？」

「你當真不怕？」我問。

「妳走妳的吧。」他說。

正當我們拿起手電筒，準備走上樓梯時，阿乾叫住了我們。

「等等，」阿乾說，「拿著這個上去。」

阿乾從包包裡拿出了兩個觀音護身符，說是從我們埤仔腳觀音廟求來的，必要時刻觀音會現身拯救我們。王冬瓜連鬼都不信了，哪還信觀音？他隨手把觀音像往口袋一塞。而拿著觀音像的我卻非常心虛，希望觀音媽今天十分忙碌，千萬不要來這裡抓魔除妖，若把水晶抓走，那我們這場戲就白演了。

二樓的地板已經毀損，走在上頭嘎嘎作響。我輕輕推開第一間房門，裡頭空空如也，窗戶已經破損，地板上一灘潮溼泥水倒映著窗外的圓形路燈。我們又緩緩走到第二間房門，裡頭竟然有一大一小的嬰兒床，床上掛著的細紗蕾絲蚊帳上已經爬滿了蜘蛛絲，看來雖然沒有什麼異狀，但床上留著折疊好的兔子花紋被褥這件事，著實讓人感到不安。再怎樣，前主人搬家的時候，也會把小孩的被單一起帶走吧。除非小孩遭遇了什麼不幸，這些被褥成為了傷心物而被留下。我還沉溺在幻想小孩的遭遇，王冬瓜已經顯得不耐煩了。

「可以走了嗎？我看，這裡真的什麼都沒有。」他說。

就在我們離開第二個房間時，我的眼角瞥見了左右搖晃的嬰兒床。但一轉身，嬰兒床又安靜地停在那裡。唉，看來我和水晶沒有溝通好，鬼模鬼樣不能只有我看到而已啊，重點是要讓王冬瓜看到。

「等等，還有第三個房間。」我叫住他，示意他往走廊最深的房間走。

王冬瓜打開第三個房門的瞬間，一叢黑蒼蠅突然衝了出來，接著，一股腐肉般的味道如爪子般挖進了我們的鼻腔口腔，在胃裡到處翻攪。我和王冬瓜都忍不住在門邊乾嘔了起來。我趕緊用力推開房門，地板上竟然有兩個巨大的爛洞，那不是風吹雨淋侵蝕造成的地板損害，而是宛若動物肉體組織發炎腐爛後的瘡孔，裡頭還有成千上萬黑色軟爛的蟲子正在蠕動，發出了溼濘的咬食聲音。

「這什麼？」王冬瓜驚嚇得大喊，「是老林嗎？」

「不是他啦。」我說，「你看清楚，那看起來不就像是眼珠被挖掉的眼洞嗎？」

「妳在說什麼啊？」王冬瓜有點生氣地說。

「唉，我也不知道怎麼解釋。但你不怕嗎？」我有些興奮，這分明就是水晶的變身，任何人看了都會覺得噁心，我期待王冬瓜見狀崩潰。

「可憐，那大概是什麼野貓野狗困死在這兒。」他忽略了我的興奮，關上了門。王冬瓜完全沒有把這恐怖的景象與鬼神之事聯想在一起。

天啊，樓上三個房間都失敗了，我和王冬瓜走下樓梯時，心裡浮起了一股強烈的不悅。

水晶姊姊是這樣幫我的嗎?怎麼連一點小事都辦不好?還有,我怎麼會相信這個來路不明的阿啄仔女鬼呢?臺灣女鬼這麼多,找林投姐,陳守娘阿姨都好,我怎麼會依賴這個馬雅鬼來幫我辦事?

在一樓枯等我們的大家見我倆平安歸來,也就安心了。

「看到什麼了嗎?」他們問。

「看到了不該看的可憐東西,但絕對不是鬼。」王冬瓜說。

「我是沒感覺到什麼有怨氣的東西啦。但就是有種古老的氣息在,老房子總是會有種味道,也是正常。」阿乾幫腔。

眼看任務就要失敗,我心生怨恨,便狠狠踢了一下地上的鐵碗,在空屋裡發出巨大聲響,驚著了眾人,忿忿不平地說:「怎麼會沒怨氣?這裡不就有。」

鐵碗滾著滾著,滾到了牡丹掛圖下,繞了個圈兒終於停了下來。我的視線隨著鐵碗移動,又停留在牡丹圖上。在月光的反射下,我這下才看清了圖裡的細節。原來,圖上的花不是牡丹,而是一朵黑色的蘭花。這蘭花越來越清晰,顏色越來越鮮活,我趕緊叫大家看,每個人都不可置信地看著。

我一伸手,居然碰觸到了蘭花,手指居然還沾到了蘭花上的露水。

「這你要怎麼用科學解釋?」我問王冬瓜。

王冬瓜揉揉眼，不相信眼前的這一切，他也用手觸碰，蘭花花苞居然一碰就迸開，盛開成一朵巨大的黑色蘭花。大夥見狀，全部興奮地湊上前來，觸摸著花苞。一朵朵蘭花，就像張翅的蝴蝶一樣，盛開布滿了整面牆。

原來，這才是水晶的作品，恐怖卻不失優雅。

11 蘭花草

我第一次看到這種帶有紫色斑紋的鮮黃小花時，震驚得說不出話來。怎麼會有長得這麼像人類的蘭花？會不會是拇指姑娘偷偷穿著這些黃色大舞裙，臉頰塗上了紫色的粉妝？我前後左右四處換位，觀察著這束爸爸帶回家的鮮花，意圖捕捉拇指姑娘鬆懈時，不小心露出本來面目的瞬間。

在我很小的時候，我曾親眼瞥見過幻化成人形的怪奇小東西。

某個悶熱的下午，我在綠寶石屋裡睡午覺，阿媽在我身邊呼呼大睡。關了燈的房間雖然幽暗，但下午的陽光仍從玻璃拉門透了進來，將室內的顏色沖淡成暗橙色。睡醒的我睜開眼環顧四周，在微弱的光線裡，原本的櫥櫃桌子都被拉長了許多，變成一座座雄偉的小城堡。正當我嘗試坐起來時，房間的拉門輕輕滑了一下，發出了細微的摩擦聲。難道是小偷？我趕緊躲回被單，只露出雙眼偷看。

門只被開了一個小縫，大約一個手指寬左右。午後陽光便從這個小縫裡湧了進來，在地板上排成了一條筆直的金黃直線。這時，一個細扁的，就如同色紙大小的紅色方塊突然從隙縫中鑽了進來。我從未看見薄紙這樣直挺挺地站立，因而大吃一驚，不小心發出了聲音。這紙發現我在看他，便轉過身來，一張素靜的紙竟然慢慢浮上了眼睛鼻子與嘴巴。三角眼向內凝聚，與我對視，原本的嘴巴往外裂得更開，幾乎橫跨了整張紙。

「你……是什麼東西啊？」我對著他說。

他全身抖動了一下，五官瞬間從紅紙上消失，又變成一張紅豔豔的紙。只不過，這不尋常的紅紙仍然站立著，過了幾秒便從門縫滑了回去。我馬上從床上爬起，想要追出去，但驚醒的阿媽叫住了我：「妳要去便所？」

「阿媽，有奇怪的人啦。」我說。

她立馬清醒，迅速下了床，拉開了玻璃門，走到了外頭。

「什麼人？」她說。

「一個紅色的人。小小的，跟一張紙一樣，眼睛鼻子會長出來，然後又消失。」我一邊說，一邊跟著阿媽走出房間，在外頭四處尋找。

阿媽停止動作，回頭看著我：「妳還在眠夢？」

「不是夢，是真的。」我想要證明這一切是真的，但阿媽早就拉開了玻璃門，那個由奇怪的小東西拉開的縫隙已經被破壞了。

阿嬤沒有繼續說什麼。她的手還在四處翻找，撥開堆著的雜物，打開廁所門查看。她並沒有馬上反駁我的話，從她的表情看來，她不感到震驚，好像我說的奇怪的東西不過就是一隻老鼠，那種她也常常看到的事物。

從此，我便認為，萬事萬物都可能長出人的臉。橡皮擦可以，課本也可以，雨傘也可以。我常常望著這些沒有生命的物體發呆，期待能再次捕抓到他們幻化成人形的一瞬間。只可惜，除了那個紅色方形人以外，我從未遇過其他的事蹟。

這種叫「文心蘭」的花，無須幻化，無須變身，天生就一副人模人樣。這束文心蘭的外層竟還是我最喜歡的紫羅蘭色棉絮包裝紙，尾端用鮮黃色的長絲帶綁成蝴蝶結，幾株散發著清香的尤加利葉為陪襯。爸爸說這是給我的禮物。

「為何？今天又不是我的生日？」我故意這麼說，但還有什麼原因？這根本不是什麼特別的禮物，不過就是他去花店順便帶回來的東西而已。從以前到現在，爸爸從來沒有送過我生日禮物，我想他根本不記得我的生日。

「又不是只有生日才有禮物，考試考得好也可以有禮物。」他說。

這更可笑了，他從來不知道我在學校的成績如何，只有媽媽會盯著我寫作業，在每張考卷上簽名，考差了，她還會寫聯絡簿，要老師嚴格督促我。

這些穿著黃色大蓬蓬裙的花有著淡紫色的臉龐，仔細看，這些紫色的紋路彷彿就像是細微的血管，也只有皮膚很白的人才會透出這種顏色。媽媽說這種花又叫「跳舞蘭」。果然像極了東歐那些穿著民族服飾的女孩們，戴著三角頭巾，在風車前繞著圈圈跳舞。

我把文心蘭插在水瓶裡，放在書桌前每天觀看，看久了竟也看懂了蘭花的五官。最上面的那一朵是大姊，她的眼神嚴肅，深鎖眉頭，似乎有什麼心事；第二朵眉眼舒展，氣定神閒，好似也在觀察我的動靜；第三朵像是小妹，花瓣缺了一角，但也改不掉她調皮愛玩的個性，嘴張得好大，好像對任何事都非常有興趣。

媽媽問我是否知道爸爸是跟誰買花。我搖搖頭，說不知道。還用說，一定是那有著一頭大捲髮的花店阿姨。

我的蘭花小舞團過了一個星期就開始凋萎了，大姊在我寫作業的時候，直接跳樓而死，啪的一聲掉在我的生字練習簿上。我將她夾在簿子裡，一直到她失去了顏色。其他的也陸陸續續在我不注意的時候墜落，我很快就習慣這些必然的凋謝與死亡，慢慢失去了憐憫之心，輕輕一拂將她們掃進垃圾桶裡。

有天媽媽生氣地問我：「妳明明就知道是誰給的花，為什麼說謊？」

「我不知道啊。」我繼續假裝無辜。

「妳是不是跟爸爸一起去過那家花店？」

「哪家花店？臺北市有這麼多花店，我早就忘記哪一家了。」

我訝異自己說謊能說得這麼自然，臉不紅氣不喘，說得好像事情原本就是這個樣子，連我自己都相信了。

「妳是真的不知道？」媽媽似乎也被我的堅定影響。

「真的。」我又確認了一次。

「如果妳知道事情，卻沒有跟我講。我會非常傷心喔！」媽媽說。

我沒說話，假裝繼續寫生字。和媽媽說了事實，她難道不會更傷心？

阿啄仔鬼屋那幅黑蘭花常常在我的夢境出現。朝朝頻顧惜，夜夜不能忘。在月光的照耀下，每個花苞都透著如玉石般晶潤的光芒，我們忍不住伸出手指，輕輕觸碰，就像看到含羞草一定要伸手撥弄一樣。觸碰過的花苞，便會輕輕搖晃，緩緩甦醒，接著花瓣往外延展，像是伸懶腰一樣，朵朵開花。

每一朵花在我的眼裡都像是水晶的臉。蘭花沒有眼睛，但懂得的人能看見她的眼睛，看見她的靈魂。

「那天的表現，滿意嗎？」水晶姊姊問我。

「非常滿意。」我說。

那日王冬瓜跟著我把手伸出來，輕輕碰觸了畫裡的褐色花苞。那花苞先是抖動了一下，接著微微張開了一個縫隙，縫隙裡突然伸出了個小眼睛盯著王冬瓜看。這小眼睛瞳孔跳動著，像隻幾個月大的小貓，眼神裡充滿了好奇心。王冬瓜原本深鎖的眉頭因為這試探的表情而鬆放，他不再板著嚴肅正經的機械臉，反而瞇起眼，透露出慈祥的眼神。這下他不只不想驚嚇小花苞，甚至還想要討好它。他又伸出另一隻手，扶著花苞的下萼，輕輕地搔著它。花苞被逗得左右搖晃，忽然間，花朵打了個噴嚏，整朵花便像煙火般爆開。

花瓣是被水墨染過的黑，在深墨黑色的周圍則是漸層如大理石紋的灰，盛開的花朵不再像是稚齡的小動物，帶有一股成熟尊貴的女王氣勢，靜靜地凝視著周圍環境。王冬瓜見狀馬上把手伸回，他轉頭用那種不可置信的眼神看著我。

「這是真的嗎？」他說。「妳不會又在變什麼把戲吧？」

他還沒說完，女王般的蘭花跟著他的臉也移動了方向，她的花瓣又往外怒張了一寸，整朵花已經開到比王冬瓜的臉還要大的程度。如果她想，她可以輕易地把王冬瓜的冬瓜頭咬住，並且乾脆地扭斷。

「你可以不相信我，但最好不要不相信她喔。」我說。

王冬瓜回頭，再次恭敬地看著蘭花說：「對不起，請原諒我。我不應該不相信妳的魔法。」接著對她三跪拜。

至此，我已心滿意足。彷彿王冬瓜跪拜的對象是我，我感受到了他降伏的誠意。

等我們離開房子，把門關上時，我聽見蘭花咻咻咻一朵朵謝掉的聲音，她們一朵朵被吸進牆內。我站在窗邊，再一次窺視客廳。在月光中，原本的粉紅牡丹淺淺地浮出，重回到泛黃的畫布上。

水晶與我共謀了這場戲。她為我赴湯蹈火，精心籌劃一場美麗的表演。就算我有個人類的親生姊姊好了，我看她也沒有本事做出這樣的事來。這樣想來，認鬼做姊實在是個非常聰明的決定。

之後每次收到爸爸帶回來的花，我便挑幾朵最美最香的，帶進石穴裡。我喜歡看見水晶迫不及待，將花一把抓來湊近鼻子的樣子。

當她的嘴唇往上微微彎起，我便知道她聞到了香氣。

「紅色的？」她問。

「不是，這次是白色的花。」我說。

「這種白色的花又叫做百合。百合的花瓣很大，長長的，形狀就像吐出的舌頭一樣……」

我努力地找出各種字彙來形容百合花，在我們的世界裡，這種花象徵著「心想事成」。

不知道水晶曾經活過的世界裡，有沒有這種花？

12 等到花兒也謝了

埤仔腳的歌仔戲連演了兩週以後，從今天開始改放電影。一早工人陸陸續續開始動工，等到放學時，原本的戲臺就變成了白色大螢幕。以前每到這個時候，我和其他孩子都會興奮地衝到廟前，等著放電影的叔叔用毛筆把今晚播放的兩部電影名字寫在紅紙上。他像是在公布聯考榜單一樣，將喜氣的紅紙貼在廟前看板。而我們這些小孩就像報曉的公雞，跑回家跟家人稟報電影名字。

每天晚上，電影會分三節播放。播放第一節影片的時候，大多數人還忙著煮晚飯，小孩被逼著寫作業，廟前廣場不過兩三個拿著板凳佔位子的人。此刻，放的是每天都一樣的神明宴會短片。影片裡呈現了一個氤氳的仙境派對，宴會裡的成員有過海的八仙和玉皇大帝。神桌上擺著大如臉龐的仙桃，青花瓷酒杯酒器。神明互相舉杯示意。其中，一個神明發出「咦——」的高亢聲音，在雲端裡走動亮相，其他神明跟著「咦——」的回應。廣場上，負責佔位的孩子模仿那刺耳的「咦——」，現場一片鬼哭神嚎，十分吵鬧。

過了晚飯時間，便開始播放第一部電影。人人都從家中搬出了凳子，廟前擠滿了人。第一部電影放的通常是院線剛下檔的喜劇或功夫片，最常出現的不是周星馳就是李連杰，再不就是「報告班長」系列。小孩子坐不住，電影看到一半就開始繞著廣場到處亂跑，四處惹事。大人給他們幾個銅板，要他們去公園旁的彈珠攤玩耍。

第二部電影就有趣了，因為是給大人看的。先是一陣清場，小孩子被趕回家裡洗澡寫作業，因為接下來的鏡頭不是男女擁抱親吻，就是血腥淋漓的殺人畫面。阿公阿媽忙著和廟裡的人聊天，沒時間管我們。我們這些孩子就安靜地待在原地，混在大人群裡，跟著看那些兒少不宜的畫面。電影裡，黃秋生拿著菜刀，把屍體切得爛爛水水，把那些屍肉做成叉燒包，再被人吃下肚。

「好噁。」一直到此時，我們這群小孩才忍不住出聲。

「阿明，你孫子怎麼還在這裡？」終於有大人發現我們從沒有離開過。

我們也喜歡埋伏在放電影的叔叔身後。此時，我們看的不是電影，而是放電影這回事。他把一卷像大型膠帶的東西放進儀器裡，光是調整那卷膠帶，就花了很多時間。我湊上前仔細瞧，這奇怪的膠帶發出一股特殊的氣味，有點像打開墨水罐時的氣味，也有點像剛拆封新的樂高玩具時，盒子裡散發的嶄新塑膠味。嗆鼻，但讓人心情愉悅。

「這裡面有周星馳嗎？」我問。

叔叔沒回答我，他忙了一陣子，終於讓長得像機關槍的儀器發射出一道藍色的光。這光閃爍了幾下，螢幕上才開始出現彩色的畫面。小孩圍著叔叔歡呼，此刻他大概比小虎隊還受歡迎。螢幕上的電影明星彷彿都是他圈養的靈獸，在他的召喚之下，才出現在螢幕上為我們表演。

對我們來說，電影比歌仔戲好玩多了。但對阿公阿媽來說，放電影的時候他們反而心不在焉，每看一小段就跑去和鄰居聊天，回來時才問我：「演到哪裡了？」

「阿媽妳幹麼不自己看？」我說。

「看攏無啊。」

「那是因為妳每次看一半就跑走，不專心怎麼看得懂啦。」

「好啦。我現在開始專心看。」

過不了半個小時，她已經仰頭朝天，呼呼大睡。

我以為不管長到幾歲，我都會永遠期待觀音廟前的電影放映，就像外國的孩子期待聖誕節一樣。一年復一年，永無止盡。但今年卻完全不同，從放第一部影片開始，我就已經惴惴不安，根本沒在注意螢幕上演些什麼。我數著臺下的孩子數量，遺了森仔和咪咪去和他們說話。

第一部電影結束後，大人清場，呼籲現場的小孩離開，他們好繼續待在原地看下一部電影。我精神抖擻，血脈賁張——接下來，就是我的舞臺時間。

埤仔腳的小孩把大人的話丟在腦後，沒有人回家寫功課，他們充滿默契地移動到公園裡。在夜裡，這些孩子宛若跟著魔笛樂手，失了魂似地往黑暗裡的同一個方向前進。他們被遠處一團紅豔的光暈所吸引，先經過了兩棵被燈泡纏繞的樹，接著他們看到了一個深藍色印著貓頭鷹圖案的布簾，在那個布簾下，有一個穿著棉襖的女孩，將頭髮紮成兩個沖天炮，臉頰上有兩個鮮紅色的詭異圓圈。

她伸出手說：「入場費十塊。」

她是活生生的紙紮娃娃。這陣子，咪咪不玩芭比娃娃，她在阿乾家的香火舖裡，找到了一對新玩具。這一男一女的娃娃穿著鮮藍與豔紅的中式棉襖裝，滿臉蒼白，全身僵硬，手上各自拿著一面旗子，上頭寫著：「金童接引西方路」、「玉女隨行極樂天」。

「這什麼意思？」咪咪問阿乾。

「就是他們是引路的，也就是做招待的意思啦。別人不知道路的時候，這一對金童玉女就會幫忙指路。」

「那不就是我的工作？」咪咪認為自己找到了守護神。

「但是妳扮成這樣很可怕耶！」哥哥森仔說。

「憑什麼你們都可以講可怕的故事，我就不能當我想當的。」咪咪抱怨。

「好啦，別吵啦。在可可故事屋裡，百無禁忌，大家不用管別人怎麼說，都可以成為自己想當的人！」我說。

喜歡美術的森仔在布簾後負責控管燈光。但更厲害的是，他在好幾張湊在一起的全開白紙上，畫出了整面的黑蘭花。他用水彩將每朵蘭花細膩的紋路都謄抄下來，只短暫盛開過的黑蘭花，在森仔的畫中延續了生命。等到我在臺上說到阿啄仔鬼屋的結局時，森仔便會將這些畫全部展現在觀眾面前，讓大家得以置身其境。

臺下還有一位新的工作人員，他穿得烏漆麻黑，毫不起眼，安安穩穩地坐在觀眾席的中間。從前王冬瓜是觀眾裡最難搞的反叛分子，但現在他是守衛軍。我給他的任務很簡單：「誰敢在臺下鬧事，你就會頂著那大冬瓜頭，朝他們猛力撞去，狠狠榨出一地冬瓜冰茶。」再不濟，至少他會操作風向，既然群眾愛吃瓜，不辨是非，他便適時丟出炒熱場子的言語，掌握了群眾的情緒走向。

至此，「可可故事屋」的配置算是完整了。我們的生意興隆，從一開始一個晚上賺一百塊，到後來輕而易舉地賺了兩、三百塊，零食的錢累積得越來越多。我最出名的故事當然是阿啄仔鬼屋。但除了阿啄仔鬼屋，我也編了一系列校園鬼話。比如廁所裡的青蛇傳、蒸飯箱裡的無頭鬼、訓導處的無舌主任。還有仁愛路的花燈女、觀音廟裡移動的神祖牌、市場裡的流浪豬魂。但不管怎樣，阿啄仔鬼屋還是我的代表作。小孩喜歡聽，聽完後回家跟大人講，隔天大人也跑來聽。埤仔腳流傳的，都是我為阿啄仔鬼屋加油添醋的種種細節。

每天深夜，便是我的寫故事時間。有時寫到太晚了，媽媽進來把我的桌燈關掉，硬逼我上床睡覺，我拿著筆記本躲到床上，開著小燈繼續在筆記本上刷刷刷地寫。寫故事讓我忘記了很多事，我忘記明天要交的作業要準備的考試，我也忘記與睡在上鋪的姊姊道晚安。

有時候，我也會忘記水晶的存在。每次想到她，我就像是從夢中突然驚醒一樣，迅速從床上跳下來，從一堆亂紙當中找到普啾鳥陶片，跟著牠進入了洞穴。只是深夜時間，水晶也已經入睡，她像小孩一樣蜷曲成一團，躺在大石上。我不知道她是否等我等到睡著，還是因為沒事可做，無聊到睡著。當我的世界正如火如荼地展開，每天都有好多好玩的事等著我，水晶這裡卻像是一窪深潭，沒有波浪，沒有動靜，連陽光都無法抵達。這樣的洞穴，就像暑假時只剩我一個小孩的綠寶石屋，實在無趣到讓人發慌。

那日放學，剛回到阿公的綠寶石屋時，突然聽見急促的腳步聲從外傳來。我滑開門一看，是氣喘吁吁的阿乾和王冬瓜。

王冬瓜大叫：「不好了！快跟我來！阿啄仔鬼屋出事了！」

「出事？出什麼事？」我說。

「妳跟過來就知道了。」

我匆匆套上拖鞋，一路跟著他們跑，午後的巷弄傳來卡通聲，炒菜的聲音，路上放學的小學生嬉鬧聲。我們三個跑成一列的隊伍霸佔了整條馬路，聲勢浩大。聽見慌張跑步聲的路人都回頭張望，馬上讓開道路讓我們通過，以為發生了什麼大事。

跑過了兩條巷子，後方竟也傳來拖鞋敲打在地板的聲音。轉頭一看，原來是森仔和咪咪。

「為什麼不等我們？」森仔說。

我一把抓住咪咪的手說：「快，跑快點。」

等到我們到達阿啄仔鬼屋時，濃濃的沙霧掩蓋了眼前的視線。耳邊傳來物體撞擊的巨大聲響，等到我抹抹眼睛，再定睛一瞧：阿啄仔鬼屋已經消失在眼前。

排列在眼前的是一臺鮮黃色的怪手和深藍色的大卡車。兩臺車合作無間，把這棟帶有異國風希臘柱的洋房，敲碎拆毀。碎磚與洗石子地板崩裂成巧克力酥狀，堆了滿車。花園的一角則堆著破舊的沙發和已經碎成好幾片的牡丹富貴圖。

「怎麼會這樣呢？」我撿起畫的一角，坐在斷垣殘壁上。

「小妹妹，不要坐在那裡，很危險。」一個拆屋工人跟我說。

「為什麼拆掉這間房子？」我問。

「屋主把房子賣掉了啊。」他說。

「為什麼突然賣掉這間屋子？不是在這裡很久了嗎？」我又問。

「建設公司一直想買這裡啊，只是屋主都不答應。他們等啊等的，等到現在都民國幾年了。」

「那為什麼屋主突然同意賣掉房子？」

「小妹妹，妳住在這附近嗎？妳聽過阿啄仔鬼屋的故事嗎？住在這附近的人都以為這房子有鬼。所以現在不趕快賣出去，等到整個臺北市都知道，就永遠都賣不掉了。」

「可是，可是這樣好嗎？」我有些不安。

「有什麼不好。老房子沒人住，是不是浪費？想想看，在這個地段蓋房子的話，可以賺多少錢啊？」

「如果是鬼屋的話，把房子拆掉以後，裡面的鬼也會跟著不見嗎？」我想起那天在鬼屋裡感受到的低沉氣壓。

工人大笑了幾聲，他先將手在衣服上抹了抹，留下了兩個灰手印，接著把我從石堆裡抱下來說：「對，鬼沒有了家，就不會出來害人了。」

「鬼沒有了家，那他要去哪裡？」我問。

「誰管鬼要去哪裡，只要不在這裡就好了。」工人說。

他看見了站在圍牆之外的森仔、咪咪、阿乾和王冬瓜，便把我推向他們。

「你們這些小朋友，以後不要再來這裡玩了，太危險了。」

我牽起咪咪的手，和其他人站在原地，一言不發。

在堆成山的廢棄物裡，我看見了一張深咖啡色的臉，捲捲的瀏海仍然整齊地排列在額頭，他的五官清秀，鼻子比我們的都還高挺，眼睛比我們都還深邃，他是一個阿啄仔小孩，卻倒死在異國的一片斷垣殘壁之中。

尿尿小童表情祥和，不哭泣也不怨嘆，默默地看著天空。好像他早就知道，這一切終究都會發生。

13 其實你不懂我的心

我的口袋裡有兩百零八元，這是我用自己的能力賺到的錢。兩百元可以買什麼呢？我精打細算了很久。可以去日本進口文具店買一本有雙子星天使圖案的筆記本，男孩天使有著粉嫩的嬰兒藍頭髮，女孩天使則是櫻花粉，兩種粉色一起湊齊。不然就是買支桃紅耳朵的美樂蒂兔三色溜溜筆，或是穿著紅白條紋背心的帕恰狗貼紙收集冊。

在那間充滿著香水味，架上全部都是粉嫩日本文具的小商店裡，錢往往變得很小，很無用。一百元新臺幣最多只能挑一樣小商品。店員知道我們根本沒錢，純粹是來朝聖的，她便轉身向上班族阿姨遞上小籃子，請她慢慢挑。我們只要沒被趕出來就開心了，厚臉皮待在裡頭東摸摸西碰碰，籌劃著下次存夠了錢要買什麼。

不然，去普通的書局買個文具組合？一套湯瑪仕小火車的藍色文具組合裡有鐵製的雙層筆盒，鐵盒並非方矩形，而是照著火車造型製成的不規則狀。組合裡還有三支鉛筆，一塊火車造型的橡皮擦，和一把十八公分長，上頭繪有三節車廂的塑膠尺。盒子上頭的金色圓形貼紙上寫了九十九，蓋在原本寫著「一百五十」的標籤紙上。上個星期，我興奮地拿著盒子走到櫃檯問店員：「妳確定只要九十九元嗎？」店員毫不猶豫地說：「對啊。」她伸手拿盒子準備結帳，我急忙阻止她。「還沒！我下次有錢再買。」我匆匆把組合放回原處，快速跑出了商店。九十九元可以買這麼多東西，划算。

走在晚飯後的微涼巷弄裡，我覺得一身輕快，今天是可可故事屋的休假日。我打算把賺來的錢拿去買點小東西，將努力換成金錢，再把原本不屬於我的東西變成我的。現在，我的成就感如同脊椎骨，每天都被拉長拉高，而這大概就是所謂的「轉大人」。大人真好，想做什麼，就有本錢做什麼。

我用九十九元買了文具組合，又用剩下的錢買了裝在玻璃瓶裡的香水粒。我想要把這小珠子一顆顆排在水晶姊姊的手上，讓她聞聞看。雖然她看不見這些有著珍珠光澤的粉彩小珠子，但我會說給她聽：鮮桃色、檸檬綠色、朱槿紅色⋯⋯。

這是她會喜歡的禮物嗎？我能夠滿足她的喜好嗎？

一開始，我對她的世界感到好奇，而她也對我的世界感到好奇。這種對彼此的好奇啟動了這段友情。我終於有了能無話不說的朋友。我知道她無法印證我描述的事件是否為真，所以我總是說得十分過癮，毫無顧忌。我要誰當壞人，就能把他變成十惡不赦的大壞人。我有多無辜，就能有多無辜。

但她開始要求我說「真正的事件」，而不是「編造的故事」。她說她分辨得出什麼是真的，什麼是虛構的，因為她也曾是個說故事的人。她希望我盡可能地描述我所存在的世界，但我知道的事情還是那麼少，說來說去都是學校、綠寶石屋、公園，以及埤仔腳的巷弄街道，她有時不禁露出失望的表情說：「就這樣？」

當然就只能這樣，要不然還能怎樣？

「難道你們的世界裡沒有戰爭？沒有俘虜？」水晶老愛追問，「你們不會把鄰國的男人的手綁在背後，將他們串在一個木頭上，一排排地送進你們的城市裡。然後在你們面前，剖開前胸，挖出心臟，用以祭神？」

「拜託，現代哪有人在挖心祭神的？現代人祭神會用豬公。把豬養得胖胖的，然後在嘴裡塞一顆蘋果還是蘿蔔，但是那個我其實也沒看過。我們家現在拜拜的時候，就只有用水果，鮮花和餅乾。」

但水晶卻繼續追問：「不過妳說新聞裡報導：中國在沿海實行三軍演習，臺海戰爭可能一觸即發，這是什麼意思？」

我搖搖頭回答：「我也不知道這什麼意思。我們現在在一個小島上，但是隔壁的國家常常會對著我們說要發射飛彈。飛彈啊，就是一種會在天上爆炸的東西，然後一次就可以殺死很多人。」

「那妳為什麼不害怕？」

「怕，當然怕。」我說。我想起爸爸每次在家裡怒吼發飆摔東西的樣子，我害怕那飛裂的碎片會插進我的皮膚裡，那些尖銳高分貝的聲音會穿破我的耳膜。不過，他真以為這樣我們就會聽他的話了嗎？看見他張牙舞爪的樣子，常常覺得非常好笑。我想把他的聲音錄下來，把他那張扭曲的臉畫下來。

「你們這個世界的人，真是太奇怪了。如果有這樣的威脅，不是應該趕快跑進更深的山裡去？」水晶說。

「不管跑到哪裡去，都還是生長在這座島上的人啊。」我說。「妳不要太擔心了，我每天的生活還是一樣的。路上也沒有戰車，沒有軍隊，我每天還是吃我阿媽做的飯菜，大家都吃得很胖。那些說著威脅的話的人，以為自己看起來很可怕，但終究不能改變什麼。」

「真的嗎？妳這樣相信嗎？」水晶說。

「哎啊，妳別再問我了。阿姊，妳嘛幫幫忙，我才國小六年級耶！」

我的腋下夾著新的文具組合，口袋裡有兩小瓶香水粒。我還用多出來的零錢，在雜貨店裡買了一支藍炫風果汁冰棒，今天的我喜歡酷酷的冷調藍，所以挑選了這支色素特別重的水藍色冰棒。光舔一下，我的舌頭一下子就染成藍色，冰棒融下來的水汁也將我的手指尖染成藍色，吃完整支冰棒我大概就會變成藍色小精靈。

我停在一間公寓的鋁門前，看著自己反射在門上的影像，想像自己戴著一頂白色貝雷帽，變成了《藍色小精靈》裡我最喜歡的角色「小美人」，想著想著便笑了起來。冰棒融化得極快，一下子淺色牛仔褲上就沾上幾滴深藍色的水滴印，白色的米奇圖案上衣也有幾枚藍色指紋。當我側身找尋口袋裡的面紙，突然，一道黑影籠罩了我。

我再也看不見眼前的世界。但往腳下一看，文具組合摔落在地上，剩下一半的藍色冰棒也掉落在柏油路上。

「是誰？幹麼啊？」被布袋包裹住的我喊叫。

「妳乖乖的，不要動，一下子就好了。」聽起來是年輕男子的聲音。

我想到掉落在地上的嶄新文具組合，就一陣心痛。還有地上這只吃了一半的冰棒，過了不久，就不再是冰棒，而是不明的、噁心的，像異形生物的組織液。所有的人都會繞開這灘液體，不會有人發現這其實是一個小女孩在巷子裡現身的最後證據。

意識到了這點，我便開始使盡全身的力氣全身扭動，拳打腳踢。男子雙手環抱住我，其施力處正壓在我的手掌關節處，我痛得大叫。男子聽到聲音馬上就放下，問我：「哪裡痛了？唉唉，小朋友忍一下啊。」

忽然間，有雙更加強而有力的手從我腰間攔起，一把舉起來扛在肩頭上。

「你笨蛋啊，第一次辦事嗎？」聲音較為粗糙的人一邊罵著前一位男子，一邊抱起我往前奔跑，腳步移動時帶來的震動讓我極度暈眩。

動作停止。我聽見車門被滑開的聲音，我的身體因為被拋出而快速失重，頭部先陷進了車子軟墊。因為無法用視力辨識落下位置，我的脖子因而直挺挺地接受這撞擊。這下，一股錐心的剉痛從後頸傳上來。

還來不及對疼痛產生反應，一股檸檬味芳香劑的氣味便傳進我的鼻腔。我聽見車子快速運駛的聲音，打方向燈時答答答的節奏，我幾乎沒有時間呼吸，沒有時間思考，這些聲音和氣味以飛快的節奏淹沒我。

在車子裡的我非常安靜，我集中精神，努力收集關於這個環境的所有資訊。

「小小一隻也是滿重的。」有人說。

「都沒有聲音，是不是窒息了？」有人說。

「小妹妹，妳還活著嗎？」有人問。

我仍舊沒有發聲。在袋子裡，我看見了細細的光從纖維處透了進來，張開雙手，我能看見手掌的輪廓剪影，但我的腳無法伸直，袋子的束口處被打了死結。雙腳齊力往下蹬了幾下，無法突破死結，但身體的其他部分因為突然的激烈動作而受到痛苦的擠壓。

不能動，我要安靜下來，越動我就越難呼吸，我的身體就會越痛苦。

這是一顆雞蛋，我是還沒孵出的小雞，無須慌張無須急躁，只要把鼻孔貼住纖維縫隙，就會有足夠的空氣。來，把自己彎成一顆橢圓形，靜靜等待破殼而出的機會。

每個學期，老師都會發張家庭狀況調查表給我們帶回家填寫。富裕、小康、普通、清寒、低收入戶，五選一。

「小康和普通有什麼差別？」我問媽媽。

「小康就是在臺北市有房子，普通就是住在臺北市以外。」這是媽媽的定義。

「那我們應該是普通。」

每年，我都只能勾選問卷上的「普通」，但我十分好奇那些連普通都不能勾選的同學，他們到底是住在哪裡呢？直到五年級上學期，我們終於從永和搬到臺北市內了，這下我絲毫不猶豫地選了「小康」，就像卡關已久的電玩遊戲終於破關了，有種說不出的自在逍遙感。通勤的時間變少，暈車的頻率也變少，在阿公家玩樂的時間變多，果然是晉級。

隔天，那些住在學校旁邊的同學，明明每個人都住在臺北市，但全選了「普通」，甚至連住在仁愛路旁大廈的花輪，也勾選了「普通」。

「你哪是普通啊？你要勾選富裕吧？」我問他。

一向害羞安靜的花輪靦腆地笑了笑：「不可以自己說自己有錢啦。」

想想也是，花輪家的一樓大廳的玻璃門都是墨黑的，當然不會在這種地方洩漏自己的尊貴身分。而我勾選「小康」選項的事，也瞬間成為同學的笑柄。那位被小黑追咬過的同學說：「劉可可家裡明明很窮，你們有沒有看過那種垃圾堆起來的房子？」

「那是可可的阿公家。」王冬瓜居然幫我擋箭。「而且阿公的屋子也不是垃圾堆起來的，不要亂講。」

不管怎麼樣，我都偏偏要填小康，畢竟只是小小的健康安樂，又不是大大的富裕。只是，現在的我非常後悔，我應該跟花輪學著點，財不可露白，更何況，我們家根本也沒有多少財。打腫臉充胖子的代價是現在被包在布袋裡，不知會被帶到什麼遙遠的地方。

我想起有次和媽媽在百貨公司的地下街吃午餐。一個十多歲的男孩突然搖搖晃晃地向我們走近，他的胸前掛著一個橘紅色的零錢箱，幾包原子筆。他指著原子筆，嘴裡發出嗚嗚啊啊不成字的難聽的聲音。他伸出手來想比數字，但手看來也是斷了，手掌往不協調的方向彎去。母親看他可憐，拿出幾個銅板投進了零錢箱說：「筆，我們不用了。」他愣了一下，沒有離去，還是站在原地。我和媽媽不知如何是好，她以為他大概連聽力也不好，於是更大聲地再說一次：「我們不需要筆！」

「搞不好是給太少錢？」我跟媽媽說。

「都說不用筆了，哪會太少？」媽媽回。

他盯著我們只吃一半的海帶和豆乾，用手指了指。

「好吧，你整盤拿去吃吧。我們不吃了。」媽媽說。

男孩露出不可思議的表情，微笑著把整個盤子端走，離開的時候不斷回頭對我們傻笑，彷彿這是他遇過最幸運的事。

「這孩子可能是被犯罪集團綁架了。」媽媽說，「綁來後要不到贖金，就把他們弄瞎弄聾，到街上去要飯。」

「所以妳要小心。」媽媽繼續說，「出來的時候都要緊緊跟著我，平常也不要去陌生的地方亂跑亂玩，去哪兒都要有大人跟著，知道嗎？」

「不然就會被斷手斷腳。」我回答。

我想到自己即將被斷手斷腳的將來，便再也沒辦法忍受了。我無法呼吸，無法思考，困縮在這小小的布袋之中。驚恐布滿了我的血液，在我的身體裡到處流動衝撞，我想我應該是快要死了。

14

做一天的妳

我應該是快死了。

當我醒來的時候，臉上熱熱燙燙，像是被滾好的燙水潑灑過，又刺又麻。我想要睜開眼睛，但我再也感覺不到眼睛區域的肌肉和神經。我無法轉動眼球，無法張開眼瞼，更無法闔上眼眸。一股新鮮血液的味道直衝腦門，接著，另一股如爛瘡般腐朽的味道也隨即幽幽跟上，這些液體往下流動，聚集在我的嘴唇周圍。我伸出舌頭舔了一下。

好腥好臭，像是舔到魚發爛的屍體。

我用手慢慢地觸摸著溼滑的臉頰，發現這些液體全來自眼周。手一接觸到眼睛旁的皮膚，那皮膚就像被燙過一樣劇痛萬分。終於終於，我鼓起勇氣把手指放到眼睛的位置上。

洞，驚人的一個洞口，我將手指從右方移到左方，又發現另一個洞。我的手指繼續往洞裡探探，碰觸到軟軟爛爛的液體組織，發出噗滋噗滋的滋潤水聲。

在那一刻，我意識到我失去了雙眼。

「安靜，不要尖叫，妳快把我的耳膜震破了。」

我想哭，但沒有眼睛怎麼哭？眼淚會從哪裡流下來？鼻子？嘴巴？還是屁股？所以我只能叫。

「是水晶嗎？為什麼我的眼睛不見了？」我問。

「妳沒事。妳的眼睛沒有不見，是我的眼睛不見了。」她說。

「我不明白，但我好痛。」我說。

「妳先左右看看，妳現在在哪裡？看看妳的身體，看看妳的腳。」她說。

「拜託我現在怎麼看啊，我又沒有眼睛。」我說。

「對喔，差點忘了。那妳摸摸看。」她說。

忍著疼痛，我呼吸了一口空氣，這空氣有著熟悉的溼度和土壤的氣味，連氣溫也是我所熟悉的冰涼感。這是水晶的洞穴。但是我為什麼會在這裡？我不是被綁架了嗎？難道，她拯救了我？還是，其實是她綁架了我？

我的頭現在也好痛，對了，剛才頭和脖子撞上了車裡的沙發。我摸了摸頭，不對，頭上怎麼多了亂七八糟的幾根羽毛，這頭髮這麼長，也不是我的招牌范曉萱短髮。我繼續往下摸，胸膛怎麼有兩顆鼓鼓的東西，軟軟的，像棉枕、像布丁，我忍不住多捏了幾下。

「別亂碰！那是我的胸部。」水晶斥責。

「啊，這是妳的身體嗎？」我驚訝不已，「那我的身體去哪裡了？為什麼我的身體變成妳的身體了？我是不是死了？怎麼會這樣？我這麼年輕還不能死啊……」

「閉嘴，吵死了！冷靜點。」水晶難得動怒。

水晶調了一下氣息後說：「對，妳的魂魄現在暫時離開了妳自己的身體，跑進了我的身體裡。說真的，我早就沒有了身體。妳現在不過是，進入了一個與我共享經驗的狀態裡。至於為什麼會這樣呢？我不知道。我感受到妳在遠處呼叫我，於是我就接受了妳。然後兩個頻道就接在了一塊。」

「那怎麼辦？我們會永遠黏在一起嗎？」我非常害怕。我所生活的世界才開始展現光明，我的故事屋好不容易才有這麼好的生意，我的朋友變多了，大家相信我的話了。我才不想成為一個馬雅女鬼，永遠被關在這石穴裡。

「沒怎麼辦，妳自己邀請我的。」水晶的聲音輕快，說得事不關己。

「妳不能送我回去嗎？」我問。

「哪有這麼簡單？想來就來，想走就走？」

我冷靜地想了一下，如果我們從現在開始都黏在一塊了，水晶就有了個伴。這樣的話，她當然不會輕易放棄這樣的機會。現在最好照著她的話做，別惹她生氣。等我更明白這是怎麼一回事以後，再想辦法逃出去。

我停止哀嚎，點點頭說：「好吧，既然我現在也困在這兒了。那妳說，我要做什麼？」

「就等妳說這句話。妳準備好要成為我了嗎？」水晶說。

我看見了一道穿越樹叢頂端的陽光，在眼前的紅土地均勻地撒下。周圍皆是濃密的大樹，其中有一棵是特別巨大的席巴樹，樹的頂端奔放生長著如橢圓大盤子的樹叢。樹叢間傳來了吼猴的嚎叫聲，百鳥爭相鳴叫的聲音。

溼熱的空氣包覆了我，額頭上冒出汗珠，背後也溼漉一片，我打著赤足，身上穿著素面的斜袖白衣，裙子用綁帶繫在腰間，方便我在林間行走。

林間的盡頭是一條新建的石路，我沿著路走向眼前空曠的廣場，平時這是我每天都去的市集，但今天廣場上空無一人，我穿越了廣場，往深處的宮殿裡走去。

守在門口的侍衛看了一眼我身上的衣著，站立在肩上的一對普啾鳥，以及手上的一對翠玉戒指後，冷冷地詢問我：「皇后叫妳來的？」

「是。」我謹慎卑微地回答。

他們讓我走進了城門，進入城門後，我見到了另一片重複的廣場。

我不敢左右張望，跟著眼前的侍衛走，我低頭看著自己的腳，小步前進，走到了眼前雄偉的金字塔。侍衛用眼神示意，要我自己爬上這陡峭的階梯。他離開後，我一手將裙襬挑起，纏繞在手腕上，接著用跪爬的姿勢，一階一階地往上匍匐前進。不出多久手臂已經痠痲，全身冒汗，爬到了最後一階，終於看見一雙乾淨的女性的腳豎立在眼前。

我跪在石階上喘息，直到女人發出聲音：「跟我來吧。」

那日我在小屋為村人治病，皇宮裡派來了兩個衣著華麗的女子，手上配戴著翠綠色的玉石戒指，她們要我到皇宮來面見皇后，皇后有事需要我的幫忙。

「皇后，為什麼？宮裡不是已經有巫師了？」我問。我擔心我零零落落的靈性力量，不能提供皇室裡的人什麼幫助。事情辦不成的話，搞不好還要被處死。

況且，我對於宮中的巫師和宮中的事情，實在沒有什麼好感。村裡其他的男性巫師早就被召喚入宮，但他們受的是國王的召喚。有戰爭的時候，他們有源源不絕的他國俘虜當祭神的犧牲品，但沒有戰爭的時候，這些人會一起在村裡尋找眼睛炯炯有神，如黑曜石閃爍光芒的小女孩。

他們將她一把抓去，無視在她身後哭喊的家人，他們為她換上了綠色羽毛裝飾的裙裝，將她手腳束縛，背進了森林深處的洞穴裡。洞穴幽暗處有泉水湧出，他們便朝著水來自的方向，往洞穴裡最深的石室裡走去。所有人都會在石室之外停下，而拿著火炬的畫師、巫師，和已經嚇到滿臉痴傻的女孩則一起進入石室。

畫師在石牆上簡單地畫了一隻豹，在豹的附近則早就有了鳥與猴，每送進一個女孩，就畫上一隻動物。作為最後的儀式，巫師在女孩面前把一個陶甕摔破，召喚神明之際，也嚇醒原本痴傻的女孩。她死命掙扎嚎啕大哭，但大人們將她往石室深處用力推了一把，女孩摔在地上，摸到她身邊腐敗到一半的童屍。巫師與畫師轉身離開，大石重新堵死了洞口。

我就不懂，這樣真的能解決什麼問題嗎？神明真的給予了巫師這樣的指示嗎？我的通靈能力的確不太好，但能與天地順暢溝通的母親，卻也從來沒聽過神明要她這麼做。這一大齣戲，到底是誰開始編排的？即使如此，我也只能把疑惑吞進肚子裡，不然我就會是下一個獻祭品。

「妳來就是了。」兩位女侍邊說邊把指上的玉石摘給我。這種翠綠的玉石，只有皇室有，我恭敬地用雙手迎接。

「妳不來的話，沒人能解決皇后的痛苦。」離開前，她們再次提醒我。

皇后的痛苦是什麼呢？萬人之上的人會有什麼痛苦？這些住在宮殿裡的人不需要在腳底都起水泡時還要進入田地裡耕作，不需要烹煮編吊床，也不需擔心野豹攻擊。戰爭出征的時候，也不是她去殺敵。就算戰敗了，敵人抓的俘虜也是她下面的貴族武士。我想著在年終「尾耶泊」這五天舉行大祭祀的時候，皇后坐在金字塔上那氣定神閒的表情，彷彿這世界的苦難跟她一點關係都沒有。真難想像有一天，竟然還需要我來幫她解決煩惱。

站在金字塔上往下眺望，我感到一陣腿軟暈眩。女子趕緊攙扶著我，往室內走去。這時，兩個站在拱石門前的侍衛仔細地搜查了我的身體，他們的眼睛長得像巨鷹，額頭微微往後縮進髮際線，十分銳利瀟灑，我不禁看傻了，畢竟整個村莊裡也沒有長得如此好看的男人。

女子帶我進入幽暗的室內。石壁將毒辣的陽光隔絕於外，一陣透心的寒涼傳進了我的身體裡，我不禁打了個噴嚏，在石室裡噴嚏聲擴展放大，如同一場爆炸。

女子回頭，向我瞪大雙眼，「妳想死嗎？」她小聲地說。

我低頭道歉，尾隨在女子身後我數著經過的火炬，一，二，三，直到經過第十三把火炬，我們才停下來。

「準備好了嗎？」女人問，「等下見了皇后後，不要失態。」

我重新整整衣服，跟肩上的黑白普啾鳥交換了最後的眼神。

「好了，走吧！」

女子推開石門，示意我自己走進去。

我入宮後只與皇后見面，至今已經好幾個月。

我卑躬屈膝地進入透著微光的幽暗臥室，石床邊裝飾著多彩羽毛，柯巴樹脂燻爐裡冒出幾絲如小龍般繚繞的線煙，在牆上掛的豹皮周圍繞圈又散逸，像是被豹給吸了進去，等到這隻豹吸夠了這靈氣，搞不好哪天就會騰雲而去。

皇后配戴著湖綠色的玉石耳環，散發著華貴香氣，她問我：「今日，我看起來還好嗎？」

「如往常一樣。」我說，「一樣美麗動人。」

皇后嘆了一口氣說：「說謊是要被處死的。」

「水晶不說謊的，我的眼睛看得比誰都還透澈。皇后陛下，您的美麗震懾人心。」我說。

在晨曦微光裡，年輕的皇后淡褐色的皮膚飽含著油亮的光澤，她的臉頰圓潤紅豔，雙眼明亮，眼眶周圍是精緻描繪出的眼線，每眨一下眼，就是細細長長的誘惑。

「我聽了妳的話，用可可粉兌上了蜂蜜和油脂，還加了點洞穴深處的泉水。就這樣塗抹全身，再擦掉。妳看，在月光下，這皮膚都能映出月亮的形狀了。但有什麼用呢？」皇后說。

「國王還是沒有碰您？」我問。

「這麼久了，還是沒有。」皇后說。

「但他仍敬您？愛您？」我問。

「愛？我怎麼敢奢望。大概也就剩下敬了，但這敬又能撐多久？」皇后搖搖頭，嘆了口氣。

她想要生子生女，她期待成群小孩熱熱鬧鬧的樣子。

我能幫皇后做的事情不多，最多只能陪她說說話，教她觀察月亮的形狀，吞吐自然之氣調養身心，教她去後山拔幾片沙士樹葉，揉碎後散發出甜甜的香氣，將之按在心窩裡，就會舒緩精神。我知道自己只是在拖延時間，女巫的身分讓皇后對我還有幾分敬畏之心，如果哪天，她發現我根本什麼神力都沒有，我肯定就完了。最糟糕的是，我根本就清楚明瞭國王不觸碰皇后的原因，但我不能說，說出去的話我也完了。

某個特別炎熱的午後，當我赤足穿過森林來到宮殿時，我因為中了暑氣，一片昏沉，錯過了皇后的寢室，不小心便迷路，來到了後殿。檐廊上，守衛和女侍都消失了，整個後殿一片空蕩蕩。我在迴廊裡來回旋繞，但總是空轉，找不回原本的路。

恍惚中，我聽到了急促的呼吸聲。我小心地隨著聲音尋去，在一扇虛掩的窗前，看見了國王與巫師赤裸著，身體互相撞擊，發出激烈的叫喊聲。

我倒吸了一口氣，悄聲快速離開現場。這件事我得逼自己忘記。

那個像尋常一樣的日子，我毫無戒備地入了宮，去了皇后的寢室。

離開前，我送給皇后新編好的金色羽毛頭飾，穩當地將之別在皇后額前的髮帶上。而皇后，則把她頭上豔綠色的罕見鳥羽，也當成禮物贈送給了我。正當我走下了正殿金字塔的階梯，兩個強壯的男子用了個大布袋套住了我的頭，將我強擄了去。

當我醒來的時候，我就失去了雙眼。

我摸索著環境，發現自己躺在一個黑暗的洞穴裡，身邊都是潰爛腐敗的氣味。過不久，我開始發燒，發臭，蟲子在我的身上亂竄，癢到無法忍受。但我沒有任何一點力氣驅趕，就這樣靜靜地躺著。黑夜與我無關，白晝與我無關。

我嚥下最後一口氣。

此時，我也全身發癢，我聞到我身上可怕的氣味，像是被雨水悶過的臭雨衣，但那些氣味不是來自水氣，而是發爛的傷口。我激動地舞動四肢，想要拍打掉在傷口上蠕動的肥胖白蟲。

這時，有人打開了布袋，對我說：「小妹妹，妳還活著喔？我剛剛一直叫妳，妳都沒有回應。我們只是綁架，沒有要勒索，更沒有要撕票捏！」

我看見了兩個男子，我不知道他們是誰，但我從布袋裡爬了出來，跳上了其中一個男子的身子，像隻無尾熊般緊緊抱住他。

「謝謝！謝謝！謝謝你救了我。」我邊說邊哭。

「小妹妹，等等。不是，我們綁架了妳耶。」他說。

15 道義放兩旁

我做了一場夢？一場清楚描述水晶過去生活的夢？

現在這個不知身處何處的人，是現實裡的我？而那個因為看到不該看的事情，而眼睛被挖掉的人，是夢境裡的我？喔不，那個人甚至根本就不是我？

我現在，像個三歲嬰兒，攀在不認識的叔叔背上，盯著他布滿小蛇刺青的後頸。而他覺得尷尬難耐，不斷想把我甩下來。請問這一幕，到底是現實還是夢？

「讓她下來吧。」遠處傳來中氣飽滿的男子聲音，「但輕一點，不要弄傷她。」

我抬起頭，這下才發現周圍聚集了穿著黑衣、理著平頭的男子。這些人朝著後方齊聲說：「是。」

我就像是動物園裡的蜘蛛猴，有人把我繞在叔叔脖子上的手一指一指扳開，另外的人在下頭接住了我，幾個人再合力將我移擺到地板上。

強烈的檀香味襲來，像是回到了觀音廟。但我的眼前是個神壇，神堂中間是紅臉關公，手持關刀，嚴肅地凝視著前方。關公正前方有個紅色骨董座椅，由此為中心輻射延伸出兩排穿著黑色西裝的男子，他們挺著胸膛、立正站好，全都屏氣凝神地看著坐在紅椅上的人。

我也往那個方向看去。

眼前的這個男子，長得細瘦淨白，戴著黑色圓框眼鏡，像是瓊瑤連續劇裡那種手上總是拿本線裝書的書生。他的頭上戴著一個黑灰格紋的毛呢帽，身穿一件深藍色的襯衫，外頭還罩著灰色的毛織背心。腳上是一雙尖頭的咖啡色皮鞋，皮上浮雕著細膩的花朵。這身穿著，又比呆傻的書生時髦很多。

「妳叫劉可可？」男子問。

我沒回答，眼神仍梭巡著四周。男子重複翻著瓷杯的蓋子，發出清脆的瓷器相擊之聲，像是在打拍子計算我要花多久時間才肯說話。

「幸安國小，六年級。」見我不答，他便幫我回答：「跟我印象中的六年級孩子長得不一樣。雖然還是小個子，臉已經長得很成熟了啊。」

「你，你們到底是誰？為什麼要抓我？我家沒什麼錢啊！」我終於出聲。

「劉可可，別緊張。今天找妳來其實沒什麼壞事，也沒有要跟你們家要錢。」他說。

「那你們要幹麼？」

「來，別坐在地上，妳先來椅子上坐好！要不要喝點茶？」

兩個黑衣人馬上順著他的話，把一張紅木椅搬到我眼前，再把我直接抱上椅子，壓了下我的肩膀，示意我乖乖坐好、不要亂動。我又看了眼前這位老大一眼，他有著深邃的雙眼皮，堅挺的鼻梁，連眼睫毛都又捲又長。

「小小年紀，妳就很會做生意了。我很欣賞。」老大繼續說。「妳在公園裡做的那些事，我們都知道。」

「那不是什麼生意，沒賺什麼錢。」我辯解。

「可可啊，千萬不要小看了自己。妳看看自己，妳已經不是小女孩了。妳做的事，已經是大人做的事，大人的事業了。妳知道嗎？販賣故事就是最高級的生意。想想看，妳的成本是什麼？」他說。

「成本是什麼？」我重複他的話。

「沒有。妳沒有成本，妳不用擔心虧損。而且賣故事也不是只在賣故事本身而已，而是它的影響力。」

「嗯。」我不是很懂，但聽起來很舒服，希望他能繼續說下去。

「妳聽過空城計的故事嗎？學校有沒有教？」

「沒有。」我模仿他的動作，先把茶蓋掀開，在杯沿滑了幾次，再喝茶。

「沒關係，我從來沒在學校裡學到什麼有用的。好吧，讓我來跟妳說說。三國時代的諸葛孔明妳聽過吧，有一次敵軍司馬懿領了十五萬大兵而來，但孔明身邊沒有足夠軍隊應付。於是他就到高臺上，裝著一副無事的樣子，面對著魏軍焚香彈琴。這就是在演一個故事，演一個萬事備足，閒然自若的樣子。敵軍看到，自然就退了。妳這樣聽明白了嗎？」

「明白是明白，但這關我什麼事呢？」我一邊說，一邊學他翹著二郎腿，把身體的重心都傾向一邊。

「當然有關啊。那我再講另一個故事，看看妳有沒有慧根。在一九六〇年代的美國，有些醫生開始和大家勸說，椰子油的飽和脂肪會造成心臟病，於是在一夕之間椰子油就開始滯銷，大家都不使用椰子油了。然而，這只是個說法，並非是事實。這是因為美國不種椰子，椰子多來自熱帶地區的國家，但美國生產玉米、黃豆等，所以為美國生產這些作物的公司，向這些醫生買了他們的說法。所以，光是一個說法，一個故事，就可以改變人們的消費習慣，而這就能製造事業。」他說。

「你的意思是，我在公園講故事這件事，能改變人們的想法？」我說。

「賓果，和聰明的人講話就是舒服。」他說。

老大說話的口氣，還真的沒有把我當成孩子。這和爸媽和我說話時，動不動就使用命令、威嚇，責備或勒索的語氣，實在差太多了。老大差不多是爸爸的年紀，但是我和他說話，卻像跟同齡的人說話一樣自在。

「這樣妳懂我們為什麼要找妳來喝茶聊天嗎?」

「難道我說的故事改變了什麼?我搶了你的生意?」。

「不是,不是,來,妳喝茶。剛好相反,我要來跟妳談生意的。」老大幫我添了新茶。

「這茶不夠熱,我喜歡燙的。」我說。

身邊的兩個黑衣男看了彼此一眼,但馬上識相地把冷壺拿走,再小心翼翼地提著滾燙的熱壺回來。

「四十七巷那間程家老厝,已經空置了很久,程家一直不願意出售。妳把這間屋子裡發生的鬼故事說得真好,一說完,房子的問題就解決了。鬧鬼的屋子價格只會下跌,不賣也沒辦法,於是買鬼屋就變成了一筆賺錢的生意。但鬼故事,不過就是個故事。人們因為故事而害怕,只有能看透虛假的人,才能在這當中受益。」

「所以你還是認為,鬼故事是假的。」我心裡仍感到不甘心,如果無法說服別人相信,那對我來說就不算是成功的故事。

「不是這樣的。不管是真的,還是假的,都不是最重要的事。而是故事本身,它是不是觸動了什麼?是不是改變了什麼?這個才是我們應該追求的價值。」他說。

我停頓了一下,腦袋裡所有的聲音都安靜了下來。從前我的執著,我的憤怒,都在他的這句話裡融解了。我只好又偷看了老大一眼，這下，連他的嘴唇也顯得特別滋潤可愛。花輪長大以後，也不可能比眼前這個老大更好看了吧。

「所以，可可，我想說的是，不管大人怎麼看妳，其他小孩怎麼看妳，妳都無須放在心上。這世上，多的是庸俗的大人，妳在學校裡，大概也遇到很多無賴般的小孩。他們共有的特質就是蠢笨無比。這些人只會限制妳的眼界和能力。」

我想起班上那些ㄣ和ㄥ都不會分，卻想要欺負我的一堆蠢蛋，心裡浮上一種油膩的不適感。

「可可，不如和我合作吧。我們是同類的人。」老大說。

神壇前的紅燭光一閃一滅，老大的眼眸反射燭光，眼珠裡像圈養著一隻跳舞的小猴一樣，讓人看得目眩神迷。如果這時他拿出結婚證書，我肯定會不加思索地在上面簽名。但突然間，我卻板起了臉孔。

「不過，你到底是誰？你們這些穿黑衣服的，不都是壞人嗎？」我說。

老大笑了笑說：「在這個世界上，我常常被認為是黑道，是壞人。但是人們只是不習慣與他們社會不一樣的地下社會而已。想想看，妳所生活的這個城市裡有很多房子，很多行人，很多商店，這些事物共同構築了一個世界，大家在這個城市裡遵循著規則生活著，大多數人都覺得這就是唯一的世界了。但妳挖過路邊的土壤嗎？難道妳沒有想過，如果一直往地底下挖下去的話，會看見什麼呢？」

「會看見什麼？」我有些激動，重複著他的話。老大你該不會也喜歡在公園挖土吧，你該不會以前也挖過公賣局的碗吧？你你你不能這樣，不管說什麼，都說在我的心坎兒尖上啊。我才六年級而已，我還不能嫁給你。

「首先，妳大概會看見蚯蚓螞蟻之類的生物。」他說。

我幾乎含淚點頭。

「但牠們在地底，也建築了家屋、公路和隧道，結構複雜，絲毫不比妳所生活的城市還遜色。牠們也有自己的社會階級和結構，每隻蟲子有該遵守的規則和應盡的義務。只生活在妳所存在的世界的人，大概不會知道，地底下也有這樣完整的社會。妳看看，我們這些人，也有我們的道義和責任，也都得遵守著我們這個社會裡的規則。『黑社會』這個詞多麼誤導，好像我們的心是黑的，腸是黑的。但說穿了，我們不都是一樣的人嗎？只是妳活在地面之上，而我們，在地下建構了我們的世界。」

他起身，在關公像前環繞了一圈，在場的黑衣工蟻們眼神專注地盯著他。我也盯著他看，好像在看一個奇蹟。這世界上，竟然有能說故事、能講道理的大人。我身邊的大人都是這樣的：說不過別人的時候就要用吼的，想要別人聽他們話的時候就要用罵的，想讓別人害怕時就要用摔的。

「可可，妳對妳的世界滿意嗎？」突然間，他轉身問我。

我對我的生活滿意嗎？每天，我吃飯睡覺上學回家，生活裡已經鋪好了一條軌道，我是嵌在軌道上滑行的火車。對這樣的生活，我不能不滿意，因為媽媽會跟我說：「那妳去非洲看看啊。」在家裡，我常常得摀著耳朵躲在房間裡，房門外有很多爭吵，也有很多缺了一角的家具，因為他們沒有生命，所以忍得住重複傷害。有一次，摔過的電風扇螺旋槳彎彎斜斜地轉動，葉片左右亂晃，發出關節卡住的聲響。然後它發出殺雞般的尖叫之後，就再也不動了。當牠被丟棄在垃圾場時，我告訴自己，絕對不能故障、不能受傷、不能壞掉，不然，我就會被永遠地丟棄。

但現在，我的世界不一樣了。我開始說故事，我有我的聽眾，我有幾個在可可故事屋一起做事的夥伴，我甚至有了一個祕密的水晶姊姊。

「我未必喜歡這個世界，但我知道我可以在這個世界裡存活。」我說。

「不，這樣遠遠不夠。只是庸庸碌碌地活著，有什麼意思？妳不想掌握自己的人生嗎？妳可以要得更多，我知道妳不想就這樣聽著別人的指示過日子。」他說。

他繼續說：「這樣吧，如果妳能重新選擇妳的人生，有什麼事情是妳想除去的，有什麼是妳想增加的？我們地下社會的力量就像是許願池，對著我們許願吧。妳想要的，什麼事情都可以達成。」

「什麼事情都可以許願？」

「什麼事情都可以。」他說，「但是，妳得向水池裡投入銅板，許願才會靈驗。」

16 愛情限時批

在這個世界上，有什麼是我想要除去的？有什麼是我想得到的？

我與媽媽在早晨交通尖峰時間的計程車裡，她每幾分鐘就看一次手錶，我也跟著緊張起來，不斷看著自己的史努比手錶。再過五分鐘校門就會關上，我就會被登記遲到，但現在我們一動也不動地卡在馬路中央。我望著馬路上的汽車，真希望它們全部都能在我的一聲命令下消失。

人又不是神，怎麼會有這力量？就算是神，我也不相信祂們能夠消除一切看不慣的事物。不然，這世上怎麼會有這麼多犯罪，這麼多壞人，這麼多戰爭和殘殺？老大說的是真的嗎？他能讓我不想看見的事情都消失嗎？我想像月考考卷長出了翅膀，從窗戶一張張飛走的畫面。

我也想要有這樣的神力。我反覆地扣著指節，發出清脆的聲音，將此視為魔法的手勢。我想像，只要每發出一聲清響，就會有幾輛汽車像吹出的肥皂泡泡一樣，「波」的一聲爆裂，消散在空氣裡。

「夠了喔，不要發出這種聲音，很煩。」媽媽說。

我聽見了抱怨，但不想理會，故意又發出幾聲。

媽媽馬上伸出手來，緊緊抓住我的手，她越抓越用力，等著我喊痛投降。我偏不。一隻手癱了沒關係，我還有另一隻手。當我正準備開始用另一隻手扣指節的時候，媽媽再也忍受不了了。

「我真的要被你們搞瘋了。」她放開了我的手，雙手遮著她的耳朵。

「為什麼我會遇到你們這一家？為什麼？」她繼續說。

聽不懂，「你們」這一家是什麼意思？難道她和我不是同一家的？平常的我能偵測到這些危險訊號，在該閉嘴的時候就閉嘴，但今天，我的身體似乎就像是正在瓦斯爐上燒得滾燙的湯鍋，不斷冒出蒸汽，我必須釋放掉這些煙霧，不然我也會像早上的爸爸那樣，不顧一切地爆炸。

於是，我轉頭看了她一眼，冷冷地說：「我也搞不懂，為什麼我會生在這一家？」

我們現在會在計程車裡，甚至面臨即將遲到的危機，都是因為這個早晨發生了意料之外的突發事件。

今天早上，當爸爸在大馬路上開車直行的時候，一臺紅色喜美忽然從巷子裡竄出，爸爸迅速踩了煞車，但仍輕輕地碰上了喜美的屁股。對方把窗子拉了下來，轉頭狠狠地瞪了爸爸一眼。我一看見這表情就知道不妙。對方投擲的是未熄的香菸頭，而香菸頭掉落的地方卻是乾燥的稻草堆，草堆底下還埋著土製炸彈。

爸爸拿起了放在副駕駛座的拐杖鎖，打開車門，挺起胸膛邁出步伐。

「安怎?幹，你安怎？」他朝著喜美走近。

「可可，快，我們快走。」媽媽拉著我，迅速地離開車子。

媽媽帶著我小跑步到路邊，攔了臺計程車。進入計程車前，我聽見玻璃哐啷碎開的聲音，轉頭看，紅色喜美的後車窗已經被擊破。從喜美裡走出的男子，眼神比剛才更凶狠了，他也操著拐杖鎖，往我們藍色豐田砸去。

「要命。」媽媽叫了一聲，「妳爸真的不管我們死活。」

我嚇得心臟怦怦跳，也許下一秒他們會往彼此的腦袋砸去。

「不要看了。」媽媽遮住我的眼睛，把我壓進計程車裡。

車子裡瀰漫著玉蘭花的香氣，一串象牙白的花掛在後照鏡上。司機沒意識到我們與藍色豐田小車的關係，口無遮攔地說：「現在臺北市神經病越來越多。」

「對，神經病越來越多。」媽媽回答。

警察廣播電臺正播放著路況，我仔細聽著，搞不好爸爸會上廣播。只可惜，這一節路況報導只播報著城南大塞車，提醒各位駕駛朋友改道行駛，沒有藍色豐田小轎車與紅色喜美後玻璃雙雙爆破的新聞。

不知為何，我的手腳一直微微抖動，像是站在冬天的風口，穿再多也無法阻止身體發抖。連腦袋也變得麻麻的，似乎有幾千萬隻螞蟻在裡頭鑽來鑽去，讓人焦躁難安。於是我必須玩起手指，玩到讓媽媽也近乎崩潰。現在好了，大家的心情都沉到谷底了。

接下來是新聞播報：「中共官方新華社昨天發布新聞稿，指共軍十一月下旬在閩南沿海成功地進行了三軍演習，最先進的蘇愷二十七戰機首次在演習中公開亮相，表示如果臺灣繼續搞兩個中國，海峽兩岸的戰爭則可能一觸即發。」

「這個中共啊，也是神經病。」司機說。

「李登輝去一趟美國康乃爾，就說我們要搞臺獨，搞兩個中國。然後又說要武力攻臺，這不是神經病是什麼？」他繼續說，「不是，你想想看，臺獨跟兩個中國是兩個不同的概念嘛！怎麼連這種事都搞不清楚。」

我有聽沒有懂，不禁提問：「什麼意思？」

媽媽狠狠瞪了一下我，馬上跟司機說：「一大早，不要聽這些烏煙瘴氣的事。先生，麻煩換一下電臺吧，聽聽歌啊什麼的都好。」

司機咕噥了幾句，轉到下一臺，還是在播報新聞：「中國演習傳聞撼人心，投資人信心不足，外資縮手觀望，行情一路下滑，股市暴跌一百三十二點，成交值萎縮為兩百八十三億元。」

「不是，太太，這種事妳怎麼可以不關心呢？依妳看，中共會不會打來？」司機又問媽媽。

「哎呦，我怎麼會知道。」媽媽不耐。

「我看不會。」司機說。

「你說不會，當然就不會了。」媽媽明顯在敷衍。

司機嘻嘻笑了幾聲，就不再說話了。

見車子離學校越來越近，媽媽對我說：「等下進教室，馬上去跟老師說對不起，但不要講早上爸爸的事，知道嗎？」

「那我要怎麼說？」

「說妳身體不舒服。」

「我可以騙人啊？」

「這種事騙人沒關係。」

「這種事是哪種事？」我問媽媽。

她眼睛發直，盯著前方，不想回答我。我知道我若再追問下去，她可能會直接把我從車窗丟出去。

晚上我寫了一封信，收件人是：「地下社會的叔叔。」

親愛的叔叔：

上次你提到如果我有什麼想要除去的，記得要跟你說。我想了很久，我終於想到我想要除去什麼了，現在我決定跟你說。如果可以的話，請想辦法幫我解決這些煩惱。

我不喜歡臺北每天早上都塞車。每次塞車，我剛吃下的蛋餅和奶茶就會在胃裡翻滾，一到教室我就很想吐。我跟你說，有一次，我真的吐了。我的同學都笑我，說我很噁心。

還有，我不喜歡在路上吵架打架的人，我覺得他們很沒品。我的爸爸和一個開紅色喜美的人吵架，他們把對方的車子玻璃都打破了。我被嚇到了，我的心情變得很不好。我覺得這樣的人都需要受到懲罰。

最後，我不喜歡中共，因為他們喜歡軍演，假裝要打臺灣。這種人為了達到目的，不擇手段。股票大跌的話，我的爸爸會不高興，我要買什麼他都不答應。

你如果能幫我把以上的問題都解決的話，我會很開心，你會是我的偶像（不是嘔吐的對象喔！哈哈！）

很可愛的劉可可　敬上

我用一張帕恰狗的貼紙封住信封，因為用凱蒂貓太娘了，他可能不會喜歡。我一直掙扎，要不要在「敬上」的後面畫個愛心，但最後還是放棄。

只是，寫在信上的那些話，都是我已經想清楚、能明白的事情。有件事我一直想不明白，在心裡盤旋圍繞，卻無法與人述說。

自從上次被地下社會的人塞進了布袋以後，我就時常反芻那段因為意識模糊而闖入水晶的奇怪記憶。這是一場夢境？還是真實經驗？一個人有辦法進入另一個人的身體裡嗎？我明明是現代臺灣人，有可能進入到遠古的馬雅身體裡嗎？如果是幻想，即使我擅於想像與編織，那日呈現在我眼前的，已經遠遠超過我能夠唬爛的程度，為什麼我能將一個從來沒有去過的馬雅世界創造得如此精細？

這一切，一定都是水晶幹的把戲。是她故意帶我回到她的世界，是她要我經歷她所經歷過的事，是她要我感受她的痛苦。但她卻從來沒有先問我，想不想？願不願意？可不可以？我甚至感覺到，她根本就想要將我永久困在她的身體裡。

從那日以後，我感覺自己被切成兩半。有一半的自己如往常一樣，乖乖去上學，放學後回綠寶石屋，晚上有時去說故事。我像個正常的孩子一樣學習與玩耍。但一半的我卻壞掉了，身體被鑿了個洞，硬是被塞進了一個腐爛的種子，再縫起來。這顆種子會在身體裡頭發芽，長大，每當我在公園奔跑，向著太陽晒得全身發熱的時候，心中便有幾根強韌的樹根蔓爬在仰頭所及的圍牆上，不一會兒，眼前的光線便被不斷延伸的樹叢所遮掩，我的世界變得黑暗一片，如天狗蝕日。

在黑暗裡，我看到了水晶的身體潰爛的樣子，原本光滑的棕色皮膚變得一塊紫，一塊灰，上頭還長滿了如黴菌般的細毛，比公園裡染上皮膚病的癩痢狗更可怕。一條又一條肥碩的白蟲從她的嘴裡爬出，直到爬到了眼窩處，就好像看到什麼有趣的遊樂場一樣，又興沖沖地鑽了進去，不斷發出一種咕嚕嚕的，像是在咀嚼食物的聲音。

為什麼要讓我看到這一切？我好像還沒開始享受到童年的快樂，就先被頹敗腐爛的畫面所震懾。我想起每次在路上看到被車子壓扁的鴿子和老鼠，媽媽總是先把我的眼睛遮起來，拉著我快速通過；觀音廟前的電影若演到《人肉叉燒包》一類的電影，媽媽也一邊喊夭壽，一邊把我從板凳上拔下來，逼著我回家做功課。

「小孩子不要看這種東西，會做噩夢！」媽媽說。

但水晶卻不斷讓我看見那些可怕噁心的事情，樂此不疲。水晶的目的是什麼？她想要做什麼？我做不做噩夢，好像她一點都不關心？也許她還會因為我做噩夢而洋洋得意，就像當初我在阿啄仔鬼屋做的那場戲一樣，目的就是嚇死王冬瓜。如果我能因此受到驚嚇，水晶才善罷甘休？

也許一開始，我們就錯了。

我們誤認對方能理解彼此，對彼此的生活和世界有滿滿的好奇和興趣，我們有說不完的話。但是時間久了，我們都成了對方的針刺，因為我們都極度孤單，極度想要朋友，但我們都不知道如何當對方的朋友，反而讓彼此越來越不舒服。這不是誰背叛了誰的問題，而是每個人一開始，就是南極企鵝與北極熊的關係，就算短暫交會，終究也只會經過對方，回到自己的棲息地。

我希望水晶夫人明白這一點。她不能依照她自己的喜好，就任意把我的小孩外殼剝去。我這樣就變成了裸露的豌豆仁，從此要被外在世界的輻射光線和惡毒空氣滲透破壞。

我還沒準備好長大，請不要擅自主張。

放學後，我將這封信交給學校後門的一家雜貨店老闆。我從來沒去過這家店，但根據地下社會叔叔說的，以後有任何事，都是跟這家雜貨店老闆說，他會幫忙轉告。

我不相信他人能完整轉告我的話，即使我跟爸爸媽媽說的事，他們也無法複製，總是刪東刪西，成為他們大人的版本。我的意思明明就不是那樣，但他們根本不管，總是照著自己的意思，說著自己想聽的話。我只好用寫的，把一封完整的信交給老闆，還告誡他不要看，請直接交給地下社會叔叔。

他抬起眉毛說：「妳這麼小就已經和他們在做生意了喔。」

「安怎？不行嗎？」我用爸爸下車準備幹架的口氣說話，免得老闆看不起我。

「行，怎麼會不行。要不要喝什麼飲料？還是要吃冰？吃糖？」他諂媚了起來。

我在雜貨店繞了一圈，挑了那天被綁架時一模一樣的藍旋風果汁冰棒。老闆沒跟我收錢，還多給了我許多可樂糖，把口袋塞得滿滿的。

我一個人走在安靜的巷子裡，一邊舔著冰棒，一邊左右張望。原來，人的身體會記得危機，即使我知道我已經安全了，但我還是記得上次吃冰棒時，眼前忽然全部變黑的恐懼感受。我小心翼翼，害怕有人跟著我。

道路暢通，四周無人。

榕樹上有幾隻松鼠在枝椏間奔跑，幾片落葉被掃落，在空中繞著圈子，像小叮噹的竹蜻蜓一樣，迴旋飛落在我的眼前。不知道是不是偷吃冰的關係，我突然打起哆嗦，趕緊把外套的拉鍊拉起。

但也許，只是因為秋天已經快結束了。

17 送你一份愛的禮物

那日放學回家，我在巷口被兩個黑衣男子攔住。

「小朋友！」他們喊。

咪咪和森仔嚇了一跳，從男子身邊側身滑過，拔腿狂奔。黑衣男子的目標顯然不是他們，兩人跑走時黑衣男一動也沒動，完全不在意的樣子。森仔跑了一小段路，轉過頭來，發現我還在原地，便皺起了眉頭遙望著我。他牽著咪咪站在遠方，靜觀事態變化。

「小朋友，妳不要怕。這次我們不是來抓妳的啊。」其中一個男子說。

男子理著個平頭，眼睛細長如帶著長尾的蝌蚪，他一說話，參差不齊的上排牙齒像殭屍般露了出來，一股混濁的氣息從他的口腔洩出。奇怪，明明是老大那邊的人，怎麼長得如此猙獰，與老大差這麼多？

「你們要幹麼？」我不耐煩地說。

「老大要我給妳這些東西。」

男子手上提著個紙袋，上頭印著「遠東百貨」的標誌。他小心翼翼將紙袋交給我，接著另一個男子也交給我另一個紙袋，這紙袋上用淡紫藍色不規則印染的紙絜蓋著，上頭還黏有銀色亮粉，聞起來還有百合香水的味道。看見這漂亮的包裝，我伸出雙手，恭敬地接好這兩個紙袋。

「小朋友，老大說，妳想要除去的東西，他已經處理了一些。」男人說，「但有一些事，他可能也沒辦法。那要等妳長大，當市長當總統後，才能改變這世界。」

我當然知道，老大不是真的許願池，事情不會像童話故事那樣發展，只要他揮一揮魔法杖，大地就抹上了糖霜。可是當我親自聽到他們帶來這樣的消息，我還是感到失落，就像知道「聖誕老人不是真的」、「過年根本不會有像大貓一樣的年獸在路上走」這樣程度的失望。

「好吧，我知道。那他做了什麼呢？」我問。

「我們黑社會的人最會替天行道了。妳想要懲罰的人，我們都會好好懲罰。」他說。

我咬了咬嘴唇，感到有些羞愧。事情已經過了這麼久，我甚至有點後悔把爸爸跟人吵架的事情寫到信裡。媽媽老是說：「家醜不外揚」，我現在不只外揚了，甚至還惹來了一些麻煩。

「你們……對我爸做了什麼？」我擔心地問。

「來，先看看紅色喜美變成什麼樣子。」他們拿出一張張照片，裡頭是那臺喜美車被打得稀爛的特寫。後照鏡摔落在地上，前後玻璃又被打碎，真是命運多舛的一臺車啊。我們家的藍色豐田該不會也變成這樣吧？如果玻璃又被打破，我爸肯定會發瘋，那我也沒有好日子過了。

「至於你爸的車，老大說先放過一馬。」他說，「老大的意思是，讓妳再考慮一下，如果妳覺得還是需要懲罰一下，他立刻找人去砸車。」

我鬆了一口氣，老大果然是這世界上最了解我的人。他懂得我的衝動，我的猶豫，也考慮了這件事情將對我造成的後果。

「所以，小妹妹妳就放心吧。妳就先收下這些禮物。」

「裡面是什麼？」我問。

「妳等下看了就知道。只是，禮物收了，也要開始做事了喔。」男人邊說邊笑，他暴出的門牙也顫顫抖動。哎，還真像電影《黃飛鴻》裡的暴牙蘇。

「做什麼事？」我問。

「哎啊，妳是真忘記，還是假糊塗？」男人說。

「老大要我做什麼事，他從來都沒有具體告訴我啊。更何況，明明是老大自願當許願池的，我都還沒答應要和你們合作呢。」

「妹妹，我們這邊的遊戲規則不是這樣喔。妳讓我們為妳做事，妳也要為我們做事，這才公平嘛。讓我來提醒妳好了。可可故事屋，是不是要重新開張了啊？如果不知道要說什麼鬼故事的話，這裡有張地圖，先從二十三巷這間破屋子說起怎麼樣？」

「二十三巷的破屋子？」我看著男子手上的地圖，在二十三巷的某處上黏了星星貼紙做標誌。他用食指點了點這間屋子，地圖發出「碰碰」兩聲，抱怨他的粗魯。

「這是間鬼屋啊？」我問。

「是不是鬼屋，只有妳說的算。」他說。

「我說的算？」

「是的，好好地為它說一個精采的鬼故事。說故事，這妳應該很擅長吧。」他挑著眉說。何止擅長，根本專業。我要光，光就會出現在舞臺；我要鬼，鬼更會從四面八方全部湧現而來。突然間，眼前這個暴牙蘇也沒這麼凶惡了。

「所以老大要我做的事，就是說故事啊？他真那麼喜歡我的故事？」我說。

暴牙蘇大笑：「對，不只他喜歡，我們全部都喜歡。妳說是不是？」他用手肘抵了旁邊的男子，男子卻只浮出淺淺的微笑，一句話都沒說。

森仔和咪咪七手八腳地幫忙拆禮物。

放在遠東百貨紙袋裡的是一個矩形紙盒，打開紙盒蓋子時，一陣醇厚的牛皮香湧了出來。一雙美麗高貴的黑色漆皮皮鞋映入眼簾，讓我們三人同時驚呼。鞋頭刻有精緻的雕花，仔細看，是一排含苞待放的鬱金香圖案。鞋背處左右有兩條細皮帶，可以在腳弓處交叉繫住。這樣高級的鞋，大概只有住在仁愛路上的花輪一家才買得起。我忍不住馬上試穿，沒想到尺寸如此剛好，就像是把腳壓進軟軟的奶油蛋糕般的感覺，被緊密且舒適地包覆著。我左右走動，鞋子在木地板上發出沉沉的叩響聲。在鏡子前面，我覺得自己就像是《凡爾賽玫瑰》裡的公主，只差一件誇張的蓬蓬裙。

「這雙鞋好好看啊。」咪咪繼續說，「為什麼妳會有新鞋子？」她噘起嘴，語調裡透露出嫉妒。她盯著我的鞋子瞧，就像一隻餓狗盯著雞腿般。

「妳去看看另外一個袋子裡有什麼。」我快速轉移話題。

咪咪嘴裡還嘀咕著，但手已經開始把紫藍色袋子裡的東西都拿出來：一個用粉黃棉絮紙包裝好的紙盒，上頭黏著個金屬光澤的錫箔紙花；另一個盒子也是如此，用的則是粉藍棉絮紙。我曾熱中於這些華麗的包裝，甚至喜歡湊點錢買一兩張心儀的包裝紙與蝴蝶結，小心地包住空盒，藏放在櫃子裡，假裝收到禮物。這一次，終於得到了夢想的禮物盒。

咪咪問：「我可以拆嗎？」

「當然可以。」我嘴上雖這麼說，但拆禮物一直是我最喜歡做的事。這次只好讓給咪咪了。

第一個紙盒裡裝著的是當初我在文具店裡看上的湯瑪仕小火車文具組合，是地下社會的人綁架我當天我在路上丟失的東西。另一個紙盒裡裝的是雙子星天使的文具組合，裡頭有個筆袋，鉛筆和按壓式多色原子筆，以及刻度上鑲著小星星的塑膠尺。這是我幾個月來，常常在日貨店裡觀望的商品。

看來地下社會的人對我瞭若指掌。我去過哪裡，買過什麼，喜歡什麼，買得起什麼，買不起什麼，都調查過了。收到如此「合意」的禮物，竟讓我有點害怕。

咪咪看著雙子星天使文具組合，一邊對我說：「為什麼妳連這個都有？」她的眼睛裡噴出火光，瀕臨失控。

「沒有，這個是妳的。」我把雙子星天使推到她面前。

「還有，湯瑪仕小火車是森仔的。」我又說，「這樣我們三個人都有新的禮物了。」

「為什麼？」森仔問，「為什麼那兩個黑衣人要給我們禮物？他們有什麼目的嗎？他們要綁架我們嗎？無功不受祿。這肯定有問題。」

「怎麼可能？我們家這麼窮。有錢人的小孩，像是花輪那種，才會被綁架。」我說，「不過，無功不受祿倒是真的。我們倒是要開始做點事情。這些人喜歡聽我們說故事，所以，事情很簡單，現在我們只要努力好好說故事就好了。」我興奮地說。

根據地圖顯示，二十三巷七號的房子離綠寶石屋不遠，只要往市場的方向走幾個路口，穿過馬路，過了一家傳統糕餅豆漿店，再往右轉進第一個巷子裡，再往前走一下子就到了。

看來，只需要幾分鐘就能走到。

但我忘了，身邊跟的是兩個貪吃鬼。我不愛吃東西，能不吃就盡量不吃，大人都拿我沒轍。但咪咪和森仔則完全相反，只要拿吃的東西出來誘惑，他們什麼仁愛信義廉恥都不管了。經過糕餅店時，剛出爐的蟹殼黃散發出不得了的炒芝麻香，附近的人都像無頭蒼蠅一樣，默默地被吸引到這裡排隊。我嘗試拉著咪咪和森仔快步走過，但這兩人愛吃的天賦讓他們轉化為千年古木，就地生出直達地心的樹根，緊緊抓牢著泥土，再也沒有任何外力能動搖他們。我只好延後任務，與他們一同圍在糕餅店的鐵爐邊，讓炙熱的煤炭逐漸溫暖我的灰心。

老闆用大箝子在爐裡慢慢翻攪，故意吊我們胃口，好不容易才夾出兩個外表烤得硬硬脆脆的餅。

「只要兩個？」老闆再跟我們確定一次。

「欸，兩個就好。」我身上的銅板剛好也只能買兩個蟹殼黃。

「算了，多給你們一個。」老闆用三個紙袋，裝好三個蟹殼黃，一個一個各自送到我們的手裡。

「小心燙。小朋友，吹一吹再吃。」老闆說。

天氣有點涼了，但我們手心裡各擁著一塊餅，用來煨在胸前，全身變暖了起來。我輕輕咬下一口老闆贈送的蟹殼黃，滾燙的芝麻糊流了出來，燙得我嘴唇發腫。

「真的很燙，先吹一吹。」我轉頭吹咪咪袋子裡的蟹殼黃，怕她等下燙到大哭。她直直盯著她的餅，面露恐懼，肯定是害怕我會連她的份也一同咬下。

「放心。我才不會吃妳的。」我說。

咪咪這才露出心滿意足的微笑，她每咬一口，就和他哥哥森仔相視而笑，好像這是什麼天賜的寶藏，人間極致的幸福。據說愛吃的人命才會好，畢竟「食飯皇帝大」，能好好享受桌前的飯菜，才能長得又壯又好，甚至變成皇帝。晚餐的時候，我總是幻想坐在對面的森仔，每吃一口飯他的身體就變大一點，變老一點，然後竟然穿上了清代的官服，只是他的臉更像個殭屍，不是皇帝。憑什麼只有愛吃的人才可以命好，愛玩的人呢？我只要有什麼好玩的事，馬上就可以拋下碗裡的東西，衝出去探險。這樣的人命就不好嗎？

「屁股尖尖坐不住。」我聽見背後的大人這樣罵。

「哈哈，你們都是大屁股。坐下去就卡住，再也起不來。」我回嘴。

吃完蟹殼黃後，這兩棵古木才願意把根收起來，變回正常人類，跟著我出任務。糕餅店的後面是一條安靜的巷子，走到巷口，整條小巷都被滿地的金黃葉瓣覆蓋。風一吹，快速滾動的葉子往路邊同一個方向滾去，像一張亮黃色的毯子被輕輕掀起。

抬頭看，原來是一棵巨大的欒樹，樹梢的葉子，有的變成金黃一片，有的則轉為暗膚褐色，隨著風到處飛落。

「這算是花還是葉子啊？」我問。

「我猜是花。花才有這種不同的顏色。」森仔說。

「但形狀跟葉子一樣啊。」咪咪抱了滿懷的金黃葉，她故意往胸口擠壓，像是在擠壓棉花枕頭。

我對了對地圖，這棵欒樹所在之地就是目的地，它佇立於二十三巷七號房子的前院。樹下還有無數黑色、墨綠色和棕色的方形陶器，裡頭是修剪整齊的各式盆栽。種的是松啊，柏啊，杉啊，各種在國畫裡常見的那種樹。只是現在，那些參天古木被小叮噹的縮小燈照過了，都變成小小一棵。

「這裡的每一個植物，好像都很有禮貌。」我說。

「什麼意思？」森仔問。

「你看，和阿公的花比起來，它們都住在真正的花盆裡，也不會到處亂長，花盆旁邊也沒有蜘蛛和蚊子。而且你看它們的手和腳，都擺得好好的，立正站好。」

「這裡根本就沒有鬼吧。」咪咪說。

沒錯，她說到重點了。這麼有禮貌的房子，哪裡會有鬼？沒有鬼，怎麼會有鬼故事？

這間平房比阿公的綠寶石屋大了好幾倍，門口用水泥砌成了個比平地高一點的石階，石階上豎立著兩根漆成白色的方型木條，往上撐住了正方形的屋簷。這方木條年久失修，看起來已經有點傾斜。屋簷是尖尖的三角形，上頭鋪的是青灰色的瓦，瓦上長了層青苔，縫隙處也雜生著幾株小草。從屋頂的最高處沿著四個角發展出了幾條稜線，稜線的終點聚集到有著螺旋條紋造型的石雕。

「看，銀絲卷！」咪咪說。天啊，她剛才不是才吃完蟹殼黃，現在又聯想到銀絲卷。

「不，是芸豆糕。」森仔說。這一對果然是親生兄妹。

「不就像普通的逗號。」我說。他們同時給了我個白眼。

屋的外牆是橫向木板一層一層釘出來的。雖然綠寶石屋的外表也是由木片拼出來的，但木片外總夾雜著塑膠板做補丁，木頭也生霉了，在雨季裡散發出一種蕈菇般悶溼的泥土味道。但這間老屋的木板，一條條地排列整齊，就像是橫線筆記本一樣。我想找枝白粉筆，沿著外牆整齊的木頭紋線寫：「A：APPLE。B：BIRD。C：CAT」。

另一面牆的中間鑲著個玻璃窗臺，玻璃排列由幾個大菱形拼貼組合成。有的菱形玻璃是透明的，有的則紗霧一片。幸好，最下面的那個菱形是透明的，只要踮起腳尖就能看見室內。我們的身體緊緊貼住了牆面，六隻眼睛平貼在玻璃窗上，努力收集室內情報。

「你們看到什麼？」我問森仔和咪咪。

「有燈、有花瓶、收音機，鋪著格子花巾的餐桌，黑色皮沙發……」森仔說。

「只有一顆白色大石頭。」咪咪說。

我朝著咪咪的視線看去。果然，她這個矮子，視線全都被放在窗臺的玉石裝飾擋住了。

「欸，你們覺得，這房子鬧鬼嗎？」我問。

「看來不像，裡面好整齊，肯定有人住。」森仔說。

「有人住就沒有鬼了嗎？」我心想，這屋裡肯定可以找出什麼不尋常的東西，只是需要花點心思。

從窗戶看進去，最近處的窗臺擺放著各種小裝飾，有不同形狀顏色的石頭，幾尊木頭佛像。往再遠一點的方向看去，客廳的中間是一個黑色沙發，有點老舊，沙發角落的漆皮都掉落了，裡頭的海綿蛋糕露了出來。沙發旁的小茶几上有一個蕾絲布罩住的燈，那是我夢想中的檯燈造型，我求媽媽買，但她說不行，買這種無法顧眼睛，要買就要買什麼聰明牌不炫光的醜陋檯燈。再往左邊看去，餐桌上有一個瓷杯，杯中仍冒著熱煙。

「喂喂，看，現在裡面有人！」我指著那個吐著煙的杯子。

「你們這群孩子，有什麼事嗎？」身後突然冒出女人的聲音。

我們三人迅速回頭，在剛才的門廊處，站著一位穿著深綠毛衣與毛褲的老太太。她一手拄著拐杖，一手扶著細長的木條。那個方木條好像又往旁邊傾斜了一點。

「沒……沒事。」森仔說。

我撞了一下森仔，改說：「不，有事。我們有事要問妳。」

原本眉頭緊鎖的老太太，此時才把眼睛稍微舒展開來說：「唔，什麼事呢？」

「奶奶，妳……妳住在這裡嗎？」

「是啊。」

「那妳住多久了？」

「很久了，你們幾歲啊？三個年紀加起來都還沒有我在這裡的時間還長。」

「那妳知不知道關於這個房子的故事？」我單刀直入地問。

「妳指的是什麼故事呢？」

「嗯，各種故事啊，有沒有什麼奇怪的故事？晚上聽到奇怪的聲音啊？或是其他的鬼故事？」

「哈哈哈，小朋友，妳想像力太豐富了。這裡根本沒有鬼，哪來的鬼故事？」她說。

18
鼓聲若響

可可故事屋搬家了，從夜裡幽暗的公園角落搬到了街邊的明亮舞臺。

濟南路上有一家生意極好的「臺南意麵」。我雖然沒去過臺南，卻從小就在臺北吃臺南的意麵了。對我們來說，這家臺南意麵是生活的救星，是祕密的英雄。但所謂的祕密，指的是「全家人防著阿媽，不讓她知道」的祕密。阿媽老是喜歡從她的千年冰箱挖出化石來反覆蒸煮，因此，有時候桌上的食物已經失去了鮮度，流露一股酸氣。大家不敢直說，只好假裝夾了幾口菜，再找機會把菜吐掉。因此，有時我的舅舅，也就是咪咪和森仔的爸爸，會在餐桌上偷偷眨眼示意，收到訊號的小孩子們便勤快地幫忙收拾碗筷，準備轉移陣地。

舅舅跟阿媽說要帶這群小猴崽去漫畫屋看漫畫。但實際上，我們只不過把晚飯餐桌移到了巷口的臺南意麵。小冰箱裡有鮮採的冰白筍，淋上美乃滋便是清甜滋潤的小菜。粉腸切一份。豬肝連湯來三碗。乾意麵來五碗。舅舅數完了人頭，決定再追加兩碗。這裡的意麵鹹中帶甜，總是讓人意猶未盡，想多加一碗。

因此，當地下社會叔叔跟意麵店老闆協議，把我們的故事屋搬到這裡來舉辦時，我不加思索地贊成。且從今以後，只要我和森仔、咪咪，來到意麵店用餐，所有的飯錢都是老大支付。世上哪有這麼好的事？

意麵店的左側有一棵濃密的大榕樹。每週三晚上，在這棵榕樹下，埤仔腳的左鄰右舍，大人帶小孩，小孩牽大狗，都到這個榕樹下聽鬼故事。榕樹招陰，大榕樹垂下長鬍鬚，遠看就像披頭散髮的女鬼，有時還會突然掉下小樹果，嚇死聽眾。招來的孤魂野鬼，大概就黏附在樹枝上，隱藏在樹蔭裡。我有時感到背脊發涼，雞皮疙瘩竄起，一抬頭，便感受到黑黑的樹叢裡虎視眈眈的眼神。

搬到新地點以後，我們的主要聽眾就是來麵店吃晚飯的客人。臺南意麵生意絡繹不絕，我們底下的觀眾也是高朋滿座，小矮凳長腳凳一路排進騎樓，直抵好幾間店外的中藥舖。

「各位鄉親父老，今天要說的是一個從日本時代就開始的愛情故事。噗仔聲共伊催落去。」開場完，我等了幾秒，除了客人吆喝點豬肝湯的聲音，就只有不鏽鋼筷子拌麵的聲音，划拳灌啤酒的聲音。沒關係，我打算向老大建議讓我買一個大鼓，包青天開封府前面的那種，以後開場前鼓聲響起，方圓百里的人都會來這裡看好戲。

「來，各位往前直直看去，有沒有看見那個紅字的『麗欣點心舖』招牌？沒有嗎？沒有沒關係。每天下午，用鼻子聞，讓蟹殼黃的芝麻香氣帶著你往前走。繞過大街小巷你都不會迷路，因為香氣勾引著你，把你帶到了這間糕餅店面前。你排隊買了三個蟹殼黃，呼呼地吹了幾秒。正準備咬下一口的時候，忽然看見地面上滿滿的黃色心形葉片，隨著風飄到你腳邊。」

咪咪把收藏在塑膠袋裡的黃色欒樹葉，撒向臺下聽眾。

幾桌客人開始抬頭注意到我們，當零碎的眼神逐漸聚集起來，就像凝視黑夜時，星星會逐漸發亮一樣。我被那樣的光亮點燃了熱情，繼續說故事。

「你抬頭一看，看見了一棵樹梢都染成金黃葉的欒樹。你被這棵樹吸引了，彷佛有什麼神祕的力量，牽引著你繼續往前走。最後，你停在一間如宮崎駿《龍貓》裡的木屋前。這棵樹就像是守護神一樣，在門口守護著這間從日本時代就留下來的房子。」

所謂的「日本房子」，在埤仔腳並不多。阿公的綠寶石屋雖然在清朝時就已經有了，但到了日本時代卻還是隱匿在樹叢裡，沒有墨綠磚瓦，沒有整齊排列的橫木，只有幾片塑膠板，大小不一的大木片和紅磚，勉強堆出了一個可以遮風避雨的廚房浴室雙用空間。所以那天，當二十三巷的老奶奶站在她的屋子前院，回頭凝望房子，用著有些驕傲的口吻說：「這間房子，妳看，是日本人蓋的，到現在都已經快六十年了，是不是還是很漂亮？」時，我才知道原來日本房子是長這樣啊，阿公的綠寶石屋絕對不會被認為是日本時代屋子的代表。它沒有屬於那個時代的雍容華貴，有的只是穿越不同時代的一貫窮破感。

「日本房屋裡住著一個老先生。這個老先生每天都穿著一件洗到快要成為透明蟬翼的白背心，穿著一條米色長度到膝蓋的麻布短褲。」

咪咪和森仔交換了一個賊笑。每天穿著幾乎透明的白背心和米色短褲的老先生，不是別人，正是我們的阿公。

「只要天色一亮，他伸個懶腰，便走到前院去澆花。他最珍愛的一盆花，是一株綁在欒樹樹幹上的蘭花。」

「我阿公，不不，我說，這個老先生的蘭花，有個很好聽的名字，叫做『朝顏』。意思就是早晨的臉龐。這個名字取得好，早上第一道陽光灑下的時候，這朵花便綻放了美麗的容顏迎接這位老先生。」

「但是！」我把聲調提高，故作停頓。

「老先生澆其他花的時候，只要把水龍頭打開，拿著長長的水管往植物身上澆就好。這盆蘭花特別不同，各位看倌知道要餵她喝什麼嗎？」我左右張望，等待觀眾提供答案。

「來，你覺得是什麼？快猜猜！」

「啉尿啦！」蹲坐在地上的一個平頭小男孩大喊。眾人聽到這答案便跟著爆笑。

「才不是！」我翻了個白眼，最討厭這種口無遮攔的小孩子。

「啉燒酒！」一個已經喝得微醺的禿頭男搶著說。

「蘭花不喝尿也不喝酒。這盆朝顏，喝的是血。」我輕聲地說。

「什麼？」「伊咧講啥？」底下窸窸窣窣，似乎對我的答案很震驚。

「欸，小朋友！是ㄒㄩㄝ，三聲『雪』？還是ㄒㄧㄝ，三聲『血』？」

「血啦！流鼻血的血！豬血糕的血！」我有點動怒，明明這是個大家應該要倒抽一口氣的恐怖點。為什麼變成正音課？

「每天早上，老先生都帶著一把小刀，走到蘭花面前，輕輕地削掉一小塊手指皮，鮮血就湧了出來。然後就把血滴進蘭花盆裡，一叢乾草便染成深紅色。」

噪音忽然又冷卻了下來，大約是眾人的腦海裡終於都浮現血淋淋的畫面。

「這時呢，各位知道嗎？這優雅可愛的朝顏蘭花忽然便發出了咕嚕咕嚕貪婪吸食的聲音，原本繞在盆外的翠綠氣根，一瞬間就漲得血紅。老先生見狀，滿意地笑了笑，像是餵飽了狗狗貓貓一樣，便走回屋子裡去了。

「老先生在妻子去世以後，就一個人住在這間房子裡。白天他的生活與其他人一樣，很正常，很悠閒。有時到公園去走走，遇到其他老人就在涼亭裡跤筊。」

森仔和咪咪又偷笑，愛在公園涼亭賭博的不是他人，還是我們的阿公。

「但只要到晚餐時間，老先生就要趕緊回家。一回家，老先生就把門窗緊閉，窗簾都拉實。遠遠的，從房子外牆上層的玻璃窗可看見室內的水晶吊燈通亮，但越到深夜，這黃燈就漸漸轉紅，血一般的通紅。整間屋子彷彿被紅血所浸泡過，散發著異常的氣息。走近一聽，屋子裡可熱鬧了，有杯盤交錯之音，有狐步舞般的舞曲音樂，有洗麻將時如急雨打在屋簷上的聲音。但別忘了，老先生是一個人住喔。」

「可以是厝邊隔壁的聚會啊。」臺下有人反應。

「沒錯！一開始我也是這麼想。但其實厝邊隔壁很早就熄燈休息了，唯有這間日本屋，每到夜裡都閃爍著紅光。」

此時，終於有幾桌人忘記吃食，手上的筷子還夾著海帶，但注意力已經飄到我這裡。時機成熟，我向後臺打了聲招呼。森仔和咪咪迅速把幾個紙盒搬到臺上，與我同排站立。他們動作熟練地拆開箱子，把兩雙大人的皮鞋拿出來，握在手裡展示。

「對啦！白天要上班，晚上要去舞廳跳舞，普通的鞋子穿不久又容易開口笑，但一雙好的皮鞋卻可以帶你上刀山下油鍋。來來來，各位先生小姐，濟南路四十九巷巷口，陸陸皮鞋，剛進了這一批英國來的牛津男鞋。目前尺寸齊全，但這批賣完，就要等到天荒地老，海枯石爛。皮軟，耐磨，好穿，透氣不磨腳。一雙九百八！」

「貴參參！」臺下有人抱怨。

「品質好，才能穿得久。一雙九百八，太貴是嗎？好啦，大家的心聲我懂。今天我們也是有緣才會相聚在一堂。只要今天現場買鞋，一雙九百，還送兩個義大利鞋墊。有興趣的話，來臺旁邊試穿，現場沒有尺寸的，今天付款訂貨，明天還可以直接去店裡領現貨！」

陸陸續續，有一兩個阿伯往舞臺邊靠近。

「阿伯，你穿幾號？」森仔問。

地下社會叔叔將賣東西的任務指派給我們時，我感到聖光附體，彷彿我終於被神看見，被神認可了。在老大眼裡，我或許已經是一個與他平起平坐的大人，所以才看見了我的能力，甚至把生意交給我來做。我這輩子，從來沒被這樣相信過。

看到有人在排隊試鞋，我心喜悅，清清喉嚨繼續說我的故事。

「到底屋子裡是發生了什麼事呢？讓我來細細說明。每天晚上，老先生就會把欒樹上的蘭花取下，拿到客廳的窗臺擺放。一開始，大家還以為他的蘭花怕夜間溼氣。但其實，這盆蘭花越夜越美麗。

「窗臺上的蘭花懸著一排盛開的花朵，花瓣是暖黃色，但靠近中心部分是淡紫色的。數一數，一共有七朵。老先生在太太去世之後，覺得夜間特別寂靜寂寥，故把蘭花搬進來過夜，當作是陪伴。在月夜裡，老先生總凝視著被月光照得嬌豔可愛的花朵，配一小壺燒酒和音樂。但有一天，老先生發現這花朵，似乎也靜定地看著他。

「你們知道那種被什麼東西認真看著，心裡因而產生不自在的感覺嗎？」我這麼一說，心裡似乎也有種被什麼揪著的感覺。我懷疑榕樹鬧鬼，樹蔭裡藏著個眼光，正直直地盯著我的頭頂。

「總之，『朝顏』到夜裡就專為老先生綻放。花中心，那個深紫色的部分，到了夜裡會變得更魅更豔，直到有一天，老先生發現紫色的部分都變成了人的笑臉，一張兩張……七張完全不同的臉。對著他吟吟地笑。

「再過來幾天，蘭花乾脆從盆子裡走了出來，七朵花都穿著黃色旗袍，高矮胖瘦都有，其中三個和老先生組成牌友，和老先生玩起麻將。另外的就泡泡茶，聽聽音樂唱點歌，在客廳裡兩兩成雙，跳著探戈恰恰。」

「哪有這款好代誌？」底下有人輕蔑地回應。

「林桑，拄好恁某不在，你才敢講這五四三。」有人攔截處置。

「這七朵花裡面，排行老三的花，雖不是長得最美、身材最姣好的，但長得卻最像老先生的妻子。她的嘴邊有一顆痣，笑的時候總是抿嘴不露齒，因為她覺得自己門牙有縫不好看。當其他花在客廳笑鬧玩耍的時候，這老三便開始整理桌面，清掃地板，叮囑她們不要把瓜子殼彈得到處都是。她盤坐在地上，從過期的雜誌裡撕下一內頁，接著流暢地折成長方形，正方形……最後一打開，成為一個方形小盒說：『欸，你們，把瓜子殼糖果紙，都丟進這裡。』她對他們下指令。

「老先生不敢不從，馬上把牌桌上的垃圾掃進了手掌，再一把一把倒進小方盒裡。其他蘭花女也不敢造次，見情勢緊張，全部倏地一聲溜進了蘭花裡。只剩下老三還留在現場，她清完桌面，開始清其他地方。老先生跟在她身後，聽她嘮叨。

「你若不好好維護這個房子，我要怎麼放心離開？」我陰陽怪氣地模仿起老三的聲音。

「我不這樣弄得亂糟糟的話，妳不就會狠心離開？」我一人飾兩角，用老先生撒嬌的口氣回答。

「所以啦，這老先生如果沒有太太每天晚上從蘭花裡回魂來陪他，他絕對會把房子弄得烏煙瘴氣，變成一片垃圾場。但是各位，如果你不要女鬼每天都來盯著你打掃，你需要的就是這臺無敵輕巧的國際牌吸塵器。臨沂街口的『光典電器行』正在大特價……。」

此時，可可故事屋已經不再是公園裡顛沛流離的說書攤，而是可可企業股份有限公司。

19 庭院深深

到底是誰在我的身後靜靜地看著？不管我是一個人的時候，或者是站在群眾之間，總有某些時刻，我感受到背脊與後腦正在接受一股複雜能量的召喚：像是一個眼光，一種情緒，或者是一種渴望，等著我發現它，並且回應它。

那日在榕樹下說故事，我感受到它的存在。它似乎藏匿在榕樹枝葉深處的某個角落，由上而下凝視著我。我的頭頂被它的眼光盯得發熱，彷彿有支蠟燭正在燒灼我的頭皮。但有時候，它會從側邊，從後面，甚至從地面上，由下往上看著我。當眾人喧鬧嬉笑的時候，它卻格外安靜，好像所有的聲音都隔絕在它形成的薄膜之外，它不屬於這世界，跟這個世界無關。它有自己的氣息、脈動，和生存的樣態，但它希望我清楚明白它就在我的身邊，從來不曾離開。

二十三巷七號的日本屋子靜靜地在城市裡生活著，周邊圍繞著現代公寓，摩登華廈，乍看之下，老屋子和現代生活格格不入，但只要站在屋子前方，仔細凝視，仔細感受它舒坦沉靜的樣態，又會感覺到隔壁的那些公寓大樓才是與這條巷子格格不入的物體。關於這間老房子，有一些屬於它的真實故事。

首先，那棟老房子裡，從來沒有獨居的老先生，只有上次遇見的獨居老太太。森仔與我辯論了幾回，他認為我說的故事版本與現實差異太大。但我嫌他不懂何謂故事。故事本來就不必是現實，要不然，三隻小豬怎麼可能會蓋房子嘛？格林童話的那個糖果屋，在這世上怎麼可能存在嘛？想想，如果一棟小屋是用糖果蓋的，那不早就被螞蟻給覆蓋了？森仔本來就木訥寡言，很快就放棄辯論。

再來，這間屋子的前院也沒有嗜血蘭花，只有再正常不過的蝴蝶蘭。但老太太似乎不擅於照顧蘭花，把幾盆蘭花放在太陽底下，每一株看起來都有氣無力。要不是秋天陽光已不似夏季如此豔熱，不然早就晒乾死絕了。阿公家的蘭花都放在亭仔腳，每次我們要幫忙澆花時，阿公都會阻止我們：「這些花，你們小孩不能碰。」但除了蘭花，其他的綠色植栽，老太太倒是照顧得相當精神挺拔。

那日與森仔咪咪貼在窗戶上窺視被發現以後，老太太邀請我們入內，讓我們品嚐她自製的桂花蜜茶。老屋內整齊雅緻，陽光透過菱形窗花在地板上投影出亮晶晶的魔術方塊，隨著時間橫向移動。我們四處張望，發現除了老太太以外，這房子再也沒有其他人生活的蹤影。

我拿出筆記本，等著老太太跟我說鬼故事。

「沒有鬼故事。」老太太說，「我從來沒有在這間房子裡遇過鬼。」

「可是，妳說這房子從日本時代就有了。這麼老的房子，難道沒有什麼幽靈嗎？」

「小朋友，不是所有很老的東西都會變成幽靈啊。會變成鬼，大概是心中有什麼遺憾，有什麼還沒完成的事，所以才會在人間徘徊啊。如果曾經住在這裡的人，心甘情願地進入下一個階段，祂也就不會在這裡了啊。」

「可是，妳呢？妳不希望有人留下陪妳嗎？比如說妳的先生？」

「呵呵呵！小朋友，妳為什麼會先入為主地認為我先生已經死了？還有，為什麼妳會覺得我有先生呢？看來，妳需要知道的不是幽靈故事，而是人世間其他的事。」

老太太催著我們多喝幾口茶，然後問我們：「你們有沒有好朋友？」

「當然有啊。」咪咪說。

我也知道咪咪會這樣回答。咪咪皮膚白皙，一跑起來兩頰就紅通通，不管遇到什麼事都展現著那張笑嘻嘻的臉，是長相與個性都非常可愛的女孩。咪咪的人緣極好，從幼稚園開始就已經這樣，小男生小女生都喜歡她。畢業典禮上的小劇場，男生拉著她要跟她演爸爸媽媽，女生拉著她要演姊妹。咪咪從來不缺朋友，她甚至還得煩惱朋友太多怎麼辦。

「像阿乾，露露，小敏……」咪咪繼續列舉。

「沒有人問妳他們是誰好嗎？」我潑她冷水。

「對齁。」咪咪傻傻地笑了起來。對，就是這樣，不管妳用什麼態度對她，她都覺得是好意，所以沒有人不喜歡她。

「這些朋友之中，有些人長大了以後就會漸行漸遠，慢慢地大家就不聯絡，也忘記彼此了。」老太太說。

「不會，我們會寫信，還會打電話。」咪咪說。

「妳恬恬啦。」咪咪這種對友情的信任真讓我感到不耐煩。

「但可能會有那麼一兩個朋友，你們之間的感情是不會因為時空置換而改變的。你們之間比親人，比情人之間還要熟稔，如果吵架的話，也比跟親人情人吵架還要痛苦，所以總是無法吵太久。也許你們人生的路和選擇都很不一樣，但最後發現，也只剩下這個朋友在身邊陪你了。老了，病了的時候，你們乾脆就住在一起，每天聊天說笑，彼此照顧餘生。你們懂這樣的關係嗎？」

「懂啊，我長大也想要跟露露，阿乾，小敏住在一起啊。」咪咪說。

老太太對著她大笑。

「住在一起的不是都是家人嗎？朋友哪可以住在一起？」我說。

我想像跟「最好的朋友」住在一起的情況。曾經我有過一個好朋友，是和我一樣瘋迷迪士尼的黃婉婷。只是，那日她跟我借了一枝我在東京迪士尼買的、上頭有著米妮塑膠雕塑的原子筆，沒想到她竟然未經我同意，就擅自把米妮小像給硬扭了下來。還筆給我時，她無辜地說：「不知道為什麼米妮掉下來了。」

「怎麼可能？那是一體成型的。」我非常訝異。筆上留下了參差不齊的殘痕，看來就像是用了很大的力氣扭下來的。

「但她就是掉下來了，誰知道這是不是真的在東京迪士尼買的？這麼爛，搞不好是地攤貨。」

「當然是真的。那現在米妮在哪裡？掉下來至少要撿起來吧。」我問。

「不知道。」她說。

氣到腦門發燙的我，抓起了她的書包，反倒過來用力搖晃：鑰匙、課本、銅板叮叮噹噹散落一地，突然，穿著紅色點點裙的米妮也掉了出來。這下，她再也逃不掉了，就是她殺了我的米妮。

「幹恁娘，妳這個賤人。」我撿起了米妮的屍體，咬牙切齒地說。

「妳想怎樣？」黃婉婷挺起胸脯說。

我還能怎樣？此時我只希望自己能具有巨人般的身高和力氣，也能把她從地面上抓起來，扭成兩半，就像她當初如何扭傷米妮一樣。但她足足高我一個頭，我是不可能打贏她的。她走開時，我仍站在原地發抖，一句話都說不出來。

一直到分班前，我們就像兩塊同極的磁鐵，看到對方就遠遠躲開。即使如此，我卻始終能感覺到她的眼光還在遠方梭巡著，觀察我的一舉一動，就像我也偷偷觀察著她。我希望她從樓梯上摔下去，我希望她考試永遠不及格，我希望她褲子沾到大便。所以，跟「好朋友」住在一起？那樣的生活我實在不敢想像。

「現在不懂沒關係，那是因為妳年紀還小，妳還沒遇到真正的朋友。」老太太說。

「搞不好這世上就是沒有這種事！我們每個人都是孤單的個體。」我說完，立刻覺得自己是成熟的大人了。

「姊姊不用擔心。」咪咪說：「妳長大後如果怕沒人跟妳住，我和哥可以當妳的好朋友，先暫時跟妳住。」

「你們不要煩我，我寧願自己一個人住！」我說。

要離開前，老太太帶著我們在小屋裡巡禮。客廳的深處是房屋的走廊，老太太說日本人稱為「廣緣」，我們則說是「龍貓卡通裡的走廊」。我想像雙手抵在溼抹布上，雙腳像風火輪般快速前進的樣子。廣緣的左側，還有一間「書齋」，裡頭擺放著大提琴和鋼琴，我們才知道老太太和她的好朋友都是音樂家，以前都在交響樂團裡工作。廣緣的盡頭有兩間臥室，一間是老太太的，一間是她已去世的好朋友的。走在廣緣裡，可以看見內院的陽光、石道、綠草和小小的魚池。還有幾隻攤平在圓石上，利用太陽的餘溫把自己當鐵板燒烤肉的野貓。

「怎麼辦呢，真的不像是有鬼的樣子。」我自言自語。

「跟妳說過了這裡沒有鬼啊。鬼都是活在人的想像裡的。但對我而言，死去的人成為了靈魂，那不是鬼，靈魂只會在活人的記憶裡閃閃發光。」老太太說。

我們幾個孩子坐在走廊的地板，面向著庭院，雙腳懸空，左右腳交換拍打著空氣。午後的陽光強烈，我瞇上眼，專心思考著我想和誰一起住在這樣平靜美好的屋子裡。

當然，如果和爸媽住在這裡，不管這屋子原本再怎樣美好平靜，都會被他們所破壞，那些漂亮的紙屏風都會被撕爛，木門都會被撞破，而這平滑的木頭地板，大概也會被各種高處墜落的電器撞出坑坑洞洞。我搖搖頭，把他們的影像從我的腦袋裡晃出。

在這個世界上，我最喜歡聽明平穩的人，跟這樣的人說話很輕鬆，彷彿他們本來就住在我的身體裡，就是我的一部分。我想起水晶姊姊，如果她是真的姊姊，那我們必當會互相分享祕密，互相照顧彼此。

但現在，在這個世界上，我還是最喜歡和地下社會的老大說話。只有他聽得懂我說的話，只有他尊重我做的事，在他身邊，我感到平靜、舒坦，像是躺在春天的野花叢、浸潤在夏天的溪水裡。如果能和他成為家人，住在一起就好了。我想跟他一起，坐在這廣緣上，靜靜地喝杯茶，看著院子裡的小貓嬉鬧。他一定懂得平靜時光的美好。畢竟，這世界上最懂我的人，也只有他了。

和這樣的人成為家人，住在一起，就算哪天死了，我想我也不會有怨恨。因此，我也不會變成流連在陽間的鬼魂。我一定含笑去投胎。

20 我多麼羨慕你

考完第一次月考，我的成績退步了很多。我把發回來的考卷折成豆腐乾似的小方塊，塞在書包最底層，思考著要怎樣和媽媽報告這件事。

月考考不好是意料中的，這一兩個月來，我只是應付學校作業而已，其他時間都在忙著說故事。媽媽買來的成套參考書就像新的一樣，根本沒打開過。因此當王冬瓜說數學考題根本就抄襲某牌的參考書，只是換了個數字，根本考不出實力，我卻壓根不知道，還傻乎乎在考試時第一次拆寫試題，最後考了個八十五分。

一向和王冬瓜爭第一名的我，這次總排名落到了十二，王冬瓜則穩拿第一。媽媽若看見了八十五分的考卷，大概會出現看到世界末日夕陽一樣悲戚感傷的表情，用絕望蒼涼的言語不斷責怪自己，怎麼會任由孩子崩壞成這個樣子。

臉上掛著笑容的王冬瓜說：「妳怎麼考這麼……？」說了一半，他又突然停止。

我幫他把話接完：「這麼爛是嗎？」

王冬瓜面露尷尬，他本來就是要來炫耀的。現在，明明考第一名的王冬瓜反而像是考了最後一名，滿臉通紅，面對我的直接，竟不知怎麼回答。

「這……這沒關係啦，下次考好一點就好了。」他說。

他居然開始安慰我，太陽打西邊出來。

「考好一點要幹麼？」我故意問。

「要幹麼啊……嗯，妳今天好奇怪，妳不是只想要得第一名嗎？」王冬瓜說。

「你現在拿了第一名。有什麼感覺呢？」我問。

「贏妳的感覺，就是爽。」王冬瓜果然還是王冬瓜，他迅速找回了他原本說話的風格和節奏。說完這句話，他就拿著掃把一蹦一跳地往外掃區前進。

看著他的背影，我竟然有點羨慕他。其實，不只是他，任何那些會因為這種事而真心快樂的人，都讓我由衷地羨慕。跟著水晶去了一趟她的世界以後，我總覺得不安，彷彿無論這世界再有趣，再美好，都可能會一瞬間傾頹，一瞬間消滅。因此，每當遇到快樂的事，我總是無法真心快樂，因為等值的悲傷也會到來，時間早晚而已。

如果不是地下社會的黑衣人打開了布袋，我從裡頭掉了出來，重新恢復了意識，水晶會不會把我永遠深鎖在她的身體裡呢？我不知道水晶真實的想法是什麼，也不知道是不是我有小人之心，誤解了她的意思。總之，我對水晶產生了以前沒有的恐懼，好像她隨時都能把我吞噬，等著把我困在我不熟悉的世界裡。這陣子我總是把陶片裝在小盒子，藏在抽屜的角落，不敢輕易進入石穴裡。

那日，當我把陶片拿了出來，原本站得挺直的白色普啾鳥竟然橫向躺平，腳爪豎立朝天，就像市場買的雞爪凍一樣，死氣沉沉。我仔細凝視普啾鳥，發現牠的胸脯緩慢地起伏，幾乎停滯，宛若臨終的病人一樣，如果接上了電子儀器，螢幕上顯示的會是即將畫成一條直線的心跳軌跡。

難道是水晶出事了？

我懷抱著陶片，普啾鳥有氣無力睜開了眼。我乞求牠站起來飛行，牠艱難地搖了幾次翅膀，雙臂又拉平攤在地上。是餓了？累了？還是病了？我想盡所有的方法，牠都無法動彈。牠睜大眼睛瞪著我，但過不久又閉上了眼。

我無能為力，每日帶著陶片，時時拿出來觀察，我害怕普啾鳥完全死透，幸好，牠總是在幾聲呼喚後，緩慢睜開了眼。但除此以外，也沒有新的進展。我不知道怎樣讓普啾鳥復原，也不知道洞穴裡的水晶現在是什麼樣子。如果普啾鳥不恢復健康，不振翅翱翔，我就無法跟著牠進入洞穴，我便永遠都不知道水晶的狀態。

我開始越來越不安，難道是我對她的不信任，造成了現在的局面？

放學時，我在路邊又被上次的那兩位黑衣男子阻攔。

暴牙蘇遠遠地就跟我打招呼，露齒熱情地笑。檳榔癮讓他的整排牙齒邊緣都鑲著一圈鮮紅色的框，像是他剛剛才咀嚼完一個血肉模糊的嬰兒，等下就會吐出幾根細小的手指骨。

「你不要這樣對著我笑。」我說，「很可怕。」

「哎呦，我上次不笑你也說可怕，這次笑了也說可怕。小姐很難伺候喔。」

「不然，你去矯正牙齒。我暴牙的同學都去戴牙套了。」

「不愧是念幸安國小的大安區孩子。恁爸沒那麼好野。我都沒有嫌我自己牙齒不整齊了，妳是在嫌哪邊的？」暴牙蘇眼看就要動怒了。

「好啦，該說正事了。」一向沉默寡言的梁寬說話了。

暴牙蘇身邊的另一個黑衣人，雖然很少說話，但與暴牙蘇相比，的確是好看得多。他沒有莫少聰在《黃飛鴻》裡演的梁寬這麼清秀，眼睛也沒那麼炯炯有神，但我還是勉強叫他梁寬。梁寬甚少有笑容，是一個沒有表情的人，他總是靜靜地盯著我，不知在想什麼。我不怎麼怕暴牙蘇，他的喜怒哀樂就長在臉上，但梁寬就不一樣了，我總猜不到他想做什麼。連現在他終於說了話，我都不知道他是否張開了嘴，彷彿他用的是肚臍在說話。

「來來來，新的地圖。」暴牙蘇這次又攤開了一張圖，上面有一個叉叉。

「這間！妳看看。六十二巷這間。妳知道在哪裡嗎？」

我瞧了瞧，從濟南路繞進來，繞過了陸陸皮鞋店，美華理髮廳，美又美早餐，停在一間幼稚園的對角。我腦海閃過一個窗簾終年緊閉的洋房。不會吧，該不會是那間大人們禁止我們在門口逗留的房子？

「這間我不用幫它說鬼故事啊。」我抬頭看了一眼暴牙蘇，「你不知道嗎？埤仔腳的人都知道這間本來就有鬼。」

「小妹妹妳忘了嗎？有沒有鬼，都是妳說的算。」暴牙蘇說。

「什麼意思啊？」我充滿疑惑。

「小妹妹，以前的房子沒鬼都被妳說成有鬼。現在這間相反，我們考驗妳可不可以把有鬼的地方說得乾乾淨淨，一點鬼影都沒有？」

「你的意思是，你要我說一個故事，去證明這間鬼屋其實沒有鬼？」

「沒錯，妹妹冰雪聰明喔。」

「不是，這麼做的意義是什麼？」我問。

「我們做事不問意義，我們求的是它的價值。」暴牙蘇說。

「那是什麼價值？」

「這個嘛……小孩子不會懂啦。」暴牙蘇不耐煩地說。

這就是老大和這群狐群狗黨的差異。

「算了，不跟你們說了。你帶我去跟老大說話，我親自問他。」我說。

「小妹妹，妳還是好好照著我們說的話做就好了。老大很忙，怎麼會有時間跟小朋友玩扮家家酒？」暴牙蘇說。

暴牙蘇說完，轉頭就大搖大擺離開。梁寬離開前，倒是向我深深一鞠躬說：「拜託妳了。」原來不管我做什麼，到頭來這些大人還是認為我在玩扮家家酒。之前說的鬼故事的意義是什麼？而現在要說的「非鬼故事」的意義又是什麼？大人的世界到底是什麼樣子呢？我在大人的眼裡，究竟是什麼樣子？這一瞬間，我多希望自己已經是個真正的大人。

我走過仁愛路上的臺灣銀行，銀行的玻璃帷幕是碧綠色的，仁愛路上的車子在玻璃上奔流，像是一一游進湖水裡的錦鯉。我站在玻璃前，看著自己清楚的倒影。我穿著一件白色荷葉領的襯衫，底下是一件長度只到小腿肚的墨綠色褲子。這件褲子原先就是我的最愛，但今天秋天再拿出來穿時，已經縮短了不少。是的，我不斷在長高，長大，但此刻我想像著自己抽高到一百六，穿著高跟鞋，肩上背著個小皮包，畫上鮮豔口紅，像個成熟女人的樣子。

就當我還在仔細端詳玻璃上的自己時，有個快速閃過的倒影從鏡面上抹過。我馬上回頭，但路上盡是按著規律速度前行的路人，緩慢駛過的腳踏車。連天上的鴿群，也是按著拍子拍打翅膀，悠哉悠哉地飛過朵朵白雲。

是誰？是誰在跟著我？我左右張望。

到底是誰一直在我的身後，觀察我的舉動？我把水壺塞進了書包裡，又把書包的肩帶調短，鞋帶綁好，這一路，我要狂奔回家。

諸事雜亂，心裡千頭萬緒，理不出個所以然來。這種時候，我總會去埤仔腳觀音廟。我跪在紅色軟墊的拜椅上，手掌夾著一束香，拜託觀世音菩薩為我指點迷津。

擲筊一直是我最愛做的事。以前阿媽在旁邊燒香祭拜時，我總是逕自去供桌前打量祭品，接著，左右手掌各自去圈個紅月亮，將雙手闔在一起，抬到胸前，用掌心的溫度加熱兩瓣月亮，用熱力讓它們準備發功。

「等下去雜貨店的時候，要買百香果口味還是情人果口味的冰棒？喔，這樣問不出來。我買百香果口味的冰棒好嗎？如果好的話，請給我一個象桮。」

我懂得「只要換句話說，就可以得到我想要的答案」的技巧。

但今天的事情很嚴肅，我謹慎小心，不敢像之前那樣玩鬧。我把三支香整齊地插進香爐裡，把氤氳的煙氣都撈到自己身上，最後雙手合十，屈身三下以表答謝。

「觀音菩薩，六十二巷的鬼屋，裡頭到底有沒有鬼？」我開門見山地問。

月亮著地，一個朝天翻肚，一個伏地露出陡峭山脊。我不禁起了雞皮疙瘩。

好，這次是真的鬼屋了，連觀音都這麼說了。

「那這樣的話，我還該不該為它說故事？會不會激怒裡面的鬼魂？」我問。

紅月亮在地上滾了一陣，決定雙雙翻肚。

這種不置可否的答案最難猜，總是需要冗長的釐清過程。但不管怎麼問，這一題都是沒有答案的無桮，感覺連觀音也不知道做這件事的意義在哪裡。

「那這樣好了，我先去那邊看看，做一點調查。之後再來決定要不要說故事，這樣可行嗎？」

我退一步後，終於，觀音又賞賜給我正反月亮。

「那妳能保護我們，不受到惡靈的侵擾嗎？」我問。

這個問題問完，我便感到後悔。觀音這麼忙，哪有時間護佑我們這些小鬼去做這些無聊冒險的事？她要幫生病的人恢復健康，幫事業不順的人大展鴻圖，幫窮苦的人脫離痛苦，還要做到國泰民安，風調雨順。我問這種問題，是當觀音菩薩閒閒沒事做嗎？

眼下，真正有辦法保護我們這些手無縛雞之力的小朋友的，大概只有另一個鬼：水晶。也許她能像我們在「阿啄仔鬼屋」裡一樣，以她的魔法護佑著我們。但是，我已經好久無法與她溝通，她若無法離開洞穴，當我們遇上六十二巷裡真正的厲鬼時，水晶也束手無策啊！她一定得先離開洞穴，才能保護我們。想著想著，手裡的桮便不小心掉了下去。

翻肚月亮和伏地月亮，一反一正，湊成了個對兒。

21 是誰，在敲打我窗？

這日是初冬裡尋常的晴天，但不尋常的是我們決定去六十二巷，一個被大人禁止邁入的禁區。

一早，我們就備好了裝備：相機，錄音機，筆記本。也用雞腿賄了平常四處亂亂走的小黑，希望牠能跟著我們，護佑大家平安無事。其實任務很簡單，只要能證明，所謂的鬼屋裡住的是人，是像我們一樣，有兩隻腿兩個眼睛一個鼻子一張嘴的正常人類，就能說明這房子「現在」可能沒有鬼魂出沒。

之所以只能證明「現在」沒事，是因為這間屋子過去曾發生了驚天動地的社會事件。不只是埤仔腳的居民人人皆知，恐怕全臺灣的人也都聽過這件事。

一九七七年九月，一位從南部北上的二十四歲女子，因為看到徵才廣告，獨自一人前往位於六十二巷的這間屋子應徵。誰知道，女子遇到的是心懷不軌的雇主，假借應徵祕書，吸引被害者上門，並乘機性侵。女子最後慘遭謀殺，屍體被肢解成若干小塊，多數先用滾水汆燙過，屍體被帶到中興橋和福和橋丟棄。但是，法網恢恢，就算把屍體切割成這麼細小，不到幾天，在江子翠的大漢溪畔，裝有部分屍塊的袋子還是被發現了。兩天後，頭顱在新店溪被找到。本來已經潰爛生蛆的頭顱，居然慢慢浮上了辨識度極高的黑痣，最後在比對失蹤人口後，找到了臉上有黑痣的受害女子。這起稱為「江子翠命案」的事件，是臺灣首宗引起社會極大關注的分屍案。而這間位於臺北城南的房子，就成為了出名的兇宅。

我轉述報上這些文字給森仔和咪咪聽時，森仔瞪大了眼說：「這麼恐怖！難怪大人都不讓我們靠近那一區。」

「但現在都是一九九五年了，已經都過了十九年了，房子都已經改建了，現在還會這麼恐怖嗎？我倒是覺得和平常的房子沒什麼兩樣，就是那些窗戶，不知為何窗簾都拉得緊緊的，完全看不到裡頭。」我說。

但不管有沒有鬼，我都得去仔細瞧瞧看，反正觀音菩薩也已經允許了。

走在初冬的臺北城南巷弄裡，理應是心曠神怡的事情。氣溫涼爽，空氣也變得特別清新，每一口呼吸都能將空氣推進肺腔底部。不像夏天的時候，空氣彷彿是濁的，黏附著各種溼溽的氣味，呼吸時，空氣只抵達到鼻腔根部就塞住了。即使如此，今天卻不一樣，整條路上因為緊張過度，我的呼吸都短短小小，像是一串串的破折號。

小黑走幾步就停下，歪著臉看著我：「我們是要去哪裡？」牠彷彿在問我。

彎進六十二巷，遠遠的，我們就看見了那間房子。從外表上來看，它跟其他的房子沒什麼兩樣，但是就算是完全對這裡不熟的人，第一次經過這巷子，也會在這房子前突然感受到一股嚴肅安靜的氣氛。不知不覺，連說話的聲音也會自然壓低，怕會擾動這裡固有的沉著氣壓。唯一吵鬧的是小黑，牠一彎進這巷子，就不停對著空氣吠叫。

我們先在房子外圍繞了幾圈。這棟三樓高左右的房子，外牆鋪的是常見的白色二丁掛磁磚，但磁磚縫隙都長了汙垢，溢到白牆上時就變成起了毛邊的黑色淚痕。房子的樣式不特別現代新穎，但也不古老。是一棟方方正正，沒有什麼特色，不起眼的普通房屋。三樓的窗戶特別混濁霧灰，到處是膠布黏貼過的痕跡，這些並非颱風天時為防止玻璃被強風吹破的叉叉痕跡，而是東一塊，西一塊，沾黏到殘紙的疤痕，讓人不禁猜想以前這窗上到底是貼什麼東西呢？報紙？還是符紙？

如此涼爽晴朗的天，整棟房屋的窗戶都緊閉著，窗簾也全部都拉了下來，遮得密不通風，的確有點古怪。

我們在房子周邊四處走動，仔細觀察這棟建築。從外面看來，一樓與二樓之間連通著巨大的落地窗，這是只有在樣品屋才看得到的挑高三米六設計，在臺北市，我還不曾在哪個同學家真正看過這樣的排場。難道裡頭也會有像《美女與野獸》城堡裡的古典造型旋轉樓梯？

無奈的是，如同其他窗戶，這個巨大的落地窗也掛著從天而降，如大瀑布般的暗色窗簾，將室內遮得密不透光。亮晃晃的冬季日光，便被阻隔在這厚厚的窗簾布之外。

這樣下去，我們要如何知道室內的情況呢？要怎樣知道裡面到底有沒有住著如我們一般的人類呢？

房子的右側，是深山密林般的綠。一種不知名，如芋葉般的闊葉植物覆蓋了整片空地，每一株都長得比人還高，宛若南洋雨林。樹葉下的土壤，久不見日照，都是陰暗潮溼的，搞不好還聽得見蛇蟲蠕動的聲音。

我走向朱紅色的大門，發現上頭黏著一張瓦斯抄表，表格內已有人用工整的筆跡回報了瓦斯度數。但大門前頭卻停駐著一排機車，完全無視門的意義，把門當牆一樣。難道，停在這裡的人都已經知道這紅色大門從來不開，也無人進出嗎？還是這些人不過就是一堆亂停車的討厭鬼？我無法用這些蛛絲馬跡拼湊出事實。

突然間，客廳的厚重窗簾似乎被拉開了一下。我看見短暫一閃的室內反光，一抹晶亮的殘影，停在我的暫留視覺中。小黑似乎也看到了，對著那轉瞬即逝的光線吼了幾聲。

「你們看到了嗎？」我說。

「看到什麼？」

「一盞巨大的吊燈。」

「窗簾遮成這樣，哪來的吊燈？」

沒有嗎？我感覺窗簾晃了一下，縫隙中匆匆看見了懸掛在高處的華麗水晶燈。但我猜也許因為心裡一直想著《美女與野獸》的場景，便在幻想中以為自己真看見了那些華麗的擺飾。

就在我懷疑自己的時候，窗簾又晃動了一下，這次露出的縫隙更大。我看見了一個酒櫃，上頭有各種形狀的玻璃酒瓶，有些酒瓶是我認識的，比如那個圓圓的，外圈有著貝殼般一折一折紋路的，爸爸也有，說是XO，但我都叫他叉圈酒。這下我確定了不是幻象，便要求大家仔細往窗戶的方向盯著。

窗簾被完整掀起，一陣強光將室內每個角落都照得清清楚楚。

酒櫃前，是一個大型沙發，上頭已經鋪滿了一層灰，角落有一臺黑色三角鋼琴，鋼琴上也積著一層塵埃，窗邊有一棵塑膠聖誕樹，樹上掛的晶亮裝飾品已經褪了色，起了毛。我想像曾經在這裡住過的一家人，大概有著十分優渥的生活。他們不畏鬼屋的傳言，仍然在這裡勇敢生活，把一間被血液染色的屋子，重新變成一個有著正常生活軌跡的地方。我想像我們一家住在這裡，爸爸在沙發上啜飲一杯威士忌、我在大鋼琴前練習徹爾尼、媽媽在窗前為聖誕樹掛上華麗的裝飾。在這樣寬廣的房屋裡生活，我們一家能從此和樂融融嗎？如果可以，誰還在乎這是不是鬼屋呢？但為什麼，這一切都戛然終止了呢？這家人去哪兒了呢？

不過，是誰掀起了窗簾？想到這個問題，我的頭皮傳來一陣電擊般的酥麻。往窗邊看去，這次，我看到了熟人。

手上握著窗簾線的是一個深棕色皮膚，沒有眼睛的女人。她朝向窗外，面無表情，即使沒有眼睛，我知道她望向了我。

小黑開始吠叫，但牠一邊吠叫，一邊興奮地搖著尾巴。彷彿牠看見的也是熟人。

這是水晶，我許久沒看見她了。但只要看見她，我就能感受到她的呼吸，她欲言又止的情緒，最後我甚至聽見她清楚地叫了一聲我的名字。

我不禁叫了出來。

森仔和咪咪都跟著叫，叫完以後才糊裡糊塗地詢問：「妳看到什麼了？嚇死人。」

我無法回答，水晶的存在是個祕密，就算說出來也沒人能理解，還會以為我胡扯編故事。

但我更納悶的是，為什麼她在這間鬼屋裡？她怎麼離開洞穴？怎麼會現身？那她在鬼屋裡，遇見了她的同類了嗎？她說的話，可以作為讓人相信的證詞嗎？

「沒有，我什麼都沒看到，只是被自己嚇到。」我說。

最後，我打算爬上路邊的車頂，這樣視線就可以高過房子的圍牆，也能把這房子的狀態看得更清楚一點，我打算從這裡跳進去，也許就能打開鬼屋大門，進去一探究竟。如果水晶在屋子裡，就算有其他鬼魂的存在，我想水晶也有能力與之抗衡，我無須害怕。

我小心翼翼地背著相機爬上了路邊轎車的車頂，正好能看見房子的前院。這院子已經無人照料，魚池裡滿滿的汙泥，旁邊雜草萌生，紫紅色的球形小花到處開放，這花我很認得，叫「圓仔花」，明明圓滾滾可愛得不得了，卻被人說：「圓仔花，不知醜。」莫名其妙，會這樣說的人肯定長得更醜。房子內部的門口石階也長滿了青苔，看起來十分滑溜，大概連松鼠走過都會跌得四腳朝天。

看來是真的沒人住了。我拿起相機，屏住呼吸，對著這蕭條的空景按下快門。

「妳到底在幹麼？」有人忽然在背後大喊。

被嚇到的我一轉頭，手臂便不慎被圍牆上黏著的碎玻璃片割到。先是感到椎心的刺痛，等我再回神，手臂上早有一道長長的暗紅痕跡，過了幾秒，這暗紅就轉成了鮮紅，血液從刮痕的內部一波波地翻滾了出來。

這血，沿著圍牆，一滴一滴匯集成了條小河，緩緩蜿蜒前進，最終抵達了那長年看不見天日的陰暗土壤。血液在地底興奮蠕動，傳來如蟲蛇翻土的聲音。

「哇，要命！痛死我了！」我哭喪著臉叫著。

「誰教妳爬這麼高？還有，是誰允許妳到處去別人的家門口亂看的？妳現在是要當小偷嗎？」

這聲音……這聲音……我很熟悉，往下看，果然。

果然就是王冬瓜。

22 我喜歡這樣跟著你

王冬瓜跟著我很久了。

王冬瓜已經很久沒在小公園裡遇到我們，他寫完作業後，就常常一個人在公園裡頭晃。公園裡沒有半個他認識的小孩，溜滑梯盪鞦韆都變得很無聊。他想念以前大家一起玩紅綠燈、鬼抓人，就連幼稚的老鷹抓小雞他也有點懷念。不要當隊伍中的最後一個！他謹記這原則，老和我搶母雞身後的第一個位置。聰明的人都知道要往前站，其他不知道的，傻傻地被排到後面，跟著隊伍蜿蜒，直到被隊伍甩出去，輕易地成為老鷹的獵物。現在他孤單一人，只能坐在榕樹下發呆，看著叫聲像聒噪菜販般的藍鵲，正從一個樹梢，飛到另一個樹梢，到處撿拾細枝築巢。

「奇怪，人都去哪裡呢？」王冬瓜覺得納悶。

他在學校的時候，常常想要問我放學後都去了哪裡，但想了想又怕被我誤認為「跟屁蟲」。

所以，他悄悄地跟著我放學，明明是第三路隊的人，卻偏偏要跟著第二路隊走。他看見花輪轉身進入他的豪宅大廈裡，看見咪咪、森仔和我站在巷口恭恭敬敬地向花輪說再見。他不懂，為什麼我們要對花輪同學這麼禮貌，對他卻是呼來喚去。但看見我們與花輪也沒有太多的交集，他不知為何，感到揪緊的心又鬆了開來。

在公園等不到我們，他只好來綠寶石屋找我們。

他問了我們阿公，阿公對著屋裡叫了幾聲，卻無人回應，他和王冬瓜說：「明明剛才全部都還在裡面寫作業，怎麼一轉眼全不見了，不知跑哪去了？」

阿媽說：「他們剛剛跟我要了些零錢，說要去濟南路買蟹殼黃。」

王冬瓜道謝，正要離開，阿媽還塞給他幾個銅板，跟他說：「你也去買來吃。」這果然是阿媽的性格，總是不忘把錢都分給其他人，自己卻窮得要死。

王冬瓜趕到時，我們已經吃完蟹殼黃，他在後面跟著我們走去二十三巷的日本房子，我們隨著老太太進去屋子以後，他倚著窗子偷偷觀察我們，等我們離開，他才離開。他說那一天在屋簷下，他苦等了三個小時，兩隻腳都被蚊子叮成紅豆冰了。

「你才是小偷吧。」聽完王冬瓜說完這一大串，我覺得他才是形跡可疑的人。

「不然，你就是徵信社的人。」我想到公車裡的徵信社廣告，戴著眼鏡彎著眉毛的細眼睛偵探，手上提著隻野猴子，一副猥瑣奸詐的樣子。王冬瓜長大以後，大概就會長成那樣。

從我開始調查二十三巷的日本房子開始，王冬瓜就在身後偷偷調查我。王冬瓜覺得我行為有異，以前明明很愛當第一名，現在功課一落千丈也無所謂；動不動就在發呆，要不然就是像那些腋下夾著公事包的忙碌大人一樣，眼神直直盯著前方的路，不屑一顧身邊的所有事物。有一次，他還發現我站在臺灣銀行的玻璃窗前駐足，不知看著什麼出了神，彷彿那塊玻璃窗裡窩藏著一個只有我看得見的靈異世界。

「妳說，到底在忙什麼？為什麼之前去了二十三巷的屋子，現在又在這裡鬼鬼祟祟地做什麼？」王冬瓜問。

「這是我的祕密，小孩子不要多問。」我說。

「難道妳和學校後巷的那兩個黑衣男子真的有什麼不可告人的關係？」王冬瓜又問。

「你真的很閒，為什麼連他們的事你也知道？」我有點意外。

「也不難猜吧。妳的功課變爛這麼多，一定是放學後都沒有在讀書。我猜，妳大概是加入了地下社會。」他說。

「地下社會哪有那麼容易加入？哎，算了，你也沒去過真正的地下社會，只能像小孩子這樣亂猜。」

「妳難道不是小孩子？我看妳連被地下社會利用了，自己都還不知道。」王冬瓜說。

王冬瓜越說，我心中的野火就越燒越旺盛。跟王冬瓜這種天天只想要做好寶寶、做資優生的小孩比起來，我才是個看得見世界的遼闊與廣大的人。現在，眼前這井底之蛙居然大言不慚地把我當成笨蛋。

見我沉默不語，王冬瓜繼續說：「那個二十三巷的日本房子，你知道後來發生了什麼事嗎？難道，你們這些孩子在外面胡言亂語，都不用負責的嗎？」王冬瓜的視線一一掃過我們，眼神冷峻而嚴肅，讓人背脊一涼。

「什麼意思？你話說得清楚點。」我說。

王冬瓜表示，我在可可故事屋裡說的「老先生養蘭花」的故事，在鄰里間傳開了。有人循跡找尋，認定二十三巷老太太的屋子就是鬼故事發生的地點。故事是假的，地點是真的，那到底算是真還是假？於是，真假不分的人開始騷擾老太太，認為她特別古怪，一人獨住，又沒有結婚，更沒有小孩，這老處女招陰招鬼的，夜裡房子內自然鬼影幢幢，將寧靜的巷弄擾得惴惴不安。

王冬瓜說：「當這周圍的房子都已經改建成華廈公寓，老太太卻守著老房子，不賣也不改建，當然就有人開始認定鬼故事說的一切，都是真實的。」

根據王冬瓜雞婆的調查，他發現跟我在學校後門說話的那兩個黑衣人，也常常出現在這附近，動不動就提著幾個遠東百貨的紙袋，到日本房子附近的鄰居家裡作客。過不久，對老太太不滿的抗議聲就越來越大。老太太房屋前頭的那幾盆俊挺的松柏盆栽，在夜裡也不知是被誰打破了。屋牆原本排列整齊的橫條木紋，也被人用彩色噴漆破壞。

「不用說，一定是那幾個黑衣人幹的事。」王冬瓜咬牙切齒地說。「我只是不敢相信，劉可可妳竟然也是他們的同夥。」

王冬瓜繼續感嘆：「哎，房子裡現在已經沒人了，老太太搬走了。不久，這房子就要被拆掉，就像之前阿啄仔鬼屋一樣，又變成新的建地。若真要說到罪魁禍首，難道不是說假鬼故事的妳嗎？」

「你說的事情是真的嗎？」我非常懷疑。

「我為什麼要騙妳？」王冬瓜說。

王冬瓜轉過頭去，用他的眼角斜看著我說：「拜託，我又不是妳。」

什麼意思？原來，在王冬瓜眼中，我是個無可救藥的騙子。的確，寫作課指定的作文題目是「我的家庭」，我幾乎不須打草稿，就能寫出一篇充滿愛與溫暖的文章。媽媽得了難治的癌症，放學後我都要回家照顧媽媽，而父親更是盡心盡力地照顧這個家，他甚至為了湊醫藥費，必須每天早上清晨去撿破爛，撿完才去上班。他辛苦地餵母親吃藥，有時還要先割自己的血，滴入熬得又黑又臭的藥水當成引子……老師讀到這裡，喚我過來：「妳到底在編什麼故事？妳媽到底有沒有得癌症？」

「現在還沒有……」我說。

「沒有就沒有，妳說這什麼話。回去重寫，不要寫這種假的、不真實的事來博取同情。」老師說。

「但瓊瑤不是都這樣演……」我說。

「戲劇是戲劇，人生是人生，妳連這基本的真真假假都搞不清？」老師說。

真實的樣子是什麼樣子？若我真實地敘述「我的家庭」，我的父母會接受嗎？他們會接受他們在我心中真實的樣子嗎？而這樣的真實，會帶給我怎樣的災難？我會不會被禁足，被斥罵，被威脅說要把我送去非洲，只有送去那裡妳才知道自己有多幸福，現在有三餐吃，有地方睡，要買什麼就有什麼東西，還有什麼不滿意？

說謊能帶來安全的空間，能不受干擾地去做自己想做的事，能在自己想像的世界裡，成為一個有意義的人。你看，來「可可故事屋」的人多麼喜歡我的鬼故事啊！我以能說出完美動人的謊話而感到驕傲。王冬瓜，你能嗎？你能說出比我還好聽的故事嗎？你能用你的科學實驗，敘述出一個有血有肉、高潮迭起、撩人心弦的故事嗎？

站在王冬瓜面前，我氣得無法言語。滿腦子像國慶日煙火般一下子炸出豔紅血腥玫瑰，一下子是慘綠鬼怪異形。最後那煙硝味把我的雙眼嗆到泛紅，鼻腔也瞬間腫脹起來，我嚐到舌尖溢出一陣苦酸，這彷彿是大雨來臨前的警示。

第一滴淚掉出眼眶時，我的喉嚨壓擠出了這句話：「我也不想這樣啊！」

接著，便是山洪暴發豪大雨土石流，隨著我掉出的淚水一起落下的，是剛剛被鬼屋圍牆上的碎玻璃劃破的手臂湧出的血水。

一旦哭起來，我就再也不想停止。我蹲在路邊大哭，哭得撕心裂肺，哭到我幾乎缺氧昏厥。經過的路人都問發生什麼事了，森仔和咪咪指著王冬瓜說：「他害的。」

那一刻，任誰也都無法把我拉起來，我只想一直埋頭哭下去，哭到這條巷子人去樓空，哭到這個世界毀滅，那我就可以站起來回家了。

23

城裡的月光

我被禁足了。罰站、罰半蹲、罰抄寫生字、罰不能吃晚餐，這些懲罰對我來說都不算什麼，但罰不能出去玩，對於射手座的我來說，簡直是要命。

那天我明明用了好幾張面紙摺成厚厚方塊，蓋住了手臂上被劃傷的傷口。但一回到阿公的綠寶石屋，還是被媽媽發現我神色有異。她挽起了我的袖口，不留情地把面紙狠狠掀起，誰知竟把黏在面紙上的整片皮膚也一同掀起，如同把果凍的封膜打開，鮮紅的血液和淡黃色的身體組織液混成粉紅色湯汁，啾地一聲噴發了出來。她尖叫一聲，差點昏倒。我被緊急送去診所，醫生護士把傷口裡的髒汙清了乾淨，又把皮膚縫了起來，還打了破傷風的針。

「到底是去哪裡玩，可以野成這樣？」媽媽由擔心轉為憤怒，「妳在臺北市耶，怎麼每天搞得像是在鄉下荒野間的瘋孩子一樣？」

她逼問森仔和咪咪，才知道這個傷口是在六十二巷鬼屋圍牆上的碎玻璃劃到的。這下，又從憤怒轉為驚訝、不知所措。

「你們是怎麼知道那裡的？為什麼會去那種地方玩？不好好管教你們，將來一個個都變成失蹤兒童。」

「不會啦，我們在臺北市耶。」我說。

「在哪裡都一樣，只要是壞孩子，最後都會失蹤。」她說。

對他們這些大人來說，如果是壞孩子，全部都失蹤豈不是更輕鬆？我心想。

現在，下課回到綠寶石屋以後，我便認命地把作業都拿出來，一本本練習簿攤在木方桌上，幾乎把這張桌子鋪滿。國語課本上畫線的詞，要在生字簿裡複寫一行。這一課老師竟畫了快三十個詞彙，算一算大概要寫滿四頁。每寫一個字，我右前臂的肌肉便往上跳動著，寫不到一頁，整塊肌肉痠痛到像是被醋罈子醃過。我看著攤在桌上的數學習作、自然習作，還有媽媽規定的心算練習，參考書模擬試題，寫完這些搞不好中共都已經攻陷臺灣了。

此刻我只想放下一切，奪門而出，跑向屬於我的世界。對我來說，下課後能在公園裡到處奔跑、赤腳踩榕樹下的土壤，甚至就是在涼亭裡靜靜地看著老人玩賭博象棋，都比縮在桌子前寫這些沒完沒了的作業要好。但從今而後，這些快樂的時光都是痴心妄想。放學後，我只能逕直回到綠寶石屋，就算寫完作業也不能跑出去外面晃，只能在室內等到天黑，晚飯完再跟下班的父母回家。這就是我黑暗且看不見盡頭的悲慘人生。

國語作業完成後，我躺平在地板上稍做休息。國語作業還算是我最喜歡做的，不過是照著抄寫而已。其他作業則真要我的命，雞啊兔啊放在同一個籠子裡，到底有幾隻腳，誰會知道呢？但只要讓我去看一回，到籠子裡去抱抱兔子，跟著雞跑個幾圈，我也能算出有幾隻腳。

我在地板上翻轉了兩圈，想著如果我的日子就要這樣過下去的話，還真的不如早點投胎。不然，就只能耐心地等待長大。似乎只有大人才有權利決定自己要怎樣過生活，甚至還可以像爸媽那樣霸道地決定別人怎樣過生活。所以，哪天我成為大人的時候，我不只要穿高跟鞋，還要噘起嘴對其他人大聲嚷嚷。

此時，門外果然有人大聲喊著阿媽的小名：「俗仔。」

不需要開門，也知道那是嗓門極大的鄰居樸姨。能和她拚聲量的，大概只有對面公園的臺灣藍鵲。那鳥真要認真叫起來，也像是個聒噪的老婦人。

阿媽名字裡有「貴」一字，不知怎麼，厝邊鄰居都偏偏叫她「俗」，真是把我們一家都叫窮了，才會住在這破破爛爛的屋子。

樸姨是阿媽自幼一起長大的朋友，原本住在對面，兩屋的門打開，就可以通到對方的室內。但樸姨的房子被劃在公園的規劃區內，一九八五年公園蓋好後，綠寶石屋隔著小巷正對著那時還光禿禿的公園，而原本住在對面的鄰居則被迫搬遷，四散到各地去。算一算，樸姨也是周家遠親，不光是埤仔腳一帶，從臨沂街延伸到永康街一帶，幾乎都是周家子孫。阿公曾經說過，清朝嘉慶年間，周庭部在臺北置產大有成就，人稱「周百萬」。以現在的地理來看的話，不只最精華的臺北古亭、東門區都是周百萬的地，連松山的五分埔、三張犁，都是他的土地，最盛時期，周家土地竟然佔了臺北市的四成以上。但樸姨和阿媽大概是周家最底層的子嗣，一個住在破破舊舊的拼裝屋裡，至於樸姨，現在則搬進附近的陰暗破公寓一樓，狹長的房子幾乎沒有半扇窗戶，不管四季如何變遷，日夜如何遞嬗，只要一踏入樸姨的房子，就是一片被墨汁潑灑過的昏黑。

樸姨常捧著個大盆而來，裡頭是要揀的青菜。有時看見她拿著整盆四季豆來，將四季豆從尖端折了一個小角，一邊剝下這個小角時，再一邊小心翼翼地拉出一條長長的鬚。除掉這鬚，再將長長的豆子折成四份，就可以拿來炒了。樸姨揀菜是不用看的，她全部的心思都放在聊是非、說八卦，常常講得情緒激動、口沫橫飛。阿媽俗仔比樸姨安靜許多，她的手裡也有一盆菜要揀，但她專注地盯著菜，側耳聽著樸姨說話。

她們說的話我是聽不懂的，就像歌仔戲每次來演，我也聽不懂他們在唱什麼。但有時兩個老太太說話說到淚眼婆娑，哽咽哭泣；有時則是像小女孩一樣細聲尖笑，有時則是窸窸窣窣，像是小蟲子在草叢間交換祕密。我若湊去聽，她們就安靜下來板著臉跟我說：「小孩子不要偷聽大人說話。」

我悻悻地走開，這又是個我無法進去的大人世界。

除了受了點皮肉傷，所以被禁足以外，我還因為直線墜落的成績，被迫從自己的房間搬出來，被媽媽拉到主臥室，與原本獨自睡在主臥的她一同睡覺。寫功課時，也只能在她房間的梳妝臺上寫，而她坐在床上緊盯著我的背影。

搬離了自己的房間以後，我總在半夜聽見大窗戶傳來輕輕的叩響聲，彷彿有人節制地用指節輕敲著窗。但想想也不對，這裡是五樓，且是窗又不是門，怎麼可能有人在敲擊？大概是在冷氣室外機築巢的鳥在啄食。我打開窗，看見了兩盆茂盛的蘆薈盆栽。

這兩盆蘆薈，從買來那一天起就被放在陽臺。沒有人澆水，沒有人在意他們的生死。直到我們偶爾想起，焦急打開窗，卻意外發現蘆薈還是活得好好的，每個葉片都飽滿厚實。

「如果小孩也是這樣就好了。」媽媽對著蘆薈說。

「我不是也活得好好的。」我說。

她用食指尖頂住我的額頭，其力道之大，讓我不得不退後了幾步。

「如果是這樣，那為什麼稍微給妳一點自由，妳成績就掉成這樣？每天全身弄得髒兮兮的，又去不該去的地方惹事生非？」她每說一句，手指就往額頭裡又戳進去一寸，再這樣下去就會戳穿我的頭骨。

下輩子，如果能投胎，千萬不要當小孩，還是當一盆蘆薈好。

有天晚上，我又從睡夢中驚醒。這一次，敲窗的聲音更明顯了，叩叩叩，叩叩叩，每三拍為一節，不自覺，我的頭腦也跟著拍子左右晃動，像是在跳華爾滋一樣。等我清醒了，才看清那個敲窗的人正是水晶。她在月光照耀下顯得特別夢幻，皮膚像抹上一層亮光漆，晶瑩剔透。

好吧，她終於來找我了，反正我也有很多問題想要問她。

「妳為什麼會在這裡？」我問，「妳怎麼離開洞穴的？妳不是說妳被困在洞穴裡，無法離開嗎？但為什麼我現在看得到妳？之前在鬼屋也看到了妳？」我累積的疑惑一次爆發。

「這些問題先等等。我們已經很久沒有見面了吧。妳怎麼，不再進來洞穴說故事了？我們不是說好了嗎？」

的確，一開始我心裡還對她感到有些質疑和恐懼，所以不再主動進去洞穴了。但當我看見普啾鳥倒地的時候，還是很緊張，還是很希望進去探望她，但誰知道我再也進不去了。

「那是因為，沒有故事餵養，我就會失去所有的力氣。」水晶說，「妳這樣不守信用，是會殺死我的，妳知道嗎？」她說。

「我不知道故事對妳來說這麼重要。」我說。

「算了，這件事我已經不計較了。畢竟後來，也是妳讓我離開洞穴，是妳邀請我到妳的世界的。」她說。

「邀請？我怎樣邀請妳？」我聽不懂。

她所說的「邀請」，指的像是邀請同學到生日派對那樣嗎？做一張粉紅色的卡片，上頭畫了氣球與蛋糕，寫著「記得帶生日禮物」這樣大言不慚的話，如此這般嗎？我的家如此狹小，我因此連一個同學都沒有邀請過，更遑論邀請水晶來到現實世界裡。

「去六十二巷鬼屋前，妳先去了觀音廟。是吧？」水晶問。

「是。」

「為什麼先去觀音廟？妳是不是害怕了？」

「當然，因為我知道那裡鬧鬼。」

「那最後觀音跟妳說了什麼，妳還記得嗎？」水晶問。

「觀音哪會跟我說話！我哪知道？」我笑了出來，覺得荒謬。

「妳聽得懂我，我聽得懂妳，我們兩個能夠溝通。同樣的方法，妳明明也能跟觀音溝通。妳只是沒意識到罷了。」

我回想了那天的場景。那天我不敢請觀音跟我們去鬼屋探險，於是心裡浮現了水晶，想著若是她能陪伴我們就好了，當時手裡的桮意外掉了地，還組成了個象桮。

「難道，是觀音菩薩讓妳離開了洞穴？讓妳出來保護我們？」我問。

「是的。」水晶說。

「怎麼可能？祂是神，而妳是鬼。神為什麼要讓鬼出來？」

「不要看不起鬼喔。我們也是對這個世界很有貢獻的。妳去了那麼凶險的鬼屋，卻只不過受了點皮肉傷，全身而退，那還不是我在裡面幫妳的緣故。」她神采飛揚地繼續說：「妳們臺灣的鬼，也是很難伺候的。我得跟她溝通很久，講道理現實，談利益是非，她才願接受觀音的條件。」

「所以，六十二巷的鬼屋是真的有鬼了。」我說。

「哪個地方沒有鬼？」水晶說。

水晶心情似乎相當愉悅，從頭到尾都帶著微笑。她甚至誠心誠意地感謝我，讓困在石穴的她出了洞穴。

「只不過，即使我現在能到處晃悠，但是我還是什麼都看不到。我甚至不知道妳長什麼樣子？」她說。

「我還能長什麼樣子？就是一個小孩的樣子。小孩子是最醜的人類了，妳最好還是不要看比較好。」我對自己現在的樣子十分失望，我手無縛雞之力，還不能穿著挺拔帥氣的衣服到處溜達，也不能像個大人一樣，決定自己的人生。

「不，在離開前，我想看看這個世界。我想看妳說的車子是什麼樣子，我想看看夾娃娃機，我想看看妳說的高樓大廈，我想看看妳說的臺北市。」她熱切地說。

「那妳跟觀音求啊。」我說。

「哎，妳自己都不敢跟觀音講願望了。」她說，「其實這件事妳能幫我的，只是看妳願意不願意？」

「怎麼幫？」

「把妳的眼睛給我。」她說。

那日半夜，窗外一陣騷動劃破了夜裡的寂靜。

警車、救護車、朦朧的廣播聲，全部混雜成一股熱鬧蒸騰的氣息。

媽媽也醒來了，她豎起耳朵專心地聽著窗外，忽然間她蒙住了我的耳，叫我不要聽。她越說，我就越掙扎，越想知道外面發生了什麼事。

就在此時，爸爸忽然打開房門，對著我們說：「妳們聽見了嗎?剛剛有人跳樓了。」

媽媽五官皺在一起，別過頭低語：「這種事有必要說出來嗎？」

「有人跳樓了？」我重複爸爸的話，「那死了嗎？」

「當然死了。從隔壁大廈的十二樓頂樓跳下來，不死才怪。」爸爸說。

我快速跳下床，湊到窗前，只見樓下救護車和警車的紅光一明一滅地閃著，地面圍起了封鎖線，但封鎖線內的空地空無一物，看不到摔得粉碎的身體。只看見月光將整個城市照耀得通亮，我甚至能看見對面大樓鄰居看熱鬧的表情。

這下，我才意識到，我的眼睛還完好無事。我揉揉眼睛，確定兩隻眼睛都還好好地鑲嵌在我的臉上。水晶來討眼睛，不過是一場驚險的夢境。

媽媽這下真的發怒了，她把我拎回床上，用低沉的喉音說：「這麼好奇，就不怕出事？妳現在給我眼睛閉起來。五秒鐘沒有睡著，妳就完蛋了。」

我聽見她倒數五、四、三、二、一，好，睡著了嗎？

神經病，豬都不可能在五秒鐘內睡著，但我只能假裝睡著。我閉著眼一動也不動，幻想著從十二樓掉到一樓的樣子，那狀況，會比水晶夫人被滿身的蟲爬著還慘嗎？會比六十二巷被肢解成一塊塊，丟到河裡腐爛的身體還慘嗎？那一個夜晚，離天色露出魚肚白的清晨只剩下幾個小時的時間裡，我的腦裡浮現的盡是摔得節節破碎的骨骸和肉團，一塊塊如豬肉攤上的血肉。

這些畫面陪著我迎接曙光，我真後悔自己不是豬，如果能像豬一樣在五秒內睡著，也就不會這麼不舒服了。

24 不要來，侮辱我的美

「有一隻狗，牠要橫渡沙漠，但牠為什麼死了？」

「我知道，我知道，因為牠找不到電線桿。」

「煩耶，你已經看過這一集《腦筋急轉彎》了，你走開。」

「好啦，我接下來不說話！繼續繼續。」

「好，下一題，已經知道答案的人不准說。聽好了：上完廁所，要用左手、還是右手擦屁股？」

「我知道，我知道！讓我回答。」

「好，你說。」

「右手！」

「為什麼？」

「因為我是左撇子。」

「什麼意思？不懂。」

「因為用右手擦屁股，用左手寫字啊！」

「這是什麼邏輯？錯！錯！大錯特錯！還有誰知道？」

「我知道！」我說。

「好，給劉可可說。」王冬瓜指定讓我回答。

「誰會用手擦屁股，當然是用衛生紙！這麼簡單。」我說。

「答對了！妳該不會看過了吧？」王冬瓜問。

「並沒有，好嗎！」我氣憤地說。

「誰知道呢？」王冬瓜說。

王冬瓜又想乘機繼續調侃我「說謊精」的形象，我於是轉身，從人群中擠了出去。不知道怎麼開始的，每節下課時，班上就分成了好幾個圈圈。其中一組人馬繞著王冬瓜，因為他搜集了整套的《腦筋急轉彎》，時不時帶到學校分享。他將手上這本正方形的小書擁在懷裡。其他人衝上前，想要從他手上搶下這本書。

他嚴聲斥喝：「你敢碰一下，我就揍死你！」

接著，他抬高了頭，用一種施捨的語氣說：「不要搶，現在我會開始讓大家猜題，全部都猜完再輪流看。」他宛如花蕊仙子般被蜜蜂蝴蝶簇擁。

王冬瓜嘴角上揚，眼神迷茫，露出得意的表情。但這種在臺上被人專注凝視，腎上腺素奔流的感覺，我老早就在可可故事屋的舞臺上感受過了，他現在的炫耀，只是凸顯他沒見過世面而已。

我走到另一個團體。在熱鬧吵雜的下課時間，這群人倒像是不存在的幽魂一樣，乖乖地坐在自己的位子上，低頭專注地看著手上的書，不出一點聲響。我悄悄地走近一個剪著齊瀏海，細長的黑頭髮如絹絲般從頭頂懸掛到腰間的女同學。

「妳們在看什麼？」我用正常音量說話。

但長髮同學和身邊的幾個人齊聲尖叫起來，害得我也跟著往後踉蹌了幾步。

「嚇死人，妳靠這麼近幹麼啦！」她說。

「沒有啊，就是看看妳們在看什麼書啊，看得這麼入迷。」

長髮同學隨手抽出一本抽屜裡的書，塞進我懷中，然後把頭低了下來。她扶了一下鏡框，就像是在切換按鈕一樣，瞬間又遁入了無盡的安靜宇宙裡。我看了看書的封面，鮮黃色封皮上有個不祥的黑色手印，上頭用著彷彿在滴汁的字體寫著《校園鬼話》。什麼嘛，這不是我的專長嗎？我坐在長髮同學的旁邊，打開書，也掉進了與外界斷訊的飄浮宇宙中。

鬼故事原來不只可以用說的，竟然還可以用寫的！我讀了第一個關於廁所裡的女鬼的故事。班上有個受歡迎的男孩，很多女生都喜歡他，包括長得最美的班花，可惜這個男孩偏偏不喜歡人緣好又長得美麗的班花，他喜歡那個坐在角落，安靜畫圖的女孩。男孩寫了封信給她，放在她的抽屜裡，被一直在關注男孩一舉一動的班花注意到了。班花偷了那封信，讀到肝腸寸斷，發誓要讓這個安靜的女孩付出代價。那一日，班花與她的朋友故意跟蹤安靜女孩，趁安靜女孩上廁所的時候，將廁所門堵死。任憑女孩哀求，這群人也不管，上課鈴響，這些人便一哄而散，獨留女孩在廁所裡。

羞怯膽小的女孩不敢叫出聲，她發出掙扎的氣音，用小奶貓的音量說：「誰來幫我開門啊？」到最後，女孩在廁所裡待了一堂課的時間，直到下課有別班同學發現，才幫她開了門。這樣的事情層出不窮，到最後，女孩根本不敢上廁所，她整天憋著尿，有時候憋不住了，就一點一滴地漏了出來。一開始還沒有人發現，只覺得女孩附近的位置常有異味，但後來大家發現是女孩發出的味道，她便被排擠得更嚴重了。那日女孩再也忍不住，衝進廁所大肆排解了好長一段時間，女孩知道，只要她進到廁所，恐怕就再也出不去了。沒關係，這次女孩也沒想要出去。班花見女孩在裡頭沒聲沒響，也懶得理她，像往常一樣，掃把卡住鎖頭就走了。只是，這一次，就算一小時後就有人把門打開了，女孩卻已經用備好的繩索吊住了自己，永遠守在這間廁所裡，從此不再離開。

讀到此，我的心臟越跳越快，我轉頭問長髮同學：「這本書，史孟喬看過嗎？」

「不知道，但她又不是跟我同一掛的人，她不會來跟我借書的。」

我抬起頭來四處張望，見史孟喬不在教室裡，便放心了。史孟喬是班上的資優生，但考試未必能考贏我，我也不知道她資優在哪裡。但她常常不需要與我們一起上無聊的課，她會去特別的教室，上不一樣的課。回到原教室後，她的下顎總是翹起，一副以資優生為榮的樣子。現在，我擔心她如果看了這本書，不知道又會有什麼驚人的舉動。

幾個月前，比我高了一個頭的史孟喬突然在走廊上用雙手架住了我。接著，練過跆拳道的她轉身用手勾住了我的脖子，我便被她的力量壓倒在地上。

「妳神經病啊，幹麼啊？」我大叫。

「有件事，我們到廁所解決！」她說。

奇怪，我跟她無冤無仇，但卻這樣被她用粗暴的方式一路拖進了廁所。

在轉進女廁前，我空出來的手抓住了門框，她見勢，便更加用力地把我往裡頭拖去。先不管她想要說什麼，此時我感受到的是一股強大的生命威脅，如果被拉進去幽暗的廁所，從她身上迸發的力氣來看，肯定有辦法活活掐死我，而且身邊無人可幫助我。所以，我也用我全身的力氣拉住了門框，並且用盡全力大聲尖叫。

史孟喬低估我了。我一旦認真叫起來，旁人的耳膜會痛到破裂的。史孟喬抖了一下，不慎鬆開了手，我趕緊站起，準備逃跑。史孟喬於是一屁股大力頓坐在我的身上，將我壓在地上，雙手掐住了我的脖子。

我的呼吸逐漸急促，但最痛的地方卻來自胸骨。比我重十多公斤的史孟喬將全身的重量都壓在我的胸膛上，也許只要再幾秒鐘，我的骨頭就會崩塌，然後史孟喬就會往下陷落，重重壓在我的心臟上。再過幾秒，心臟也會如煙火一樣地在我體內爆開。

想到這畫面，我便拚了命掙扎，想要從史孟喬的肥碩屁股之下鑽出來。就在這時，蔡老師衝了進來。他一手抓起史孟喬，一邊怒喊：「混帳，妳在幹麼？」一邊盯著我已經漲紅到發紫的臉說：「劉可可，妳有沒有受傷？」

我知道我安全了，於是用盡全身的力氣踢了史孟喬一腳：「幹恁娘咧，臭雞掰。」

蔡老師馬上把我推開，大喊：「妳們兩個打什麼架？」

「誰跟她打架，是她莫名其妙把我拖進廁所，她想掐死我！」我說。

史孟喬雙眼突出，用力咬著嘴唇，見老師嚴厲看著她，她便眼淚迸發，哇地一聲大哭起來，在一堆吸鼻涕與喘息的聲音空隙中，我聽見她說：「我討厭她，我就是要她死。」

我不知道自己什麼時候得罪史孟喬的。我們根本就沒有交集。直到看到這個鬼故事後，我才明白一件事。有的，我們有個共同朋友，那個人就是王冬瓜。

想到這，我就更生氣了。史孟喬常常在王冬瓜身邊，就像是他的貼身保鑣，王冬瓜是全班最矮的男生，史孟喬則是全班最高的女生，兩人站在一起，就像七爺八爺一樣。他們都喜歡讀科學類的書，討論我一點都沒興趣的科學問題。科展比賽時是兩人同一組，得到自然老師的親自指導，老師選題，老師為他們設計實驗，老師也順便當了評審，最後再給指導的學生得優勝。

我也參加比賽，但我們這組的主題是翻著《漢聲小百科》亂想一通的。我在書中看見了鉛筆工廠的生產線漫畫圖，那些軟軟黑黑的鉛條實在可愛極了，我便拿麵粉混一混加墨汁，最後在太陽下晒成一條條大便似的東西。

王冬瓜說：「妳這什麼？」

「鉛筆裡面那個鉛條。」我驕傲地說。

「我看妳還是比較適合參加作文比賽。」他笑著離開。

王冬瓜老是喜歡取笑挖苦我，相反的，他對史孟喬倒是和顏悅色。所以，史孟喬那賤女人到底有什麼不滿意，她若喜歡王冬瓜，她有的是機會，為什麼突然置我於死地，你們兩個要怎樣發展，又關我屁事？

這個鬼故事是怎麼結束的？我靜下心來把故事看完。

那個在廁所自殺的安靜女孩，她自然而然地就變成了鬼。但就是當鬼，她也是安安靜靜的鬼，不出一聲地守在這間廁所裡。她的目標就是班花那群女生，但班花也沒這麼笨，出事了以後有的人轉學，有的則打死都不進這間廁所，學校有的是其他的廁所。但安靜的女鬼也沒有其他的辦法，她既然選擇在這裡結束生命，就只能在這裡守著。她不想嚇其他的人，但她也等不到正義。她就像牆上被尿漬糞跡塗抹過的一塊磁磚，希望哪天有人能注意到它的存在，將它洗刷乾淨，還給它原本清清白白的模樣。

「就這樣？」看完結局後，我出聲抗議。

「妳說第一個故事嗎？對，很弱。」長髮同學說。

「應該至少有時從馬桶裡爬出來嚇人吧。」我說。

「但妳若是鬼的話，妳會想要在馬桶裡，被人的尿屎淹沒嗎？」長髮同學說。

「也是。」

「但那些花痴沒被懲罰，我就是心有不甘。」我說。

「這世界做壞事的人就會被懲罰嗎？我看不一定。」長髮同學說，「但搞不好不是不報，只是時候未到。班花也許會在其他地方被人用螺絲起子捅死也說不定。」

我轉頭看著長髮同學，平時沒注意她，不知道她那清清淡淡的外表底下，原來有著這麼猛烈的想法。

「如果妳是那個安靜女同學的話，妳會捅死她嗎？」我問。

「當然，我才不需要自殺。先捅死她，再把眼珠挖出來，在地上踩到稀爛。」她一邊說，一邊拿出另外一本《社會重案故事》給我看：「來，這裡面都有教。」

我倒抽一口氣，默默把《校園鬼話》和《社會重案故事》都放回她桌上，緩緩站起身，跟她恭恭敬敬地鞠了個躬：「謝謝妳今天讓我看這些書，祝妳有美好的一天。」

這女人，千萬別惹她。

25 過去讓它過去，來不及

做壞事的人會受到懲罰嗎？行惡的人，眼睛會被螺絲起子捅爛嗎？若這世間真按照這麼乾脆的邏輯運轉，那為什麼像水晶這樣沒有幹過大壞事的人，也要被挖眼睛，被關在石穴裡等死？而鬼故事裡那個欺負人的班花，自始至終，卻都沒有因此付出代價呢？而我，到底是個無辜的好人，還是一個做了傷天害理之事的壞人？我只是個孩子，小孩也分好壞嗎？

我想起了關於森仔的一件事。

阿公的綠寶石屋破舊是破舊，但若仔細看的話，還是可以發現這房子的周圍有很多讓人眼睛一亮的小花木。紅仙丹，茉莉，杜鵑，螃蟹蘭，藿香薊等，都像是一尊尊被阿公悉心供奉的小佛，受盡照顧與關愛。倘若這些盆栽開了花，地位馬上就凌駕我們這些野孩子。我們被禁止靠近花朵，每次稍微彎身凝視，就會聽見背後傳出嘖嘖的聲音，像是在趕老鼠趕野鴿。

就連入口那棵扭曲歪斜的番石榴樹，看起來毫不起眼，但只要開始結著發出清爽草香的綠果，它的地位就猛速攀升。等到果子慢慢從翠綠轉為淡淡的玉鐲綠，摸起來沒那麼硬的時候，阿公就會自己搭個小凳子，恭恭敬敬地把番石榴一一摘下來。

咬了一口番石榴的我說：「澀澀的，難吃。」

阿公發出嘖嘖的聲音，把我趕出花叢。

那幾日，阿公的曇花葉子突然從旁抽長了個小芽，又過了幾日，這些芽居然變成了毛絨的肉紅色怪異手臂。阿公興奮地說：「這是要開花了。」他特地把曇花移到了花圃的主位，千交代萬叮嚀，要我們絕對、絕對不准碰。這些怪手幾天後便長成了橄欖球狀的花苞，再過幾天，花苞突然翹了起來。

阿公在晚餐時宣布：「今晚大概就要開花了，吃完飯後搬個凳子去等。」

等到我拿著凳子從飯廳走出來時，現場卻是一片猙獰哭鬧。森仔的衣領被阿公的左手緊緊抓住，阿公的右手則拿著藤條咻咻咻地往森仔身上掃去。森仔的尖叫哭喊聲，在黑夜的巷弄間傳開。不少人都端著碗公，一邊扒飯，一邊跑出來看熱鬧。我和咪咪都不知道發生什麼事了，直到看見兩朵橫躺在地上，鼓脹到幾乎爆開的白色曇花花苞，才知道原委。

「難道，你哥把花苞摘了？」我跟咪咪說。

「那他今天應該會被打死吧。」咪咪說。

「快去叫阿媽來。」我說。

綠葉叢中僅剩的另一朵曇花，選擇在這喧鬧的時刻開始甦醒。

在月色照耀下，這朵獨自挺立的曇花從混亂中登臺，它靜靜揚起身子，吸引了所有人的眼神。嘩地一下，像是有人突然用力把布幕往後扯開一樣，白色花瓣一節節向外張放。白花的中心被打上了聚光燈，細密微小的花蕊如同一群芭蕾仙子，默默襯托出舞臺正中心的首席舞者。她身材纖細，全身白透如玉，先掃射全場，搜集了無數屏氣凝神的表情以後，才伸展出她的長手長腳，向四周拋出了晶瑩剔透的白色彩帶。

看到此景，阿公終於把森仔丟在地上，與眾人走向前觀賞曇花。

我問低聲啜泣的森仔：「你怎麼會笨到去折阿公的花苞？」

「我也不知道，一時沒有忍住。」他說。

「難怪會被打成這樣。」

我看了一眼森仔的手臂和雙腳，到處長著紅色的抽痕。每一條紋路都像海蛇，浮在幼嫩的皮膚之上。阿媽默默把森仔領回家中，用青草膏敷在海蛇上。每塗完一條，海蛇就乖乖降伏，潛到深水裡去。

「會痛嗎？」阿媽問森仔。

「當然會。」

「怕痛還敢做這樣的事？做壞事被懲罰，活該。」阿媽說。

我不斷想起那朵被森仔撚斷，丟棄在地上的花苞。那朵花苞裡大概也窩藏著嫵媚的舞團，待在裡頭不知排演了多少個時日，終於決定在這個晚上綻放，成就一生最絢麗的時刻，但因為森仔的好奇心，這朵花卻在滿心期待中被扼殺。我想像她張大眼睛，準備亮相，但卻突然被人腰斬，嘴中吐出鮮血的畫面。森仔身上紅腫的傷痕拿來贖罪夠不夠呢？他所犯的錯，會不會被曇花之神原諒？

於是那天放學回家，仍然被禁足的我不顧森仔和咪咪的勸，決定再去看二十三巷的屋子一眼。

「阿公如果問起來怎麼辦？」森仔說。

「就說我去散步一下，馬上就回家啊。」我說。

「阿公怎麼可能會相信？」森仔說。

「也是，每次阿公說去散步一下，就是去賭博的意思。」我說，「那就說，我跟王冬瓜在學校畫海報，參加愛國海報比賽，會晚半小時回家。」

仁愛路上車流不斷，原本綠葉繁盛的樹在冬日裡開始掉葉，車子快速開過時，把地上的落葉都掃到了路的兩旁。右轉進了寬敞的新生南路，路邊的麥當勞充斥著香噴噴炸雞和薯條氣味，這味道像隻貪婪的蟲鑽進了鼻孔裡，一路往胃裡鑽去，把胃翻得咕嚕嚕地響。等到彎進濟南路，剛出爐的蟹殼黃，散發出炭烤芝麻的香氣，再次讓胃前後翻滾。

即使如此，我還是沒有受到誘惑，還是不顧一切地往前走。

終於，我轉進了二十三巷。

眼前的世界，如果沒有親眼看見，我可能絕對不會相信。一個月前還長滿金黃樹葉的欒樹已經被攔腰砍斷，它的樹幹上還釘著支架和工具，也許再過幾天，它就會完全從這個巷子裡消失。日本老房子還在，但是它的周圍已經被黃色警示線圍起，庭院裡的松柏盆栽都已經枯黃，陶盆破碎，倒在泥土上。原本養得綠絨絨的蘚苔，也被腳印踩得亂七八糟，攪和在黃土裡，變得髒汙無比。

王冬瓜說得沒錯，老太太已經消失無蹤。

離開巷子時，我轉頭再看一眼日本老屋子，這應該是最後一眼了吧。它很快就會被拆除，徹底消失在這個世界上。那它認得我嗎？它聽過我說的故事嗎？它覺得是我害它消失的嗎？那它會到我的夢裡，跟我討魂索命嗎？我的可可故事屋，到底讓多少原本有家的人，失去了他們的家園呢？我想起阿啄仔鬼屋裡的尿尿小童。他倒在斷垣殘壁，往天空凝視的眼神，似乎正在提醒我：這一切，他都看在眼裡。

天色已經漸漸昏黃，在騎樓梁柱築巢的幾隻飛燕都嘰嘰喳喳地歸巢了。我快步穿過了濟南路，直奔六十二巷鬼屋。

按照王冬瓜的說法，黑社會的人要我替二十三巷的屋子編造鬼故事，把裡面的人逼走，之後他們賤價買下這棟屋子，再賣給建商，中間大賺一筆。但是，為什麼他們現在卻要我把原本就已經被傳得鬼影幢幢的鬼屋，說得好像沒有鬼一樣？到底，對他們大人來說，這個世界應該要有鬼，還是沒鬼比較好呢？

我彎進六十二巷時，暴牙蘇和梁寬卻正巧站在鬼屋大門前。

我不加思索地衝到他們的面前說：「你們兩人在幹麼？」

他們同時往後跳了一步，露出震驚表情，過了幾秒才把高聳的眉毛緩緩放下。他們拍拍自己的胸脯說：「不驚不驚。」

暴牙蘇對著我說：「小妹妹，妳嘛幫幫忙，這樣突然衝出來會嚇死人耶。」

「那你說，你們在幹麼？」我又問一次。

「沒幹麼啊，抄瓦斯度數啦，這妳也要管。」

「這瓦斯是你抄的？那之前也是你抄上來的嗎？」我看著門上貼的紙，仔細核對了字跡，果然來自同一人。

「為什麼是你來抄瓦斯？你進得去這間鬼屋？」我越想越覺得奇怪，忍不住追問。

「小朋友，妳警察局派來的嗎？管這麼寬！這我們的房子，當然是我來抄啊。」

「騙人，這裡根本沒有住人。」我十分確信地說。

「不管有沒有人住，這房子也是我們家老大的。」他說。

老大，怎麼會是老大？所以鬼屋是老大的？到底還有多少事情我不知道？我的思緒一陣混亂，心跳加速，感到一陣噁心，又感到一陣失望，不知為什麼我的鼻頭一陣痠痛，好像被蜜蜂螫過一樣，我是不是想哭了呢？但為什麼要哭呢？

梁寬這時伸出手來，把暴牙蘇擋到他的身後去。梁寬冷冷地告訴我：「小妹妹，今天的事情，你最好不要和別人說。這間房子是誰的並不重要，重要的是，我們只需要妳證明這裡面沒有鬼。」

「你們自己的房子，難道你們不知道裡面有沒有鬼？為什麼要我證明？」我說話的音量提高了不少。

「因為妳的故事，比什麼都還有力量。」梁寬說。

又是這句話。以前我會因為這句話飄飄然，但今天，這句話卻變得特別刺耳。好像我的故事裡都藏著刀槍砲彈，轟隆隆地把臺下觀眾炸得血肉模糊，身首分離。

這種力量，我不要也罷。

親愛的黑社會叔叔：

叔叔你好，很久沒看見你了。我因為被媽媽處罰，每天放學就要回阿公家寫功課，寫完也不能出去，所以晚上都不能再說鬼故事了，希望你不要生氣。

不過叔叔，有件事情我想問問你。你為什麼要讓我說二十三巷日本老房子的鬼故事呢？你認識住在老屋子裡的老太太嗎？你知道因為我的故事，老太太必須離開她的房子嗎？難道，這是你的目的嗎？這又是為什麼呢？

以前我以為你很喜歡我的故事，所以要我好好講故事。我們不是說好了：我一邊說故事，一邊幫你賣東西。我們是在合作「做生意」。可是為什麼有些人會因為我們的故事而失去了他們的家呢？我們這樣算不算做壞事？我和你會不會被處罰？我阿公喜歡拿藤條打做錯事的我們，我的同學說壞人會被螺絲起子捅眼睛。我現在很害怕，你會不會害怕呢？我們要怎麼辦呢？

劉可可　敬上

這次，信封外面沒有貼紙，沒有任何記號，空白乾淨。就像我的心一樣，空空蕩蕩的。如果有一陣風吹進了我的心，它肯定只會在裡頭繞個迴圈，就頭也不回地離開。

有人把我心裡最重要的東西都偷偷搬走了。

26 童話裡都是騙人的

「這一屆說故事比賽開始報名了，我們班要派兩個人去參加比賽。大家有人選嗎？我們等下來投票。」蔡老師一邊走進教室，一邊宣布。

「說故事比賽，不是在臺上胡言亂語。而是要講一個有血有淚，感動人心的故事。不能只是在報告流水帳。」蔡老師繼續說。

「什麼是流水帳？」有人問。

「就像是把你一天的作息說出來。比如每次叫你們寫週記，總是有人會寫我今天七點起床，八點吃早餐，九點看了卡通，這樣把一天的行程都報告出來。你說，誰會對你幾點撒尿幾點拉屎有興趣？根本就是敷衍而已。」

臺下幾個學生抿著嘴偷笑，彼此互相推擠身體互嗆：「你早上六點食屎啦。」「你才六點喝尿啦。」

「反正說故事比賽，就是要上臺說一個簡潔扼要的故事，而且還要遵守一些規則啊。我看看公文上面寫什麼啊。」

蔡老師戴起了用銀色串珠掛在脖子上的塑膠眼鏡。這厚重的眼鏡勉強架在他扁平的鼻梁上，他每說幾個字，眼鏡就下滑個幾釐米，像是在玩溜滑梯。

「第一：故事要反映反共愛國的宗旨。這個你們懂吧，我們要小心中共，誰知道他們會不會突然打過來。所以你要講的故事，要激勵同學愛我們的國家，要以當中國人為榮。」蔡老師突然放大音量。

「我沒去過中國……」臺下有人反應。

「你不用去中國，也不用生在中國，就已經是中國人了。雖然現在中共匪諜佔領中國，但中國以前是我們的。這樣聽懂了嗎？」蔡老師說。

「美國也是我們的，日本也是我們的，法國也是我們的……」底下有人開始玩接龍，用氣音小小聲說。

「我看看喔，第二個原則是什麼？故事要反應忠孝節義，兄友弟恭的正確價值觀。這個容易吧，你們平常跟兄弟姊妹打架的事情就不要上臺講了。多講一些正面的歷史故事嘛。

「第三個原則就是不能怪力亂神。不要在臺上講什麼鬼故事，靈異故事，這嚇自己還嚇別人，對社會到底有什麼貢獻？亂七八糟。」

聽蔡老師這麼一說，我便心中無望了。這三個原則我一個都辦不到，不如默默低頭開始整理書包，等待放學。

「老師，我推薦劉可可參加比賽！」王冬瓜舉手。

我疑惑地轉頭看他：「你沒聽到嗎？不能講怪力亂神的事情耶。」我說。

就在此時，史孟喬忽然舉手說：「老師，我反對劉可可參加。」

蔡老師抬起眼皮看著她：「妳是誰？妳憑什麼反對？」

我回頭看了史孟喬一眼，見她的臉頰漲得通紅，我對她翻了個白眼。若不是因為蔡老師在場，不然我肯定多送她一根中指。

「那……我推薦王東華參加。」史孟喬還真不死心，硬是要推一把王冬瓜。

「好，那現在有兩個候選人，劉可可和王東華，其他人還有沒有想要參加比賽的？也可以毛遂自薦。」老師說。

全班靜默了一陣，接著開始出現窸窸窣窣的打包聲，看來大家都急著放學回家，誰去參加說故事比賽根本沒人在意。老師看了看手錶，嘆了一口氣後說：「好吧，那就劉可可和王東華參加比賽，不用選了，大家收收書包，就可以回家了。」

反共愛國，忠孝節義，還不能是怪力亂神，這世上哪有這種故事？就算有，要怎樣才會感動人心，有血有淚？我乾脆棄權好了。

王冬瓜此時也把書包收拾好了，他輕巧地走過我身邊的廊道，將鼻頭抬得高高的，一副胸有成足的樣子。

「你知道你要說什麼故事嗎？」我問他。

「不知道，但知道也不告訴妳。」他回答。

這下我便知道，他肯定早就有了主意。就為了他那個目中無人的表情，我這次偏不棄權，一定要跟他拚到底。

「妳的故事，比什麼都還有力量。」梁寬說的這句話常常在我心裡迴響。他專注地凝視著我，我也只好盯著他的眼睛瞧，他的黑眼珠又大又圓，輕微抖動著，似乎隨時就會跳出眼眶。

「好，就算我的故事有力量，那是什麼力量呢？力量也有分好的和壞的，就像這個世界也有好人和壞人。從你口中說的力量，大約就是壞的力量吧。你以為我不知道嗎？你們在利用我。」

我故意把「利用」兩個字說得很大聲，我怕他們以為我不懂。

「別跟她說這麼多，她小孩子怎麼會懂。」暴牙蘇把梁寬往後拖了一把。

是啊，這下我又變成小孩子了。需要我的時候跟我平起平坐，說不能把我當小孩子看，說不贏我的時候，馬上就擺出大人姿態。他們不斷改變我的身分位置。

「小妹妹，不要在這邊囉哩囉嗦。什麼話該說，什麼話不該說，妳最好聰明點。要是出了什麼事，我們知道妳住在哪裡，在哪裡上學，隨時都……」暴牙蘇說。

「隨時都可以綁架我嗎？又不是沒被綁過，我還怕你們啊。」我搶著說。

「我看妳是不知道什麼才是真正的綁架。」暴牙蘇的表情開始變得猙獰，他那粗黃的牙齒如山豬般外露，感覺下一秒山豬毛都要全體站立起來了。

我轉頭就跑，用盡一切的力氣拔腿狂奔。空便當裡的鐵匙在裡頭滑動，將鐵盒敲成了個響鈸，半空的水壺隨著身體的晃動也響亮得像個小鼓，咚咚咚地伴奏。這樣一來，我跑起來聲勢浩大，他們大概也不敢上前追擊，最後平安回到了綠寶石屋。

所以，怎樣的故事才有「好的力量」呢？我在幸安市場樓上的小圖書館裡亂晃，想找點靈感來源，沒承想卻看見王冬瓜正聚精會神地坐在書桌前看書。

「你在看什麼？」我從後頭偷偷地冒出，王冬瓜來不及把書藏起，就被我用手按住書本，他想用力抽走也來不及。

「日、據、時、期、的、民、間、故、事。」我一個一個字照著封面唸出來。

「天啊，這什麼東西？」我大表驚訝。

王冬瓜真是太了不起了，為了贏得說故事比賽，他居然翻到這種古老的東西，像是什麼武林祕笈一樣神祕得不得了。這讓我腎上腺素激增，瞳孔放大，生命彷彿受到威脅。

我正準備翻開那本書，王冬瓜就一把搶了回來。「No no no! 想都別想，妳的故事自己去找。少在這裡跟我搶。」

哼，到底在神氣什麼？一本書而已也有必要稀奇成這樣？我在圖書館裡繼續亂晃，先是找到一套紫色封面的《孫叔叔世界鬼談》，接著又看見綠色封面的《孫叔叔說臺灣鬼故事》。我坐在給幼稚園小孩坐的香蕉造型木椅上，不自覺地從第一冊開始讀起。黑夜裡，挖墳人跟不小心在墓園迷路的男子喝咖啡聊天，窗外掉一片葉子，現實生活裡就逝去十年。我大約也是如此，外頭不知道掉了幾片樹葉，我還沉浸在小說故事裡，不知暮色已將降臨。

等到阿公找到我時，我已經看到第三冊。那時，我已渾身冰冷凍僵，將毛絨外套的拉鍊緊緊拉上，頭深深陷進帽子裡，如同一隻慵懶的大白熊。每讀一個字，心中就結出雪花冰晶，一寸寸把我封藏在陰森卻華美的森林古堡裡。

「你是袂腹肚枵？」阿公站在身邊對著我說，他的身影遮住了燈光，也熄滅了我心中古堡的幻影。

「現在幾點了？要回去了？」我抬頭環繞四周，孩童閱讀區已經空無一人，整個圖書館只剩下幾個大人在看報紙，連王冬瓜都早已收拾乾淨回家去了。

「枵啊，怎麼不枵？」直到此時，我才感受到胃在打著悶聲鼓。

回家的路上，阿公緊緊牽著我。以前我老是怕同學看到，年紀這麼大了還要跟大人牽手走路，丟臉死了。如果過馬路時阿公牽住了我，我只要確定安全過了馬路，一踏上人行道，我就甩開手，往前跑去。所以我們總是一前一後地走著，走在前面的人偶爾轉頭看後面的人有沒有跟著。

但今天我無所謂，我緊緊依在阿公的身邊，今晚鬼故事看了太多，我的手已經被千年冰雪，百年古墓裡的寒氣所凍僵。阿公的手倒是厚厚的，暖暖的。要回到人間，就是需要被這樣的手握住。

比賽那天，我抽到倒數第三號。排在我前面有幾十個小學生，有的全身穿著毛茸茸的猴子裝，兩頰塗得桃紅，戴上金箍，扮成了孫悟空，講的當然是《西遊記》裡的故事；有的突然掀起了上衣，露出背上用紅筆寫的「盡忠報國」四個字，含淚唱著《滿江紅》，環顧觀眾時，還義憤填膺地咬著下嘴唇。參賽者說得口沫橫飛，老師們或點頭微笑或滿臉哀戚，說故事者走下臺時，觀眾一片歡聲雷動，彷彿是小虎隊校園巡迴場。看著這番情景，我茫然若失，猶如獨自站在冰雪覆蓋的原野上，四周沒有任何人煙，只有一片白茫茫的大雪與山霧。我想，我大概永遠都說不出那樣的故事。喜歡那種故事的人，也大概永遠都不會喜歡我的故事吧。

該王冬瓜上場了。他一上臺，就繃著一張嚴肅的臉說：「等一下，我要講一個讓人悲慟的故事，請大家情緒先準備一下。」

嗯嗯，我搖搖頭，這節奏不對，怎麼可以自己先洩漏情緒是悲慟還是喜慶，這樣觀眾怎麼會有驚喜呢？王冬瓜你這樣不行喔，還是要多學學。

王冬瓜清清喉嚨說：「大家好。今天我要說的故事發生在臺灣的日據時代。那時候臺灣有很多日本人。」

這不是廢話嗎？日本時代當然有很多日本人，就像現在，臺灣島上都是臺灣人啊。他難道沒有先請人聽過故事，再把廢話刪掉嗎？我想起以前在可可故事屋，每次上臺前，森仔和咪咪都會搬個板凳，坐在我身邊聽我把晚上的故事說一遍。說故事這種東西，還是需要一個團隊協助的。

總之，今天王冬瓜說的每一句話，彷彿都不合我意。但這好像也不奇怪，我們兩人之間一直都是這個樣子的。

王冬瓜說的是在日本統治臺灣時發生的一個悲劇。當時有一個日本老師，他被指派到宜蘭山林裡的一間原住民小學裡教書。雖然他是日本人，卻和當地的原住民孩子相處得十分融洽，他教導孩子文明進步的觀念，提升當地健康衛生水平。當他任期滿了，即使他對學生再有不捨，也必須離開山裡。在他的學生當中，有個非常美麗聰明的孩子叫莎鴦。莎鴦自願送老師下山，他們一邊唱歌，一邊走過鄉野林間。誰知道，一場暴風雨突然從太平洋襲來，他們困在溪水暴漲的岸邊。日本老師高大強壯，抓住溪邊山石，僥倖逃過一命。可是瘦小的莎鴦就沒這麼幸運了，湍急的溪流最終還是沖走了她，從此下落不明。

「這個故事提醒我們，我們要犧牲小我，完成大我。」王冬瓜在下臺前，一本正經地對著臺下的大家說。

「謝謝王同學帶來的精采故事。故事裡原住民小朋友為老師犧牲奉獻。我們這些老師不需要大家捨棄自己的生命，但是要大家記得，我們要為自己的國家犧牲，不要為日本人犧牲，千萬不能忘記日本人侵略中國的民族仇恨。」主持演講比賽的老師面色凝重地提醒我們。

王冬瓜面帶微笑地下臺，似乎還沒意識到自己犯下的錯誤。王冬瓜努力是努力，講得也是符合比賽標準的歷史故事，但卻沒注意到歷史的詭譎和變異。現在誰當家，誰就是老大啊，這種事我在地下社會裡也是學過一點的。我的嘴角不禁浮上了一抹微笑。

人生中有很多意料之外的事，比如做了萬全的準備和練習，仍有可能慘遭滑鐵盧。比如這場說故事比賽，王冬瓜輸慘慘，什麼名次都沒得到，而我，居然得了第四名。

27 冬天裡的一把火

我最喜歡十二月。十二月有很多值得慶祝的事：我的生日、冬至、聖誕節、跨年。從前，只要經過這一連串的慶祝之後，原本不開心的事也就被淡忘了，接著便等待放寒假，春節拿紅包，更多的好事都會在新的一年發生。我這棵正在成長的小樹，只會在腦海裡悄悄劃上一圈樹輪，將這一年所有發生的事情封存在這道痕跡裡，不痛也不癢，沒有留戀也沒有遺憾，轉過身便能繼續快快樂樂成長。

日曆一撕到「十二月一日」這一天，我便如此期待著。連今年冬天的天氣，也彷彿象徵著時來運轉。

前幾年的冬天，陰雨綿綿，清晨穿上剛從晒衣架拔下的制服時，總像是鑽進了一條冰川裡。寒意一方一寸地蔓延在皮膚上，接著就滲進了肉裡，最後化為一縷冰煙，在內臟與骨頭間纏繞。但今年不一樣，今年是乾冷，連幾個星期都沒下半滴雨。路邊的樹枝椏光禿，落下了滿地黃葉，我踩在上頭沙沙作響。陽光沒有茂密的樹葉遮蔽，便逕自灑在路上，把整條人行道都染成金橙色了。即使如此，冬天的陽光仍只是一層掐金絲的薄紗而已，走進了那方陽光裡，空氣還是一樣冰冷。只是，氣溫再怎樣低，風再怎樣大，今年我都不怕冷。

我把雙手插進新大衣的口袋，在裡頭握成個圈，不一會兒手心便流汗發熱。有新大衣的孩子是個寶，好事只會不斷發生在有新大衣的孩子身上。

這件輕暖的黑色羊毛大衣有兩片荷花領，一排牛角扣，兩個能把整隻手完好窩放在裡頭的口袋。這是媽媽帶著我去遠東百貨親挑的大衣，也是我的第一件全黑大衣。

她說：「妳上高年級了，可以穿黑色了。」

「為什麼只有高年級才可以穿黑色？」我問。

「因為黑色是大人的顏色。小孩子不適合。」媽媽說。

那我是大人了嗎？我終於算是個大人了嗎？我看著鏡子裡穿著黑色大衣的我，我似乎又抽長了一點。大衣蓬鬆，長度蓋住了膝蓋，我看起來就像是歐洲電影裡的淑女，若有個金屬鏈黑色皮包，再穿上高跟鞋，就能踩著自信的步伐走進咖啡店。我要在裡面喝苦苦的咖啡、讀報紙，看路人。想著想著，我的嘴角不由得微微上揚。

「等下還要去挑個黑色的真皮書包。妳原本那個是塑膠做的，又硬又重。原本的粉紅色也被妳弄到快變成灰色了。」媽媽又說。

「喔耶。」當然好，什麼都要換成大人的黑色。

我的新書包仍然是凱蒂貓圖案，只是這次貓臉若隱若現，浮雕在黑色真皮上，貓眼睥睨這世界。相比之下，原本的塑膠書包，就更顯得便宜俗氣，凱蒂貓穿著洋裝，全身粉紅的她還故意站在一片粉紅的背景中，感冒糖漿般黏膩。但幸好我已徹底改變形象，只要穿著這黑色大衣，背著這黑皮書包，我便是成熟的女人。

好運來的時候，真是擋也擋不住。這個冬天，我不光是開始有了大人的衣物，我甚至重新被愛了。

被愛的感覺像是擁有了一個許願池，只要對池裡的精靈說我想要什麼，他就會從水裡浮出，手上捧著我需要的東西。當我笑得開心的時候，他便會用慈愛的眼神看著我，像是在讚許森林裡的可愛小動物。

我彷彿回到很小的時候，那個被抬在肩膀上，雙手緊捏著父親的手指，隨著節奏和音樂一搖一擺，既興奮又緊張，而不得不放聲尖叫的我。

在我更小的時候，日子曾經是那樣燦爛且柔軟的。

總是在我無法預期的時候，比如某個星期三下午，學校只上半天課的時候，我趴在綠寶石屋裡的方桌寫功課的時候；或者，那個漫漫無盡的暑假，只剩我一個小孩在綠寶石屋裡，翻著封面是性感女人的《獨家報導》雜誌打發時間，溫習著命案偵查報導，仔細分析被馬賽克覆蓋仍血水外溢的分屍照的時候——便是在日子如緩緩流動的溪水，在陽光下平靜得掀不起任何波紋，但也緩慢得看不見盡頭的瞬間——他就突然出現了。

他總是搖晃著一串鑰匙，叮叮噹噹，將我的耳朵訓練得極度靈敏。只要在很遠的地方，出現了金屬相觸的聲音，我便馬上收到信號，將耳朵尖立起來，仔細聆聽。有時，等了幾秒，便知道不過是腰帶上串著鑰匙的人匆匆走過，或是收破爛的三輪車上，一路顛簸的瓶瓶罐罐發出的聲響。真是白歡喜一場。

但有的時候，在細碎的金屬聲音裡，我逐漸辨識出熟悉的節奏、熟悉的暗號。當這暗號更加清晰，清晰到成為打進腦裡的一道閃電，我便從瞌睡中驚醒，從分屍案中逃出，從遠處的世界回到現實。我迅速停止手上的動作，大力滑開了門，把坐在亭仔腳，一邊揀菜一邊打瞌睡的阿媽嚇醒。

「創啥？」阿媽說。

「阿爸來了。」我說。

「哪有可能？他在上班。」

「我聽到了，一定是他。」我一邊穿鞋，一邊衝出了綠寶石屋。

果然，在公園附近的某個巷弄裡，或者在觀音廟前面的空地，我總是能看見藍色豐田，乖巧得像是小狗般停在停車格裡。但那細密的鑰匙相擊之聲，卻從旁邊的七里香花叢裡冒出。

「找到了！」我看見從枝葉間露出的黑色西裝布料，興奮地大叫。

他便像是裝上了彈簧的小丑，忽然從綠叢裡跳了出來。我開心地衝上去擁抱，像是抱著多年失散的狗一樣，幾乎熱淚盈眶。

而那樣的下午，便是我人生中最快樂的一段時光。

我坐在車子前座，一路上放著迪士尼的音樂，車子漫無目的地在臺北市遊晃，從仁愛路開到被樹蔭覆蓋的敦化南路，有時繞進了安和路的安靜巷子裡。有時繞去了北投陽明山，我們停在路邊，就這樣看著身旁的華廈和房子，想著如果能住進這樣高級的房子有多好。

有時我們開去了新生南路的時時樂。經過櫃檯前，我總要稍微蹲一下，兒童未滿一百二十公分，可以免費享用沙拉吧。我的整個白盤子裡沒有幾片葉子，全部都是葡萄乾。端上的兒童餐，我也只喜歡柳橙汁，以及鋸齒狀薯條。若點了昂貴的聖代，水果脆笛酥巧克力像是樂高零件般，拼裝成了高聳的城堡。但冰淇淋融化的速度總是比我進食的速度還要快，吃不到幾口，城堡就塌了，最後變成一灘爛爛黏黏的泥塊。

那樣的下午，他的出現是個意外的驚喜，但更像是一場被午後陽光渲染過的幻夢，毫無真實感。彷彿還在睡夢中的我，跟著《愛麗絲夢遊仙境》的兔子，一起鑽進了地洞，來到充滿神奇幻境的地心世界。在那裡，有著巨大的冰淇淋，有著舒服的房屋，有著無限而柔軟的愛。

只不過，當天晚上，他就會與媽媽因為一些小事產生衝突，口角衝突變成激烈的吵架。爸爸用力甩上房門，震得牆壁發出像竹林枝葉摩擦般唧唧拐拐的聲音，魚缸的水大浪滔滔，裡頭的金魚昏眩迷茫，背鰭無力垂下，失重般隨浪搖晃。坐在沙發上的媽媽眼球翻白，面目塌陷如陳舊老婦，身邊散發亡靈般的尖銳厲氣。此刻，她的鬥志反而被激發，唇齒仍化為機關槍，掃射出一顆顆一粒粒挑釁的子彈。

耳朵接受到幾顆零星子彈的爸爸，也不甘示弱。他打開門，走出了房間，先深深吸了滿腔的空氣，再用盡全身的力氣甩上了門。天地陷入核爆震動。這下，我書架上的龍貓音樂盒，小魔女與琪琪貓造型的陶器，還有去年聖誕節買的一顆晶瑩剔透的雪球，都著地摔個粉碎。

戰火不會因為這樣而結束。媽媽不會停下她的機關槍，就像爸爸不會停止摔門炸彈一樣。於是，他反覆地開門，摔門，一聲接著一聲爆響。我明明知道會有下一次，還是每次都被嚇得發顫。

有時，戰火激烈，提升到國家警戒等級。家電器皿都成為武器，在空中飛竄，玻璃杯哐啷碎裂在地，電風扇卡進了衣櫥門。我一邊找遮蔽物，一邊嚇得嚎啕大哭，爸爸便衝過來，扭曲著五官，對著我重複大吼：「我打妳了嗎？我打妳了嗎？那妳現在幹麼？妳現在在幹麼？」

我搖頭說：「沒有，沒有。」

在這裡，沒有人打我。我的家庭真可愛，整潔美滿又安康。

過了很久，客廳終於鴉雀無聲，兩邊皆休兵。我走出房門查看。天花板的白漆，雪花般一片片剝落到地面，這下，我們家倒成了真正的聖誕雪球屋。肥胖的紅色金魚被震出了魚缸，在雪花上跳躍翻滾，身體被破碎的雪片劃得血肉模糊。還來不及撈起牠，就漸漸失去了氣息。這隻養了好幾年的肥金魚，成為這場戰役的罹難者。

當戰爭發生的時候，到底要怎麼做才是正確的？

萬安演習的時候，老師把教室的燈關掉，每個人把大拇指塞進耳洞，其他四個指頭與手掌蓋住眼睛和鼻子，將身體縮成球狀，躲在桌子底下。外頭的擴音機響著警報聲，我在心裡跟著聲音的高低畫著曲線：先是往上爬，到達了最高的山頂，然後是一片平坦的高原，沒多久，又墜到了谷底。我畫著一座又一座的山，直到成為一條長長的山脈，直到我呼呼睡著。如果中共的飛彈真掉在我們學校，那我大概還在蔓延無際的山群裡睡覺，然後便在夢中被做掉了。

如果戰爭發生在自己的家裡，那要怎麼辦？

這我就有滿滿的避難經驗了。首先，最好盡快回到自己的房間，把房門鎖上。接著，把耳機戴上，打開隨身聽，這樣就能縮進自己的防空洞裡，再用野草和土堆把洞口封死。最後，如果可以，請靜心冥想，告訴自己外面的一切只是虛幻，現在聽到的音樂才是真實的。林志穎張雨生才是在生活裡真正陪伴我的人，迪士尼和宮崎駿裡的世界才是真實無虛的淨土。

什麼是現實?什麼是虛幻?

能讓我活下來的,就是真實的地方。

但今年十二月以來,戰火變少了,世界透出了和平的曙光。爸爸不再突然發瘋似的大吼大叫,媽媽也買了一些平常捨不得買的百貨公司衣物給我。在他們的眼中,我成熟懂事,我值得重新得到愛。

故事果然是有力量的。這些如做夢般的生活之所以來到我的生命,都是因為我在比賽裡說的那個故事。我僅僅只用了一個故事,便換到了幸福。

我說的故事沒有歷史偉人,也不愛國,更沒有怪力亂神妖魔鬼怪。我說的是一個平凡的、關於我們這個住在臺北市的小康家庭的故事。

就如同其他的國小學生一樣,我也曾經熱中於參加科展,只是我從來沒有老師指導,不像王冬瓜和史孟喬,總是有老師帶著做實驗。我曾經做過非常愚蠢的題目:用「麵粉製作鉛筆」。只是麵粉加了墨汁,揉出來的條狀物不是鉛條,而是大便似的謎狀物。講到這兒,臺下的每個人都大笑了,只有幾個比較嚴肅的老師皺了一下眉頭。於是,下一學期,我決定要雪恥。這次我換了題目,做的是「工廠汙染水與植物的關係」。只是,在臺北市裡,要到哪裡去找工廠汙水呢?

「幸好我有一個超人般的父親。」我驕傲地對著大家說。

那是個晴朗的日子，我們的藍色豐田在不熟悉的臺北縣樹林鎮緩緩前進。原以為樹林鎮到處都是吐著朵朵灰煙的煙囪工廠，但不知為何，我們卻一直在田間小路裡繞行，周圍都是發著嫩青新芽的稻田。好不容易，我們繞進了工業區，有幾間小小的廠房，稀疏地林立。即使找到工廠，也不一定能找到它們的排水口，路邊排水口排出來的，也未必是那間工廠的汙染水。總之，我們的車子鬼鬼祟祟地在那一區環繞著，直到我們發現了一個非常深險的水圳。

「說時遲，那時快，超人爸爸拿起了寶特瓶，雙腳撐開，兩腳各自站在水溝陡立的兩側，就像個V型。來，就像這樣。」我劈開雙腿，表演給大家看。

「穩住了雙腿，身體就能往下折成一半，這樣一來，只要伸出手，就能達到水面。於是，超人爸爸選中了水圳底部的一根水管，它正噗噗噗排放著灰色濃濁的液體，爸爸彎身，伸出寶特瓶接住了它。

「你們在幹麼？」我忽然大喊一聲，全場的人都被我嚇到。

「工廠的管理員見我們鬼鬼祟祟，跟蹤我們到這水圳旁，他看見超人爸爸收集廢水，馬上大喊制止。」我繼續說。

「但超人爸爸也不是省油的燈。他用著那兩條劈成大V字形的腿，在堤岸上快速走動，最後輕巧地翻身上了路橋，鑽進了藍色豐田，一路揚長而去。」我說。

這個故事的結尾，並沒有什麼深刻的啟示和意義。我只是輕巧地把科展得名的成就（實際上還是沒有得名），都歸之於超人爸爸愛家、愛孩子的勇氣——他捨棄自身安全，為了孩子願意豁出一切。這樣的爸爸，誰不為之感動呢？

說完這個故事，沒有人質疑我說謊，連王冬瓜也沒有。

我的確沒有說謊，這件事是真的。

只是當天，等到豐田汽車開遠，離開了樹林工業區，爸爸突然在路邊把車停了下來，他嚴肅地要我下車。接著，他拉起了煞車桿，走到路邊，打了我一個耳光。

「要我做這種丟臉的事，妳可不可恥？」他說，「妳難道不能換個題目，一定要做這種害死全家人的題目嗎？」

「那天天氣晴朗，我們全家和樂無比地回家了。」

比賽那天，我說的故事，這是最後一句話。

28 攏是為著你啦

人和人之間，為什麼有爭執？國和國之間，為什麼有戰爭？是因為我們的想法不同嗎？是因為我們憎恨彼此嗎？是因為除掉我，你才能恣意做你想做的事？還是因為我威脅到你的生存，所以你必須起身捍衛自己？這世界不是說充滿了愛嗎？但愛是好事嗎？因為愛，分別的個體黏貼在一起，於是成為了共同體，從此你的世界裡有我，我的世界裡有你，那為什麼在這樣狀態下的人，反而更加討厭彼此呢？沒有愛的人們，為什麼還要在一起呢？

「我們到現在還沒有離婚，這一切，還不是為了妳。」媽媽對我說。

為了我，他們真的很努力。

從前住在臺北市以外的區域，每天早起通勤的我在車上總是食欲不佳，幾乎未吃半口早餐，日日面黃肌瘦，於是他們辛苦存錢，終於在我升上高年級的時候搬到了離學校只要二十分鐘車程的臺北市內。

「這一切，還不都是為了妳。」爸爸也對我說。

我得到說故事比賽第四名的那一天，蔡老師在聯絡簿上和我的家長報告了這件事。爸媽要我把演講稿給他們看，我真怕他們會把稿紙撕爛，怕他們罵我說謊。但沒有，他們一邊看一邊呵呵地笑，像是在看《龍兄虎地》一樣。

「可可妳真的很會寫作文啊。我小時候也寫不出這麼好的東西。」爸爸笑嘻嘻地說，「但是我哪裡是超人？妳這樣寫太誇張了啦！」他竟然感到有點害臊。

為了大家，為了我自己，為了宇宙洪荒的和諧與世界的和平，從今而後，我會好好說謊，努力說謊，用盡全力來說謊。

這個週末，已經很少全家一起出門的我們，忽然開車去兜風。我準備好零食和汽水，帶了自錄的錄音帶。一邊吃寶咔咔喝黑松沙士，一邊跟著阿拉丁唱〈A Whole New World〉。

車子從臺北市中心逐漸往郊區移動。一開始，我們幾乎沿著捷運木柵線的路橋軌跡行走，接著車子開進了辛亥隧道。這隧道我知道，我常在《鬼話連篇》節目裡聽到。在隧道裡，媽媽反覆地唸著「阿彌陀佛」，我則在黑暗裡繼續歡唱〈Beauty and the Beast〉。

車子從隧道出來以後，便彷彿進入了另一個未知的世界。路邊的景色變得越來越翠綠，遠看是接連成群的山丘，接著，我們便往山裡的一條小路開去。

「我們要去掃墓嗎？」我問。

路邊時不時冒出一塚塚墳墓，墓碑上的照片清晰可辨。有的是老公公，有的還很年輕，甚至也有小孩的照片。每經過一個墓，我就跟著唸出墓碑上的名字。

「不要這樣亂看。我們沒有要去掃墓。」媽媽把窗戶關上，把我掛在窗邊的身體用力拉回座椅。

「那我們是要去爬山嗎？」我興奮地說。

「不，比爬山更好。」爸爸說。

路越來越小，車子繼續在山裡爬升，窗外的芒草花在車上刮出尖銳的聲音，這種往未知地方前進的感覺讓我越來越興奮，彷彿回到了在貝里斯的叢林裡探險的日子。我仰頭往駕駛座前的擋風玻璃看去，不知道路上會不會也有成群蝴蝶排成的直線，只要跟著直線前進，就會連接到另一個奇幻的世界。

此刻，前方的路雖小，卻是鋪得極度安穩的柏油路，雙向道中間的分隔線漆得亮白。沒有到處飛揚的紅泥土，當然也沒有蝴蝶。

有的是爸爸的讚賞。

「你看，雖然是在山裡，但這路蓋得多好。」

「但這樣沒有車不行。」媽媽說。

「平常你們上班上學，不都是我在當車夫？」

「下班時我和可可要回家怎麼辦？」

「幹什麼現在就想這些問題，我有說一定要買嗎？不是只是看看而已。」

爸爸這口氣聽起來就像是個爆炸前導線著火的滋滋聲，我準備塞住耳朵。依照媽媽的慣性，這聲音就是個不折不扣的挑釁，她將提著整桶油，去淋在炸彈上，然後等著享受炸彈煙塵漫天飛舞的世紀末奇觀。

「對，看看而已。」但媽媽這次竟然主動去踩熄已經著火的導線。

我好生訝異，不由得轉頭盯著她的臉瞧。

「幹麼？」她說。

「怪怪的喔。」我說。

「什麼怪怪的？」她說。

「沒事。」

車子最後開進了一塊平坦、鋪著白色碎石的空曠區域。除了我們的車子以外，路邊還停著其他幾輛零零星星的車子。

一開車門，冷風吹上我原本發熱的臉頰，讓我精神瞬間抖擻。我聞到了不屬於城市的氣味：那是一種混和草木枝葉、土壤溪流的山林氣味，這味道一點也不陌生，好像老早就埋藏在我的記憶裡，等著被喚醒。

眼前，刷著白漆的大房子屹立在山坡上。門口的綠草地，排著四個行書體水泥大字：綠、野、仙、蹤。

「這什麼啊？」我問。

「這裡搞不好將來就是妳家啊！」爸爸說。

「我家？我們要搬家了？」不是去年才終於搬到臺北市的嗎？我心想。

「沒有，沒有要搬家。先看看再說，看看再說。」媽媽說。

綠野仙蹤的家，比我們在臺北市老公寓頂樓的家，更像真正的家。

當初買到臺北這間公寓，雖然地段極佳，離學校不過二十分鐘，離阿公的綠寶石屋也只要十五分鐘。只是，公寓與整片違章建築為鄰，公寓的出入口極為隱密，得走進一條與隔壁違章建築相隔不到兩公尺的密巷裡，才會抵達。位於頂樓層的公寓狹小悶熱，夏天時如住在時時沸騰的電鍋裡，房間也緊緊相鄰，只要爸媽開始吵架，鄰居肯定都聽得到。我們住在這間公寓裡，似乎沒有變得更開心，反而因為空間狹小，增加了更多的摩擦。

住在綠野仙蹤便沒有這些煩惱。這裡每戶都獨門獨院，各自擁有前院和後院。前院四周有白色木柵欄圈住，媽媽說可以種植各種顏色的鬱金香，一排排特別整齊好看。爸爸說可以在前院放一套室外座椅，每天早上坐在這裡遠眺整片綠色山林。銷售小姐說這裡清晨的山嵐可美了，綠山吞雲吐霧，像是活在畫裡一樣。

「那妹妹呢？妳想要在院子裡做什麼？」銷售小姐問我。

「我？我想要養狗。」我想到在綠寶石屋附近流浪遊晃的小黑，我一直想養牠，但爸媽說住在公寓裡不准養狗。如果住在有山、有院子的別墅，也許就可以了。

「養狗啊，當然可以啊。這裡空間這麼大，想養幾隻狗都是沒問題的。所以妳要說服妳爸媽買這間房子啊。」銷售小姐對我眨了一下眼睛。

綠野仙蹤就像是一個美夢。三層高的建築，一樓是客廳、餐廳和廚房。廚房甚至有大理石檯面的中島，我想像每天早上坐在長凳，倚在這桌面吃牛奶玉米穀片的樣子。二樓有兩個房間，一間主臥，一個小一點的房間。兩個房間都有對著山景的窗戶。小房間裡擺著書桌，整齊的書架，我隨便從書架上拿下一本英文書，裡頭竟然是個空盒子。

三樓有兩個相同大小的房間，是小孩房，一間漆成粉紅色，一間藍色。藍色的那間竟然有溜滑梯，我忍不住爬上了階梯，滑下來剛好跌落在軟綿綿的大象坐墊上。

「兩個孩子恰恰好，一個太孤單了。妹妹，叫妳爸媽再生一個。」銷售小姐說。

「才不要。」我回答。

「我知道，妳希望爸媽只愛你一個，對吧？」銷售小姐裝出很了解我的樣子。

並不是。我只是為那些孩子好。如果可以選擇投胎的家庭，最好選擇花輪那一家，極其神祕地住在高級大樓裡；不然，投胎到森仔和咪咪的家也好，我從未見過舅舅和舅媽吵過任何架。

如果一開始，我們就住在這麼美麗的綠野仙蹤，也許我們也會是一個和樂融融的家庭。我們會養狗，爸爸媽媽甚至會好好說話。這樣的話，有個弟弟妹妹也不錯。

樣品屋繞了三次以後，爸爸媽媽終於付下了訂金。

「我們真的要搬家了啊？」這是真的嗎？夢想成真了嗎？回程的路上我不斷發問，根本不可思議。

「不，我們沒有要搬家。這是個投資。當然，我們週末假日還是可以來這裡住。這樣的話，上學上班還是很方便。」爸媽協力，你一句，我一句，把這間房子與我們未來生活的安排完成。

不可置信，我將會是個住在山林別墅的小孩。下次填家庭經濟表時，我大概已經超越了「小康」，邁向了「富裕」的選項。想到這，我便全身鬆軟地陷進了藍色豐田的座椅，我摸摸起皮屑的沙發，心想應該說服他們，該把這臺車換成李麥克的黑色霹靂車了。

「可可，妳一定要記得，我們是為了妳才買了這樣一個大房子。所以，妳長大一定要孝順父母，買更大的房子給我們。」爸爸停在紅燈前，回頭叮囑我。

29 想和你去吹吹風

一年的倒數幾天，星期三，學校只有半天課。

冬季裡，難得陽光和煦，氣溫宜人。放學時，我把大衣抱在手上，也把毛衣袖子捲上了手臂，露出了兩條很久沒晒陽光的慘白手臂。第二路隊剩餘的幾個成員，森仔、咪咪、花輪與我在仁愛路與新生南路的交叉口等紅綠燈。我站在花輪身後，望著他的背影，發現他似乎又抽高了一截，肩膀也變寬了許多，我的視線對齊了他剛修剪的頭髮下緣。幾顆小小的水珠慢慢凝聚在髮梢，再忽然掉到脖子上，沿著肩膀滑進領口。

「熱！今天真熱！」他轉頭說。

花輪散發著一股棉被讓太陽晒到發燙的溫暖氣味。

「對，真熱。那不如今天就在這裡解散吧。大家自己回家，路上小心。」我說。

自從我不再收到老大的回信，與他斷了聯繫，我的心似乎變得有些空蕩。他曾經對我說過的話不時在腦裡迴響著，但聽起來卻宛如山谷回音，虛無縹緲，再也聽不懂原本的意思。

而他真實的面貌，也在我的腦海裡快速瓦解著。在電視上看見了馬錦濤，覺得他長得真像老大；但過幾天看到了劉德凱，怎麼覺得他也像。現在，老大的臉是透明的、是空心的，由我任意貼上他人的臉。最近，我竟貼上了花輪的臉。

花輪眉毛粗黑，眼睛細長，鼻子高聳有肉，但最好看的還是他笑起來時露出的一顆虎牙。花輪不知什麼時候開始，也跟著電視上的明星梳了個大旁分頭，看起來彷彿迅速長大了好多歲。現在站在他的身邊，我感覺我的毛衣領口像個火山口，裡面醞釀著團團的熱氣，一股股往上衝，把我的臉都蒸紅了。我於是迫不及待地想解散隊伍，一個人到處走走。

「妳要去哪裡？」咪咪說，「我也要去。」

「不行，妳跟妳哥一起回阿公家。」我堅持。

「妳不回家嗎？」花輪也問我。

「我……我要去看漫畫。」我隨便扯。

「騙人，妳明明只喜歡看瓊瑤連續劇，不喜歡看漫畫。」森仔說。

「今天想看不行嗎？去去去，你們都回家去。」我推著森仔和咪咪的肩膀，想把他們都趕走。

「我今天也想看漫畫。」花輪說，「那我們一起去吧。」

「不……我沒有……可是，我……嗯，我現在不想看了。」我腦袋滿天星亂竄，找不到詞彙。

「咦！你們兩個怪怪的喔。」咪咪把眼睛折成賊賊的三角形。

「哈，我懂了。我們回家去，不要當電燈泡。」咪咪繼續說。

語畢，咪咪和森仔兩人便風也似的拔腿狂奔，留下我和花輪兩人面面相覷。

「哎，其實我也沒有想要看漫畫。你還是回家吧。」我說。

「我也沒有真的想要看漫畫。那妳要去哪裡？」他問。

「隨便亂走。」

「那我跟著妳隨便亂走。」

我於是轉身，往新生南路走去，花輪則默默跟著我的身後。我走幾步路便回頭，希望他能消失不見，但他卻好像比小黑還忠誠，永遠與我隔著三步的距離，走在後頭。

這條路我很熟，只是我很少在白天走，都是晚上和媽媽一起回家的時候走。每天夜裡從阿公的綠寶石屋離開後，如果想節省時間，便沿著忠孝東路一百三十四巷往忠孝公園方向走去。走這條捷徑首先會經過一家老牌牛肉麵店，牛肉湯的香味在夜裡總是傳得特別深遠，明明剛剛才在綠寶石屋裡吃了晚飯，走到這裡就餓了，十次中有八次我們都會在這裡停下，外帶一碗湯麵，切一盤滷蛋豆乾海帶。再往前走，肉的香味便會被一陣陣清麗的花香所沖淡，那是從花店外的紫藤花叢飄散過來的，紫花沿著拱狀棚架蔓生，將花店的門口化身為巴黎街景一角的明信片。據說這家花店是某個女明星開的，每次經過我總是伸長脖子往裡頭看，想說搞不好會看見鍾楚紅王祖賢。對我來說，這間花店總像是被奇妙的金色光芒所包圍著，充滿了神祕的力量，在黑夜裡一明一滅地發著光。

如果想多散一點步，媽媽會選擇走比較遠的大路。從濟南路左轉，我們沿著新生南路往光華橋的方向前進。夜裡，雖然寬闊的新生南路上永遠有不停歇的車流，但兩邊的騎樓卻是安靜的。原創草堂的玻璃櫥窗裡只剩下一盞黃燈，投射在喀什米爾毛衣和駝色披風上，這兩件衣服像是漂在黑海上的孤零零浮屍，沒有頭沒有手沒有腳，讓人害怕。幸好，隔壁是永遠開著大燈的全家福鞋店，一整棟三層樓，佔地廣大。只是這裡的鞋子就像是大賣場貨品一樣，庸俗平凡，皮鞋頭如河馬頭般遲鈍笨重，鞋跟擊地時吵得不得了，像踏在響板上。我若穿這種鞋上學，幸安國小的同學必浮出輕蔑的笑容，馬上辨識出這鞋的便宜出身。有時，考試考好了，爸媽想帶我來全家福買鞋當禮物，我總是再三拒絕：「穿那樣的鞋，根本不是獎勵，而是懲罰。」

再往前一點，抵達了新生南路和忠孝東路交叉口。在晚風吹送下，濃濃的酸味迎面而來。那味道嗆鼻，衝上腦門，不知情的人以為自己汗臭驚人，馬上低頭檢查腋下汗漬。但實際上，這是從對街的工研醋廠房飄散出來的新鮮醋味。那一帶多住著在海關局工作的政府人員，附近巷弄盡是長得茂盛、姿態華美飽滿的榕樹。但只要開窗，醋味肯定會飄進到家裡，難道要時時捏著鼻子吃飯洗澡睡覺嗎？「那裡的房子就算地段再好，環境再清幽，送我我也不想住。」爸爸老是這樣說。但我知道我們家在忠孝東路的另一端，那邊雖然沒有酸味，但房價卻比馬路的這一端低了非常多，讓爸爸的心裡也長出了一罈嗆鼻的醋。

一條路，切出了兩個世界，分出了兩種不同的人。

白天走在這條路上，感覺卻完全不一樣。中午的空氣是乾燥溫熱的，路人熙來攘往，來接孩子放學的家長牽著小孩的手，眼神木然地走著。更多的是穿著套裝和西裝的上班族，脖子上面掛著一張工作證，手裡夾著個小皮包，三三兩兩，邊說笑邊走路，比要去郊遊的小孩還要開心的樣子。

「我不知道要去哪裡。」我對花輪說，「不然，你要不要吃麥當勞？」麥當勞的炸薯條香味在路上飄散，我常被大人告誡不可吃垃圾食物，但現在沒有大人在場，身邊剛好也有人壯膽，花輪似乎也很興奮，但他還是保持那種安靜穩定的聲音說：「好啊！好久沒吃了！」

我鼓起勇氣點了兒童套餐，把小杯可樂換成了柳橙汁，這樣就算是有點良心，不算是壞到底的孩子。花輪則點了大麥克，大薯條，大可樂。哎，他真默默地變成了個大人了啊，食量比我大上了好幾倍。

我們坐在麥當勞二樓靠窗的位子，安安靜靜地各自吃著自己的餐點，不時抬頭看著對面衛理堂的建築，橘色的屋頂，白色一格一格的窗，大門是尖尖的大寫字母A。真尷尬，兩人無語只好找東西凝視，好像衛理堂是多麼了不起的藝術，值得我們這樣細細觀賞。

在學校，我們本來就很少說話，有時根本就會忘記彼此原來在同一班。和我說最多話的人，永遠是王冬瓜。但他本來就話多，又愛管閒事，和誰都會聊上幾句，把他從上一個同學收集來的消息，告訴下一個同學。就這樣層層疊疊，到我的時候，我已經知道全班所有的八卦。但花輪，他從不透露關於自己的任何事情。我只知道他住在那間玄關黑漆漆的豪宅；只要下課，他一定往操場跑，打躲避球，打籃球，跳沙坑什麼都來。他用的東西都是最好的、最新的，鞋子總是乾淨潔白，側面打著大勾勾。只可惜，花輪不是那麼聰明，也不怎麼愛看書，功課沒有我和王冬瓜那麼好。

「你……你今天為什麼不直接回家？」我終於鼓起勇氣問。

「沒為什麼？跟妳一樣，想先在外面晃晃。過幾天就是明年了。」他說。

「是啊，時間過得好快。」我說。

「嗯，我今年好像什麼事都沒有做。」他說。

「今年啊，我倒覺得好奇怪。我好像不知道在忙什麼，但最後，卻好像什麼都沒有留下的感覺。」我想到可可故事屋，我想到上半年，全家都還在做著移民貝里斯的美夢，但現在，這些事彷彿都已經成了過去式。

「你們家這麼有錢，會不會哪天也像那個誰一樣移民到美國加拿大啊？」我突然問花輪。

「說不定喔。但去美國有什麼好？我又不會說英文，一定會想家。」他說。

「但至少有麥當勞啊。你去麥當勞，就會想到臺北。」我說。

「對，我一定會很想念臺北市，什麼東西都有。」他說。

每個月當中，我總有一兩天特別迷惘，像是蒲公英上的飛絮，只想跟著吹來的風到處亂飄，到處亂走。這時候我就非常慶幸自己在臺北市，風怎樣吹，都只會把飛絮吹到大樓與大樓之間的縫隙，巷弄與街道之間的小花圃。我不會消散到無垠的荒野之中，我也不會在深黝的密林裡迷失。我只要一抬頭，看見商店的名字，就知道自己飄落在何處，回家的路也就自己長出來了。如果到了美國、到了貝里斯，要怎樣認路呢？我不禁為花輪擔心了起來。

我們在麥當勞裡坐了好長一段時間。有時說話，有時不說話，繼續看著衛理堂。直到花輪說他要上鋼琴課了，我們才各自分開。

「先跟妳說新年快樂！」離開前他對著我說：「希望妳明年，喔，其實就是幾天後而已，夢想一切成真。」

「你也是！」我說。

既然過幾天夢想就都要成真了，那我今天得快點把願望清單列出來才是。

我一個人繼續沿著新生南路走，絲毫沒有想要彎進濟南路回綠寶石屋的意思。走著走著，從「老樹咖啡」傳出的濃濃咖啡香乘風襲來，將剛才在麥當勞的油膩味吹散。咖啡是我被大人禁止喝的飲料，但偶爾還是會偷喝一口，誰知苦澀難耐，根本跟中藥沒什麼區別，無需禁止，我就會避而遠之。

但咖啡的氣味，我卻特別喜歡，甜甜的，有種外國舶來感。只要一聞到，腦海裡便浮現月曆上的德國古堡、荷蘭花田、紐約書店、法國麵包店的照片。這間「老樹咖啡」特別有名，我常在大片的暗色玻璃外偷看裡頭的客人，有時候還真的讓我看到那些電視上常出現的臉孔。我興奮地拉著媽媽的手說：「妳看，那是不是誰誰誰？」沒戴眼鏡的媽媽努力皺起眉頭，和我一起貼在窗前看著裡面的客人。那個誰誰誰，於是用手遮住了臉，彆扭地轉過身去。

今天我也如此，站在大玻璃的角落，貼臉看著裡頭的動靜，搞不好還真讓我看見鍾楚紅或王祖賢。

老樹咖啡的內部有個吧臺，沿著吧臺頂端，像掛著聖誕燈泡般掛著一排白瓷咖啡杯。店裡的木桌則是小小的圓形，因此對桌而坐的客人，不得不靠得很近。我猜那些刻意把椅子拉開，身體敞開靠著椅背的人大約是在談生意；而那些拱著身子往前彎的，兩人身體曲成一顆圓球的，大概就是在談戀愛。

我把雙手圈在眼邊擋住強光，等到眼睛適應了光線，我看見其中一個桌子後頭，站了個衣著古怪的女人。

這穿著斜肩白衣，頭上戴了綠色羽毛的女子，不用說也知道是誰。再仔細一瞧，水晶的臉也朝著我的方向，她的嘴微張，像是要對我說什麼。我往上看，不得了，水晶眼睛的洞不但已經完全填補起來，填住眼洞的肉墊甚至發腫發得厲害，裡頭似乎有顆黑色的球狀物正要冒出來，宛若一顆準備發芽的種子。

她該不是要長眼睛了吧？我驚得下巴闔不起來。

但這似乎不是她要告訴我的事。

她將下顎抬起，連點了三次。我順著抬起的方向一看，原來在她前面那桌拱成人球的客人當中，其中一個，就是我的爸爸；而另一個，當然不可能是我的媽媽。

兩人竊竊私語了許久，突然間，人球就展開了。我立刻蹲下身來，仰頭遙望。那女子身穿淡藍色、白條紋的洋裝，肩膀處綁著一件白色毛衣。大波浪長頭髮，大大的眼睛，深緋紅色的唇，還真有鍾楚紅的味道。

不就是花店老闆嗎？仔細看，她的確比媽媽美上好幾倍。

每個月底，我們家總會出現文心蘭、小薔薇、桔梗花，伴著滿天星愛麗絲。這些花靜靜地立在客廳裡的玻璃水瓶裡，看著爸媽吵架。

這個瞬間，我忽然知道我的新年夢想是什麼了。

30 我的未來不是夢

樟腦丸的氣味包圍了我，我又回到了阿媽的衣櫃。

自從水晶能夠自由進出洞穴，我便再也沒有呼喚普啾鳥，也沒有進入洞穴裡的必要。她若想見我，總是會在我的夢中出現；或者，像前幾天一樣，突然在大白天的老樹咖啡館裡現身。只是，每一次都是短暫匆促的見面，我和水晶之間再也沒有一開始那種無話不說的親密感。有時候，想起她，我便想起龍貓。從前龍貓是我的一切，房間裡到處都是龍貓的玩偶和裝飾，但忽然間，獅子王裡的小辛巴便開始擴散蔓延，龍貓不知不覺被擠到了角落，逐漸被灰塵覆蓋。

但現在，我手裡握著那塊許久沒碰的陶片，上頭的普啾鳥正蹲坐在地上休眠。我不好意思地喚醒了牠。牠蹣跚地走了幾步路，才拍拍翅膀翱翔起來，帶著我進入了黑暗潮溼的洞穴。

「嘿，有人嗎？」我對著黑暗說話。

洞穴裡的黑暗我已無法適應，在我面前展現的只是一片全然的黑。但我仍能感覺到冰涼的空氣悄悄從臉頰，從手指，從腳底蔓延到我的全身，讓我不禁寒毛直豎。我嗅了嗅洞穴裡的氣味，卻似乎不太一樣了。以前總能聞到些許的腐爛血腥味，但這次，像是站在河谷一樣，聞到的是水氣飽滿的新鮮氣味。

「妳在嗎？」我又對著洞穴裡的黑暗再說一句。

此時，濃黑的黑暗已經慢慢淡去，我開始看見了事物的輪廓線。我的身邊有幾顆大石頭，在最遠處的那顆石上橫躺著水晶夫人。她漸漸地彎起身子，手倚著石頭將身體撐了起來。

「好久不見。」她說。

「我前幾天才在老樹咖啡館看到妳。」我提醒她。

那天在老樹看見她，她眼睛裡的深洞已經消失，取而代之的是粉色的兩坨肉。現在近距離盯著她的粉色肉瘤看，卻感覺比深洞還要怪異。這東西既不是眼睛，也不是肌肉，就是兩團不知道有什麼用處的肉球。

「但是妳，怎麼會去老樹咖啡館？」我問她。

「不是我去老樹咖啡館，而是妳去了。我只是跟著妳而已。」她說。「這陣子，雖然我能離開洞穴了，但我也不知道要去哪裡。所以有時候就跟在妳的身後，跟著妳穿梭在城市裡。我也跟著妳去了綠野仙蹤，跟著妳去了麥當勞……。」

「啊，原來我一直被女鬼跟著啊。」算了，與其被認識的女鬼跟蹤，也不要被不認識的其他陌生鬼魂跟隨。

「只是，我能聞、能聽、能感受，但卻始終都看不到。」她說。

「但妳現在的眼睛，已經不一樣了啊。」我說。

「觀音說她能做的就是這樣。她幫我修復了傷口，當初被挖開的傷痕，她幫我治療，幫我平復。但要長出新的東西，就只能用交換的。」她說。

「所以妳想要跟我交換？」我問。

「嗯。」

「怎麼換？」我問，「眼睛這麼珍貴，我若給了妳，妳能給我什麼？」

「對妳來說，有什麼事比看得到更重要嗎？」她說。

「當然有。」

我把我的夢想，裝進玻璃球裡，它在裡頭轉啊轉的，激起了滿球的飛雪。而現在，我將這個玻璃球交給了水晶，她可要用盡全力好好保管。

水晶揉了揉眼睛，一眨一眨地開闔，好不容易，才完全打開了眼睛。

黑暗的洞穴瞬時便有了光，如螢火蟲般細小微弱的光。

我在她的眼睛前搖晃著手掌說：「妳看得到嗎？」

水晶的眼神渙散，看來是還不熟悉如何操縱眼部肌肉，我看見她的眼珠溜溜亂轉，像是文具店買來的假眼珠子，隨著我的動作左右搖晃。好不容易，兩隻眼珠才慢慢聚焦在同一個點上，這個點慢慢地在我的身體上移動，最後停留在我的眼睛。

「可可，原來妳長這個樣子。」她繼續說，「跟我想的不太一樣。我以為妳的皮膚會更黝黑一點，更壯一點。沒想到妳瘦弱如隻小雞。」

這眼睛是不是玻璃彈珠做的？還是裝進了聖誕燈泡？我直盯著她的眼睛瞧。真是太驚人了，她的眼睛圓渾有光，眼珠左右自由移動，眼睫毛濃密而長，是一雙人類的真實的眼睛，裡頭住著個活生生的靈魂。只是，看著她水靈的眼睛，我無法為她真心高興，我擔心起自己即將消失的眼睛。

「我什麼時候會失去我的眼睛？」我問。

「妳會慢慢失去視力。」她說。「但是等我看夠了，就會還給妳。」

「如果妳永遠都看不夠的話，那我是不是就會永遠看不到了。」我說。

「這妳不用擔心，我很快就會離開這裡。在離開前，我想好好地看這個世界最後幾眼。謝謝妳，妳的眼睛會帶著我看這個世界。」

「妳要離開了？那妳要去哪裡？」我問。

「觀音會帶我回去。」她說。

「回去哪裡？」我問。

「人類啊，動物啊，植物啊，星星啊，其實都來自同一個地方。最終，也要回去那個地方。在那個地方，沒有悲傷沒有痛苦，只有喜悅。」

「西方極樂世界？真的有這樣的地方啊？」

「可可，妳記得嗎？席巴樹的頂端，那裡的樹枝錯綜複雜，纏繞成一個巨大的深綠大盤子。」我點點頭。

「只要進到那個綠色大盤子裡，我就會搭上一艘飛船，飛向我該去的地方。」

「妳不害怕嗎？」我問。

「為什麼要害怕呢？所謂的害怕擔心，都是你們人類世界裡的事情。你們對得不到的事感到憤怒，你們對未知感到害怕，你們對恆長的時間感到憂懼，你們對離開消失更感到茫然無措。等到哪一天，妳也飛上了大樹的頂端，妳便會覺得那些情緒都是假的、空的、短暫的。」

「妳是說要等到我死了，才不會有煩惱嗎？」我說。

「也不是這樣說。如果妳活著的時候，能夠帶著一點死去的意志，那煩惱就會少了點，也就能快快樂樂、平平安安地長大。」她說。

水晶邊說話，眼睛邊眨啊眨的。這明明就是我的眼睛，為什麼在她的臉上，反而更明亮更璀璨？好像我的眼睛，天生就該屬於她。

31 請假裝你會捨不得我

這天，早上起床準備上學的時候，我突然頭痛欲裂，不斷在床上滾動哀嗚。

媽媽摸我的額頭，說燒得厲害，應該是感冒了。她讓我在家休息，不必去上學。但她還是必須去公司一趟，把一些事情處理完後，就會趕回家帶我去看醫生。

我在床上昏昏沉沉，睡了幾回，等到再醒來的時候，家裡已經沒有人走動的聲音了。我欲張開眼睛，但眼部肌肉出奇地重，像被膠帶貼住了，怎麼樣都張不開眼睛。我想用手去撥開眼眸，只是，當手指快接觸到眼睛時，一陣恐懼的感覺穿透頭皮，讓我突然猶豫不決——如果等下碰到的，是水晶臉上那兩個腐爛的洞，是血、肉與膿攪和在一起的臭水窪，那該怎麼辦？

幸好，眼睛是乾燥的。鬆了一口氣之後，我才聽見心臟快速蹦跳的聲音。我的手指還在微微顫抖，但這下我已熟練地把眼屎摳了下來，再彈飛出去。

我半閉著眼走到廁所，撒了一個長達五十八秒的尿。走到鏡子前，準備刷牙洗臉。等我做好了心理準備，才完全張開了眼。在鏡子面前，我嘆了口氣。

我遮住雙眼，來回測試了好幾次，右眼的視力果然大幅衰退了。現在，我的右眼只能感受到光，看見色塊，遠方物體的輪廓則都長了毛邊，融解在光裡。

水晶果然把我的右眼視力拿走了。

我輕輕微笑了一下，哎她怎麼這麼客氣，居然只拿了一邊。

醫生檢查不出什麼問題。不是發燒燒壞了腦袋，燒斷了視神經，也不是那種點散瞳劑就可矯正的假性近視，更不是弱視……在等待更詳盡的檢查之前，醫生為我配了一副看起來特別寬大的眼鏡，借用這副厚重的眼鏡，我暫且能看見這個世界。我看著戴了眼鏡的自己，右眼的眼珠縮小了許多，就像是奇異筆點上的一個黑點，兩隻眼睛因而看起來一大一小，非常詭異。我就像是個生化人，或是個外星人。也許我應該把左邊眼睛也戳瞎，這樣看起來還會正常一點。

這消息幾乎讓媽媽崩潰，她崩潰的時候表情比劉雪華還多變，可以去應徵下一齣瓊瑤連續劇的演員。原本稀疏的眉毛全往中心擠壓成一個淡灰色漩渦，兩顆眼睛也往內移動，幾乎變成鬥雞眼。鼻子以下的部位則往下垂墜，下巴甚至掉到了脖子高度，嘴巴因而拉出了個長型大洞，若投個十元硬幣進去這無底洞，肯定會掉到地心。

從前我每次視力檢查都是一．二，有時甚至達到一．五。有一學期，不小心指錯了一個字母的方向，掉到了一．〇。媽媽看到報告，揉揉自己的眼睛，完全不敢相信。

她對我說：「妳是看不到字，還是看不懂字母開口的左右方向？」她繼續說：「如果是看不到字，我跟妳講，妳這一生就完了。」

為了不讓我的一生都毀了，於是我把整張視力測驗字母表都背了下來。

只不過，下一學期視力測驗時，整張表我是背下來了，但卻看不清老師指的到底是哪個字！那次的檢測報告是〇．八，我只好把檢測報告揉成紙團，吃下肚去，當作沒這回事。

現在媽媽在醫院裡幾乎發瘋，我倒是輕鬆了起來。她死纏爛打著醫生，直問他有沒有搞錯，怎麼可能一夜之間視力衰退這麼多？是他的儀器壞了，還是他的專業有問題？什麼學校畢業的？她走到我面前，似乎有滿腔的話對我發洩，但看見我戴著大眼鏡，看起來跟隻青蛙沒兩樣，便什麼話都沒說就搖搖頭走掉。

一．〇和〇．八還不算真的壞掉，像我現在這樣，連〇．一都看不到的眼睛，才算真正的壞掉。壞掉以後，旁人再怎樣敲打修正，再怎樣怒罵批評，也都沒有用了。從此以後，我再也不需要假裝完美，不再需要符合誰的期待活著。我可以安心做我自己。

活著的時候，如果能夠帶著一點死去的，毀滅的意志，這樣才會找到真正的快樂與自由。我到這時候才算是明白了水晶想跟我說的話。

星期三下午，不用上課，我和水晶有個約會。

我必須踮著腳，把傘撐到合適的高度，才能讓高我一個頭的水晶夫人也進來傘下。經過的路人不禁望了我幾眼，看著我奇怪的走路姿勢，眼神透露著疑惑。

「不然，讓我來撐傘好了。」水晶夫人說。

「當然不行，這樣別人看到不是更奇怪？傘會浮在空中呢。」我說。

「也是。」水晶夫人微笑。

水晶夫人仍是一縷幽魂，這世界上也只有我能看見她，在光亮的地方移動對她來說很辛苦，於是，我們挑了個雨天，她躲在傘下，我就像大龍貓拿著大圓葉子一樣，一路護佑著她前行。被風吹得亂飛的雨水將我的身體都淋溼了，但雨水穿過了水晶，落在她身後的土壤。我眼前的水晶明明有形體、有色彩，但實際上她卻是虛無的、也是透明的。她的存在比我們這種硬邦邦的人類有趣多了。

「我要帶妳去全臺北我最喜歡的餐廳。跟妳說啊，這不是我平常時可以去的地方。幾乎都要等到我考到班上前三名，爸爸才會帶全家來吃。」我驕傲地說。

上次來這裡，好像還是因為我贏了說故事比賽。

我跟水晶說：「大人居然會因為這樣的故事而感到欣慰，真是不可思議。」

水晶回：「那你們這些小孩也過得太容易了。我們要把山裡頭一整隻貘都扛回家，大人才會開心。」

我說：「才不容易呢。我也是到現在才知道，只要對任何人，包括對自己，都不要抱有太大希望的話，心情自然會變得比較好。」

水晶：「既然都看開了，那妳怎麼還會許那樣的願望呢？」

我安靜無語。

我們在雨天裡穿過了大街小巷，最後繞進了麗水街，在一排紅燈籠前的大門停下。餐廳門面是喜氣的朱紅色，門旁的匾額是雍容貴氣的墨黑色，層層紅瓦上也掛著同樣墨黑的招牌，上頭燙著三個金字：「京兆尹」。

「到了。」我收起傘，甩掉了水珠。水晶站在門口左右張望，仔細觀察著眼前這間與隔壁現代公寓完全不同風格的餐廳。

「快進去，裡面更驚人。」我催促著她，引領她踏上斜坡。布滿著鏤空雕紋的木頭門自動滑開，水晶嚇得往後跳得飛高，我被她的反應逗得開心大笑。

「小妹妹，快進來。門這樣開著，風都吹進來了。」穿著青灰色旗袍的女店員，用細細的嗓音催促著我。門內的世界浸染在一片暖黃之中，我滿臉憨傻地飄了進去。《倩女幽魂》裡的書生甯采臣該不是也這樣被聶小倩騙進了蘭若寺裡吧？

溫暖的氣息往臉上撲來，在冬雨裡走了許久的我，身體就像是剛從冰箱中拿出來的結凍豬肉，正一寸寸融化著。走過紅拱門的前臺，聽到了幾聲清脆的鳥鳴，往上看，兩隻翠綠的小鳥在梁上的籠子裡跳著。我回頭看了水晶，她果然對這小鳥特別有興趣。小鳥似乎能看見她，激動地拍動著翅膀，像是看見故人一樣。

「小妹妹，就只有妳嗎？」旗袍女子捏著嗓子說。我看著她撲得粉白的臉，畫得細細的黛青眉，宛如是從畫報裡走出來的古典美人，我忍不住靦腆起來。

「就只有我一個人。可以嗎？」我輕聲地說。

「當然可以！一個人也是客。」她領著我坐到窗邊的位子，將茉莉香片倒入了我的茶杯裡。餐廳裡飄著來自古代的音樂：女子一邊彈撥著琵琶，一邊從喉嚨裡拉出細扁長蛇般的歌聲，悠然在各個角落彎來繞去。

我無須看菜單，就能隨口點菜：「清宮滷麵一份，也來個蘿蔔絲酥餅和奶酪，飯後甜點的話則要仙楂糕、豌豆黃、芸豆糕、驢打滾兒。」

水晶夫人問我：「有沒有熱可可？」

怎麼可能有嘛！但我還是向旗袍女子問：「有沒有熱可可啊？」

「熱巧克力要去麥當勞買啊，怎麼來這裡喝這個？不然，來個熱杏仁茶好嗎？」

「好吧。」

水晶將雙手扶在白瓷杯外，似乎正在感受熱茶帶來的溫度。她原本沒血色的臉，透出鮭魚般的紅，接著，她的前額冒出小小的水珠。她仔細觀看著茶的顏色，茶杯上陶瓷的紋理，手指沿著盤子的邊摸來摸去。

「這個世界，還真是好看啊。什麼顏色都有，什麼樣的光線都有，什麼長相的人都有……。」

泡得過久的茉莉香片聞起來雖清香，但啜了一口之後，口腔內卻留有一絲苦澀。我看見水晶皺了一下眉頭，搖搖頭說：「這不好喝。」

「明明就很好喝啊。」我說。

「那天，妳在老樹咖啡館，看見我爸爸和花店老闆約會。」我說，「妳是要跟我說什麼嗎？我其實早就知道了。他們兩個一定有問題。但是，我並沒有什麼感覺，也不覺得生氣。我媽媽若發現我知道這件事，一定會很生氣。我有時也覺得自己很奇怪，為什麼這樣的事情我一點都不在意？但說真的，不管有沒有這個花店女老闆，我的爸媽他們早就想要殺死彼此了啊！」

「妳真的不在意嗎？妳不想知道他們說什麼嗎？」水晶問。

「肯定就是談情說愛，反正就是那些在我們家裡不可能出現的肉麻話。」

「不是的。他們的關係也不怎麼好。」水晶說，「那個女人說，金華街剛出了個預售屋案，挑高三米六的套房，想要妳爸出錢買給她。」

「他哪有錢？」我說。

「這就是他的回答。他說哪有錢，錢都拿去付綠野仙蹤的頭期款了。」

「那女人不就很失望？」我竟然顧起那女人的心情。

「是啊。她叫他去退訂金。那種蓋在荒郊野外的房子，多半是個騙局。」

「那我爸怎麼說？」

「他說怎麼可能呢？那是我女兒可可想要的房子呢。」

「他真這麼說？」我感到震驚。

「真的。」水晶說。

在他的心裡，難道我比那個女人重要嗎？我想要的東西，他都會盡力維護，不讓我失望嗎？如果是這樣的話，他知道我真正想要的是什麼嗎？

剛上桌的清宮滷麵是我的心頭好，滑溜有勁的麵條，搭配著濃稠的勾芡湯汁，每一口都是絕響，但水晶夫人卻說那勾芡像鼻涕一樣，我一邊吃，她便一邊皺著眉頭。奶酪放在白甕裡，盛盤暗藏的乾冰飄散仙氣，水晶見了特別欣喜，吃起來既酸甜，又有淡淡酒香，水晶倒是愛不釋手。甜點當中我最愛芸豆糕，外表精緻可愛，雪白的方塊中藏著螺旋狀的紅色豆沙，咬下去入口即化，還真像在吃天堂裡的積雪雲。我抬頭看了水晶一眼，她露出不置可否的空白表情。但吃到豌豆黃時，水晶卻變成了個孩子，每一口甜滋滋的滋味都讓她閉起了眼，浮起了笑容。

「妳好像很滿意我們的菜啊，都吃光了。下次記得帶朋友家人一起來啊。」旗袍女人來收餐盤時對我說。

「嗯！」我回答，但我身邊已經有了一個隱形的朋友。

我和水晶又走回了溼淋淋的街道，午後大雨滂沱，世界一片迷茫。我停在金山南路前的寶宮戲院，不知該往哪裡去？我看了一眼水晶，突然有了想法：「嘿，妳還沒看過電影吧！不如，我們去看一場電影。」

「電影？」

「對，想像一下，以前我跟你說的故事，全部都成影像，在妳的眼前一一播放出來，是不是很酷？」

水晶皺眉，一臉不明白。

「那想想那一天妳帶著我回到妳的世界，我的靈魂附在妳的身體，看見妳所看見的東西，感受到妳的各種感覺。現在的科技也可以做到一樣的事情。」

坐在黑暗的電影院裡，水晶顯得不安，她時時想從座椅上站起來，卻被我拉住。拉了幾次，我就放棄了，反正她也擋不到人，就隨便她在電影院裡遊蕩。

我們看的電影是《鬼馬小精靈》，孤單的鬼魂卡士柏在衰敗的豪宅裡生活，祈求能遇到朋友。但是只要去鬼屋裡探險的人們，都會被鬼魂嚇跑，完全不給卡士柏表現善意的機會。有一天，卡士柏在電視上看見了靈魂諮商師哈維博士的消息，便千方百計地讓哈維博士來到了這個鬼宅。哈維博士有個可愛的女兒凱特，而卡士柏也慢慢成為凱特的朋友。電影結束前，卡士柏短暫變成了金髮碧眼的男孩，與凱特跳了一支浪漫的舞。但快樂的時間總是特別短暫，當鐘聲響起，一切又回復了原本的樣子：人是人，鬼是鬼，人鬼終將殊途。

我看得淚眼婆娑，散場時仍擦拭著眼淚。奇怪，明明都是遇鬼，我怎麼就沒有辦法遇到像卡士柏這種帥到翻天的男孩鬼？我在戲院裡到處找尋水晶的身影，卻遍尋不到。去哪兒了呢？真奇怪。直到清潔阿婆把我趕出戲院，我都沒有看見水晶。

站在戲院外頭，隔壁的頂呱呱時不時傳來香噴噴的炸雞味，黃昏時大馬路上來來往往的車流揚起了灰煙，一陣陣撲向站在路邊悵然若失的我。黑傘下的女子留著直長髮，我迅速走到她身邊拍拍她的肩，她一轉頭，齊瀏海造型，還戴著個塑膠框眼鏡。認錯人了，對不起。本來我還想帶水晶去永康街吃誠記牛肉河粉，小店雖然擁擠，只能坐在靠桌角的板凳，但湯碗端上來，新鮮的血紅牛肉片在熱湯裡瞬地變色，搭配著香氣四溢的九層塔，擠上幾滴提味的檸檬，湯汁就變得更濃郁，這滋味啊，簡直人間天堂。在冷天裡吃上這一碗，總是讓我全身都變得柔軟起來。但現在我再怎樣左右張望，都找不著水晶了。

我和水晶的第一次姊妹約會，就這樣在寒風中結束了。

我在心裡盤算著更多的約會，我想帶她去更多好玩的地方，我想帶她去夾娃娃去看漫畫。

那些想和好朋友一起做的事，還有好多好多……。

32 A Whole New World

星期天早上七點，我還在睡夢中，爸爸大聲打開房門呼喚我。

「不要再睡了，快起床。出事了出事了。我現在去開車子，妳十分鐘後下樓。」

我的腦袋裡還裝著黏著的糨糊，把現實和夢境黏在一塊，於是翻了個身，把被子拉好，準備繼續睡。但這次換媽媽走進來，她一進來就拉開被子，冷空氣瞬間灌進了被窩，我反射性地將身體折成了一隻蝦子。

「快起來，是真的出事了，新家不見了。」她說。

「不見了?什麼意思?」我意識模糊地問。

我的腦裡出現了一棟白色的房屋，兩旁的窗戶變成了巨大的翅膀，一開一闔地往天空中飛去。而我打開了紅色大門，走了出來，便從空中墜落到軟綿綿的雲朵上，就像跌落到我舒服的床褥一樣。

「真的，快點起床。我們要趕去現場看到底出了什麼事。」媽媽吼。

藍色豐田在山路裡飆速前進，左右轉彎的時候，我的屁股也跟著左右滑動，人都快要被甩出車窗外了。這種時候，爸媽免不了吵到氣急敗壞，互相責怪當時為何要慫恿對方買這麼偏遠的房子。吵著吵著，流彈火星竟然掃到了我。

不知道誰突然冒出一句：「還不是因為可可說想要養狗！」

「對，奇怪耶。人家咪咪和森仔都會為父母著想，不會要求父母買買不起的東西。就只有妳，一下要養狗，一下要那個。」

「哪個？」我問。我納悶，「那個」是哪個？

「還有哪個？就那個。」媽媽花了一點時間想，最後還硬是讓她想到一個把柄：「對，我想起來了，買了綠野仙蹤之後，妳是不是還想要說服我們換車，說這臺車讓妳容易暈車，想要換李麥克那種黑色的車子。」

「我開玩笑的。」我說。

「我看不是開玩笑，而是妳根本把父母當金山銀山。」看這個情勢，我最好閉嘴不回話，把自己當成一個沒有生命的沙包，讓他們的機關槍無止盡地上膛、發射，上膛、發射。

我閉上眼，悄悄戴上隨身聽的耳機，《獅子王》第一首，生命的循環。我們家也有無限迴旋的戰爭循環，轉到你頭昏目眩，轉到你噁心想吐，轉到你的世界被彗星撞毀，只剩下坑洞和灰煙。

綠野仙蹤沒有不見，只是垮了，敗了，破碎了。

那棟白色的樣品屋像是個鋁罐一樣被擠壓變形，傾倒在原地，附近原本美麗翠綠的山林，都被怪手翻攪過，露出了內臟般的肉泥色。這原本無須大驚小怪，不過是工地正在施工的證明，只要熬過了這個破壞期，接下來山坡上就會有一棟棟小房子像積木一樣排排站好，而我們朝思暮想的新家就會是其中之一。

但現在，這塊地就像是個進了手術房的病人，本來完好的皮膚都被切開了，脂肪血管到處散落，內臟也露了出來，但醫生護士卻集體不見了。

據說，環境評估的審核變嚴格了，過不了關，建設公司事先沒有得到許可就開工，事情擺平不了，只好捲款逃跑。發包下去的施工廠商拿不到錢，當然也停工撤了。此刻，在這塊被攪得崎嶇不平的空曠野地上，零星站著幾個已經付了頭期款的冤大頭。這些人多半攜家帶眷，看到彼此便湊了過去，以為多幾個人一起哀的話，就會有什麼轉機。

「早上看到新聞說建設公司倒了，就馬上趕來看。果然看起來已經停工一陣子了，現場沒有半臺怪手。」爸爸和另一個看起來也像是爸爸的人說。

「都撤了吧。」

「也不知道我們錢拿不拿得回來。」爸爸說。

「你們買哪一區？」

「就現在腳下這一區：D3。你們呢？」爸爸反問。

「我們是B區。」

B區是我們無法負擔的大坪數區。如果蓋好的話，門前將眺望一條蜿蜒的清澈小溪，後門則通向濃密的竹林。當初我特別喜歡B區，慫恿著父母挑這一區。幸好我父母很少聽我的話，不然我就得跟眼前這幾個小孩一樣，躲在他們爸爸的褲管之後，一臉害怕被遷怒的樣子。我們損失了將近百萬，但眼前這個家庭，肯定賠了雙倍的價格。聽到對方買的房子在最昂貴的B區，爸爸緊繃了一個早上的臉，忽然鬆懈下來，浮出了淡淡的，只有我能看出來的微笑。

荒郊野外的騙局。我忽然想起花店女老闆的話，她這樣算是未卜先知了嗎？爸爸是否也想起她說話時的神情，是否懊悔他沒有聽她的話？如果把這錢花在臺北市市中心金華街的小套房，應該不會這樣血本無歸吧？

離開破敗的綠野仙蹤時，爸爸不往山下的路走，反而往山的更深處開去。他聽到別人談到這山裡的另一個未完工就停止的老建案。這建案本應該在好幾年前就完工了，但最後不知出了什麼事，房子的外牆還是灰水泥，連窗戶的玻璃都還沒安上，就無法蓋下去了，最後成了爛尾樓。這麼多年了，這些未建成的房子還在原本的地方，既拆不掉，也蓋不成，原本的山林也消失了。

往深山的路越來越窄，路兩邊的芒草長得奇高，遮住了車窗的風景。芒草不斷刮著車身，就像指甲刮著黑板一樣，讓人煩躁不已。

「還要開多久？」媽媽不耐煩地問。

「應該就在這一帶了。」爸爸語畢，我們便被眼前突然安靜下來的氣氛震住。

周遭濃密的雜草像是約好了一樣，集體退去，車內因而忽然明亮起來。原本吵雜的蟲鳴鳥叫，也像是被宇宙黑洞吸空，再沒發出一丁點聲音。明明還在山裡，但山卻好像消失了，視線所及再也沒有半棵樹，半朵雲，半點綠色質地的東西。我們面面相覷，但卻說不出一句話來。

我們從車子裡走出來，但腳踩在一塊異常堅硬的地上。仔細一看，這是人工填充的平坦水泥地，原本的自然土壤都被這層僵死的水泥封印了，每走一步，鞋跟撞擊地面的聲音在四周迴響。水泥地反射著正午的太陽光，其光強烈耀眼，讓我幾乎睜不開眼。

這塊水泥地的周遭什麼都沒有，我好奇地往水泥地的邊際走，就像一隻螞蟻在一張懸空的白紙上走時，總想要走到邊角之處。沒想到，水泥地的盡頭，沒有任何欄杆阻礙，便墜落成近乎直角狀的懸崖。我驚訝地往後退了幾步，向正在四處遊走的爸媽大叫：「小心！不要掉下去了！」

懸崖底下是個深谷，谷底有著數量驚人的灰色小屋。小屋像火柴盒一樣排列整齊，形成了幾個方的、圓的，各種不同形狀的聚落。如果這時下了場大雪，有輛燈火明亮的紅色火車，嘟嘟嘟地發出響鳴，吐出陣陣白煙，充滿活力地穿越這個小鎮的話，那就會像極了聖誕雪球裡的夢幻場景。但現在，這些屋子曝晒在陽光之下，安靜無聲，就像是一大片在沙漠裡裸露的駱駝骸骨，荒涼死寂。

我戴著厚重的眼鏡，仔細看著這些破碎的家。這些屋子沒有完整的牆壁，沒有窗戶玻璃，沒有門面，就像是一個布娃娃，眼睛和身體被挖了很多個洞一樣，有種說不出的詭異感。如果我的視力再好一點，能瞧見洞裡的動靜的話，會不會找到還在裡頭活動的人類呢？或者，這裡變成了猛虎生禽的遊樂園，從門框爬出一隻巨大肥碩的蛇，從窗洞裡飛出一隻五彩繽紛的鳳凰？

我睜大了眼，緊緊盯著其中一棟小屋，並往小屋的最深最深處看去，有一瞬間，這樣的黑暗讓我感到無比熟悉、親暱。我甚至以為這裡就是水晶的新家，她離開了古老的洞穴後，便搬到了現代的洞穴裡去。

「這地方好可怕。」媽媽說，「看得我雞皮疙瘩都起來了。」

「在這裡買房子的人，到底虧了多少錢啊？會不會比我們慘呢？」爸爸說。

「不知道現在有沒有人住在這些房子裡？」我說。

這些房子裡沒有電，沒有水，它們並不完整，充滿破洞，沒有人來訪，甚至也沒有人知曉。他們存在於這個世上，但卻像不存在一樣。但我猜，任何像這樣被遺忘的空間裡，都會有一些人繼續努力地活著。黑暗無窮無盡地包覆著他們，然而他們已經習慣了黑暗，沒什麼好怕的。只不過，活在黑暗裡雖然是不容易的事，讓別人理解黑暗更是難上加難，所以他們寧願在黑暗裡獨舞。

「如果有的話，那他一定非常、非常孤獨。」我轉頭和爸媽說。

但他們早就已經回到車子裡，等著離開這個鬼地方。

33 是否我真的一無所有

再過幾天就是農曆春節。春節期間，世界彷彿暫停了下來，人們只專注於眼前的歡樂喜慶。天氣越冷，全家一起圍爐的感覺就更加溫馨，只要熱熱鬧鬧地過個幾天，無法解決的煩惱也就煙消雲散。這是我對春節的印象，從電視廣告裡得來的印象。

我們家門口貼著黑字鑲金邊的春聯；我將房間打掃得乾乾淨淨，丟出了好幾袋舊的玩具；餐桌上的水晶盤裡放著幾顆橘子；電視旁各有兩盆盛開的紫色蝴蝶蘭，盆邊還繫著紅色蝴蝶結。但除此之外，今年的年夜飯卻顯得格外安靜。以前，一開始還會有滿桌的菜，比如排了幾個小時才買到的黑橋牌香腸，從名廚餐廳特別買到的佛跳牆大甕。但吃著吃著，大人之間又開始惡言相向。他們知道過年期間不能說刻薄的話，會招來厄運。即使如此，也無法阻擋他們發射對彼此的恨意，就算賠上一整年的運氣也甘願。幾個小時後，餐盤便全都碎落在地面上。

今年沒有佛跳牆沒有香腸，只有一盤魚，幾樣青菜。爸爸端著飯離開了餐桌，坐在客廳看電視，只要媽媽不出聲，也就避開了每年都會發生的年末仇恨總清算。這頓平平安安的年夜飯，竟是百年難得。

只是，午夜一過，媽媽竟然忘記喚我來領紅包。我不敢吭聲，就這樣上床睡覺，但心裡就是覺得不太舒服，好像心頭被小蟲子咬了一角，痛痛癢癢的。

綠野仙蹤的事，重重打擊了他們。去年暑假到貝里斯移民考察，已經花了一筆錢；年底更是硬湊了一大筆錢，繳完了綠野仙蹤的頭期款，沒想到建商卻跑路了。這下，他們已經毫無存款，甚至欠下了一筆債務。他們擔心只要再發生一點不幸的事，搞不好連現在住的房子也要拍賣，我們也將會離開臺北這個大都市。

「其實離開也沒什麼不好。」我說。

「那妳不要抱怨每天上下課花那麼多時間通勤。晚上回家，妳也不要在公車上睡著，到站又叫不醒。」媽媽說。

媽媽說得也沒錯，我其實討厭通勤，更討厭每天都睡不飽的感覺。若真到要離開臺北的那一天，總還是會不甘心的。明明這幾年好不容易，終於跨越了永福橋，橫渡了淡水河，像蝸牛一樣緩緩爬進了這個城市，現在卻又有被趕出的危機。

尤其是媽媽，明明在臺北城南出生、長大，但等到有自己的家的時候，又得先被推出城市之外，再靠著自己的努力爬回來。然後呢，也不是爬回來就永遠在這裡立足了，一不小心做了個錯誤的決定，就可能像是玩彈珠臺時打偏的彈珠，一列列一格格地往外偏走，最後掉進了最邊邊的一號或十三號彈道。她這麼小心翼翼，時時用盡心計，還不都是在討好這個城市，希望它能容納她，把她視為同一國的盟友，不要被推到邊邊角角。但是，只要不上進，不擠到最前端，又如果舊了、壞了、老了，或者運氣不好了，這個城市就會放個屁，把這些麻煩的人呼嚕嚕地排出去。

「先不要怪別人，先檢討一下我們自己。妳說，我們明明好好的，為什麼要這麼貪心？」媽媽說。

「如果我們一直守著我們擁有的，不要去跟人家做什麼移民夢，不要去跟別人亂買房子投資，就不會像現在這樣。」媽媽繼續說。

「我們會變成這個樣子，這要怪誰呢？」她問我。

只要不怪我，她想怪天怪地，怪自己怪爸爸，我都雙手贊成。

寒假結束，春天時再開學的時候，班上同學又開始分享寒假去哪兒玩了。這個假期這麼短，還是有人去了歐洲參觀古堡，有人去日本滑雪，有人批評這些地方天氣那麼冷，哪有什麼好玩的，他們家去的可是澳洲紐西蘭，南半球可是夏天呢。

「劉可可，那妳去哪裡了？」王冬瓜問。

「哪兒都沒去。」我說。

「這麼誠實?我倒有點不習慣了。」王冬瓜說，「我還以為妳會說去了埃及，還遇到木乃伊復活之類的事。」

我翻了個白眼反問：「你呢?你去哪裡了?」

「我也哪裡都沒去。」他繼續說：「我爸這種視財如命的人，怎麼可能花錢帶我們家出國玩啊!我有三個姊姊耶!」

「咦，你不是說你爸是醫生?當醫生還那麼摳啊。」我問。

「他不是真的醫生啦!」

「什麼，還有假的醫生?」

「嗯，他也不算假的醫生，他也算是幫人家治療疾病。」他說。

我突然想起班上曾有同學取笑王冬瓜的家裡是「龍發堂」，於是隨口說出：「難道，你爸是看神經病的，所以你家是『龍發堂』?」

「妳才神經病，妳家才是龍發堂!」王冬瓜嗆完，便不開心地走掉了。

「你什麼都沒說，我怎麼知道什麼是真?什麼是假?」我對著他越走越遠的背影抱怨。

王冬瓜的家不是「龍發堂」，是「龍華堂」，差一個字差很多。但若有兩個字看起來差不多，或發音差不多，那對小學生來說，那就是老天賜予的玩笑，也難怪被拿來當笑話了。比如叫「朱品高」的同學就會變成「豬血糕」，叫「歐龍維」的變成「歐羅肥」。

龍華堂裡沒有精神病患者，但卻有一堆不斷哀哀叫的病人。那是一間推拿館，專治跌打損傷。要不是爸爸扭了腰，我們循著阿公家鄰居的建議，來到了這間推拿館，我大概不會知道，龍華堂就是王冬瓜的家。

我陪著爸爸進入診間。果然，我聽見爸爸叫王冬瓜的爸爸為「王醫生」。王醫生精力旺盛，說起話來如敲著大金鐘一樣，轟轟迴響。他看見我的制服後，問我：「幸安國小喲。妳幾年幾班？」

「六年二班。」

「真的假的？這麼巧！我兒子也在六年二班！」他吸了一口氣後，如獅子對著山谷吼出：「王東華，你過來！」

「原來你就是王冬……王東華的爸爸？」我的眼神在他身上來回探索，想要找出他們兩人相似的地方。王爸爸精壯粗勇，白汗衫配卡其褲，腰間繫著一條黑色皮帶，不修邊幅且為人豪爽。王冬瓜矮小瘦弱，衣著整齊乾淨，但他聲音纖細如女孩，最喜歡做的事就是編幸運手帶，也喜歡跟我們女生搶《美少女戰士》看。

「幹麼？」王冬瓜開門進診間，看見了我，臉便瞬間漲紅。

「這個美女你認不認識？」王爸爸指著我說。這下換我滿臉漲紅。

「妳怎麼會在這邊？」王冬瓜說。

我指了一下躺在診療床上，被王冬瓜爸爸的功夫修理得哀哀叫的我爸。

離開診間，王冬瓜和我在龍華堂前院的錦鯉池畔，百無聊賴地丟著魚飼料。這些魚不知餓了多久，每丟一點飼料，魚群便瘋狂扭曲身體推擠對方，浮出水面張著大嘴搶食，原來錦鯉是有嘴唇的，一對對微小的半月形淺色肉片瘋狂扭曲著。王冬瓜見我看魚看得出神，便開始秀一些技能，他竟能讓全身紅通的那隻鯉魚跟著他左右四處移動，就像隻小狗一樣。

「我爸很吵吧！」他說。

「很有精神的樣子。」我說。

「妳跟妳爸長得很像。」他又說。

「你跟你爸好像不太像。」我說。

「因為我不是他親生的啊。」

「竟然！那你是誰生的？」

「我不知道。我是被領養的。我上面有三個姊姊，都是女生。我媽再生下去，恐怕又會是女生，所以我爸跟我媽領養了我。」王冬瓜一邊丟著魚飼料一邊跟我說：「這事妳不能跟其他人說喔。」

「喔，好。」知道王冬瓜祕密時的驚訝還來不及消化，就又被下了封口令，就像是懷中再被放了顆重重的石頭，這一生都得負責扛著它。哎，我真討厭別人跟我說祕密，尤其是這種人生大事。

「那你爸你媽對你好嗎？」我發自內心地問，總覺得被領養的孩子可能會像灰姑娘那樣被虐待。

「怎樣算是好呢？肯定是沒有妳爸媽對妳那樣好，妳是他們唯一的女兒，他們還幫妳科展的事情操心，妳要什麼就有什麼。」王冬瓜自顧自地一直說。

他拍一拍手中殘餘的魚飼料，從石頭上跳了下來：「但是，我爸我媽也沒有虧待我啦。反正就是給我吃給我喝，我要做什麼就做什麼，也不會打我罵我。唯一比較煩的就是要我長大要當真正的醫生，那種在大醫院工作的。而且也要我結婚啊，生小孩啊，這樣王家才有後代。」

「我們怎麼會知道長大的事嘛！」我說。

「當醫生我可以啦，反正也不知道要幹麼。但結婚生小孩我才不要。」他說。

「我也不要，好噁心。」我說。

「對，跟女生結婚好噁心。」他說。

正當我準備回嘴，明明是「跟男生結婚才噁心」的時候，我回頭看了王冬瓜一眼。他看著池塘水面，露出了沉思的表情。這沉重的表情讓我忽然明白王冬瓜的話中含義。

其實，王冬瓜的個性雖然惹人討厭，但他的外表卻如女孩般的秀麗。頭髮細密，帶有點棕色光澤，睫毛又長又彎，雙眼皮深邃，鼻子高挺，但王冬瓜最讓人印象深刻的，就是他雙頰的酒窩。那酒窩彷彿有什麼神奇力量，儘管明明和他吵到不可開交，如果他不經意地笑了一下，酒窩浮現，就能融化掉對他的怨懟。

我在心裡忍不住把王冬瓜和花輪拿出來比較了一下：王冬瓜比花輪聰明，我跟王冬瓜喜歡的東西也類似，下課時常常討論最新的瓊瑤電視劇、美少女戰士。花輪則喜歡在運動場上奔跑打球，不怎麼愛看書，我和他幾乎沒有共同的話題。但是，花輪比王冬瓜更像個瀟灑帥氣的男孩，皮膚被陽光晒得健康黝黑，不需要說話，只要看著他在球場上揮汗的樣子，心裡就不自覺地浮出一股暖暖的氣流。但若給王冬瓜戴上一頂長髮，穿上女孩的制服，他根本就和我的女性朋友沒什麼不同。

不，我不能知道這個祕密，我不想多揹一個石頭。

我趕緊換話題說：「結婚就是一直吵架一直吵架，有小孩的話，那小孩就要繼續聽大人一直吵架一直吵架……」再說下去就會洩漏了情緒，我馬上閉嘴。

「妳爸媽常常吵架喔？」他問。

「哪有！你爸媽才常吵架。」我說。

王冬瓜沒有反駁，他又跑到岩石上，灑下一層朱砂色的飼料。錦鯉的嘴在水面上吞吞吐吐，但我們都不知道他們到底有沒有把飼料吃下去。

爸爸從床上站了起來，準備回家。王爸爸卻還留著他說話：「那你三月二十三號總統大選要投誰？」

爸爸狡猾地回答：「你投誰我就投誰。」

這是臺灣第一次總統直選，每個大人只要見了面，就通通在講選舉。連在學校裡，也因為家裡大人支持的候選人不同，原本的小圈圈瓦解，又重新組成了新的派別。我這原本就在小圈圈外的人，反而成為大家爭先恐後想要拉攏的對象。

「妳說，難道妳不希望臺灣是個真正的國家嗎?」彭明敏小組質問我，「難道妳希望李登輝又去挑釁中共?妳希望發生戰爭?」林洋港小組也質問我。

此時診所的電視機正播放著中共演習的新聞，說著在這一個月的競選活動期間，中共發動了三次演習，在臺灣的南北兩端近海發射了四顆飛彈。診所裡的人都抬頭看著新聞畫面，中華民國國軍正在國防演習，幾架軍機從天空呼嘯而過，吐出工整的白線。

「選誰都一樣，現在中共不管怎樣都把飛彈指向我們。」王爸爸嘆了一口氣說。

「如果飛彈真的打到臺灣的話，那會怎樣?」我問。

「這樣的話，大家就都沒有家了啊。」王爸爸看著我繼續說：「劉可可，難道妳不怕沒有家嗎？」

沒有家會怎樣呢？沒有家的話，是不是痛恨彼此的人就可以各自分開，我也不會被各種流彈攻擊得體無完膚？那這樣，我是不是終於可以平靜地度過每一天？我是不是能快快樂樂地長大？

我想起水晶，她現在有了我的眼睛，不知道又去哪裡郊遊玩樂了？她還記得我們的約定嗎？那為什麼事情都沒有進展？那個離美好的家最近的雛形，綠野仙蹤，也像個泡沫一樣在空氣中爆破了。是不是這一輩子，我所嚮往的家，都只能在想像裡存在了？

34 山頂的黑狗兄

我在小公園緩緩散步。

現在媽媽不逼我寫功課讀書了。到綠寶石屋把書包放下以後，我按照她的指示，得去公園去散步一小時，看綠色的樹，看花看草，看遠方的天空。森仔和咪咪在旁邊學騎腳踏車，金紙店的阿乾則擔當技術指導。這情景就像回到原本的樣子，好像什麼都沒有發生過，我們只是在靜好的寒冷下午，正在長大的孩子。

但在這平靜的下午，有件不平靜的事情讓我心神不寧，焦慮難安。

這幾個星期以來，我都找不到小黑。

小黑本來就是流浪狗，到處亂跑，沒有固定的家。幾年前，牠在阿公的花叢裡出生。那一窩流浪狗裡，就屬她這隻黑狗最醜。其中，有隻白毛底與黑色點點的捲毛狗，十分可愛，被附近的小孩撿了去，但沒隔幾天那小孩就哭著回來跟我們說狗死了。抱走的時候明明還好好的，他說大人不給養，隔天他早上起床，狗已經冰冷地躺在垃圾袋裡，說是家裡的大人把這隻捲毛狗給打死了。怎麼可能呢？不給養，就把狗放回來就好了，為什麼要把狗殺死呢？他肯定說了謊。但我想到同學裡也有人把雜貨店抽到、毛髮被染成粉紅色的小老鼠帶回家，最後也被討厭老鼠的大人給燙死了。

「大人」到底是什麼異形物種？他們彷彿沒有心、沒有肝、沒有眼淚，看到別的生物死亡都不會覺得痛，唯一能讓他們哭得撕心裂肺的只有自己小孩出事的時候。

這些人，為了自己的孩子而活，所以很偉大。我們在學校，要背《弟子規》，我們要抄《孝經》。我們每天都被告知，要孝順父母，因為他們為孩子犧牲一切。也許最後也犧牲掉了他們的良心和憐憫之心，只要自己的孩子活著，其實萬物都可以去死。

小黑到底幾歲了？我嘗試回想，但始終記不起來牠的生日。在城市裡當流浪夠不是件容易的事，但牠終究用牠的方式，活了下來。有時牠在觀音廟前晒太陽，有人剛拜拜完，心腸被香燻得軟了起來，便把雞頭雞腿扭了下來丟給小黑吃。冬天的時候，小黑躲到綠寶石屋旁滾燙的鐵爐周圍，讓柴火的餘溫把身上的溼毛烘乾，我若看見，總把牠拉出來一點，怕鐵爐燙著了牠的黑毛皮。小黑以為我在跟牠玩，一下子翻肚子，一下子把身體繞成彎彎月亮。

但這陣子，我在鐵爐旁的柴火堆找過好幾次，就是沒看到小黑。就連下雨天，這裡明明是以前小黑一定會來避雨的地方，也不見牠的蹤跡。

我若問了大人，他們總是冷言冷言地說：「妳關心這個幹麼？這隻狗不見，關妳什麼事？」如果我表現得氣急敗壞，那就更糟了，他們開始拿自己與狗相比。「奇怪，我就不見妳這麼在乎我們？」

哎，該怎麼說呢？我從不用去費盡心思去找他們，我的爸媽總是有辦法讓全世界的人都先注意到他們。媽媽動不動就去學校找老師；爸爸一發起火來，千百里之外的鄰居都知道這裡有個神經病，隨時在爆炸。他們時時刻刻都想活在人們的目光裡，而活在他們旁邊的我則想要變成隱形人，從地球上消失。

今天下午，我只好在埤仔腳挨家挨戶詢問。大多數的大人連小黑的存在都不知道，一隻流浪狗對他們來說實在太不起眼了。少數知道的都是和我年紀相仿的小孩，他們抓抓頭，似乎也沒答案。但聽到小黑不見的消息，小孩馬上穿上了拖鞋，跟著我在大街小巷裡尋覓，對著車子底下、老舊空屋裡大喊：「小黑！小黑！」

「可能是被捕狗大隊抓走了！」小孩跟我說。

「那是什麼東西？」

「妳不知道嗎？現在只要一通報，政府就會派人來抓流浪狗。他們拿著長長的鐵絲圈，套住流浪狗的脖子，硬是狠狠地拉上車。」

「抓去哪裡？」

「抓去殺了啊！」

「為什麼？」我驚訝地提高聲量。

「因為路上有野狗不好看啊。我媽說這些巷子裡的房子都很貴捏，有亂七八糟的東西在巷子裡穿梭就不好了。」

亂七八糟的東西？什麼是亂七八糟的東西？為什麼狗是亂七八糟的東西？人為什麼不是亂七八糟的東西？我的腦袋裡突然被這些亂七八糟的東西塞滿，幾乎腦溢血。

回到綠寶石屋，聽見樸姨從遠處大聲嚷著阿媽的小名「俗仔、俗仔」。她胳肢窩下夾著一捆青菜，準備來亭仔腳下坐著，邊揀菜邊和阿媽聊八卦。

「聽說周大山已經把地賣了，要搬走了。」樸姨說。

周大山住在公園的另一端。如果說我們的這間小屋是公園南方的一顆小綠寶石，那周大山那間破破爛爛的舊屋，就是北方的一顆小粉瘤。周大山從前還在幸安市場賣菜，但後來收了，現在撿些舊物廢棄物做資源回收。門前，鐵皮塑膠片保麗龍和鐵鋁罐堆疊得到處都是，我們小孩都把那裡叫「垃圾山」。森仔卻特別喜歡在那垃圾山挖寶，有時幾條鐵絲幾個金屬零件，森仔就能做成一個無敵鐵金剛。

「這幾年早就有建商來談過，但周大山就是不想搬，價格很高他也不賣。」樸姨把菜梗甩在地上，壓低了聲音說：「結果現在，價格不到原本的一半，卻賣了。」

「怎麼會?」阿媽說。

「妳想想,中共動不動就要發射飛彈,一堆人想把房子賣了,能跑的人都跑了,房價當然一路跌下去。」樸姨又再壓低聲音,幾乎用氣音說:「除此以外,不知道妳有沒有發現,埤仔腳最近出現了很多全身穿黑衣的人?」

正在幫阿媽揀菜的我突然抬高了頭,大聲說:「妳說什麼?黑衣的人?」阿媽馬上遮住我的嘴,要我把菜放下,進到屋子裡寫功課。

我哪願意?只好坐在留了個縫的拉門旁,繼續偷聽她們的對話。

「那周大山要搬去佗位?」阿媽問。

「阿知。」璞姨說,「但要在臺北市再買個房子,大概是無法度。」

「那怎麼樣也不應該賣,這不是祖厝嗎?」阿媽感慨。

「祖厝又怎樣?」樸姨說,「人家要你賣,你還不能不賣呢。」

地下社會老大交代給我的六十二巷鬼屋任務,我還沒完成,可可故事屋就從此停辦了。可可故事屋憑空從鄰里間消失,沒人在意,也沒有人問起,就像它從來就不存在一樣。故事真的有力量嗎?不,沒有的。故事不過是一陣吹在臉上的風,輕巧而虛幻,摸不到也抓不穩,從口中吐出的每個字都會在空氣中散逸,無法保存也無法複製,沒有人認真,也沒有人記得。

暴牙蘇和梁寬不再找我，但偶爾，我仍看見他們在巷道間進出，非常忙碌的樣子。

即使沒有我，我猜老大的事業也還是如火如荼地進行，他想要的東西終究都會成為他的。以前王冬瓜說我只是大人們的一顆棋子，我還不願意承認。但現在，我才明白我連棋子都不是，當我不再和大人合作的時候，沒有人找我談判協調，輕易就棄置了我。畢竟，他們可以用其他方式去得到他們想要的東西。如果不能用偷的，就用搶的。有時甚至連偷和搶都不需要，爸爸只要憤怒時摔摔東西，就得到他要的尊敬；媽媽只要把臉擠成苦瓜，就成為世界上最可憐的人，別人也就不能讓她再失望；而老大只要送送禮物，叫暴牙蘇打爛別人的車，他也能得到他想要的利益。

我長大後，會成為怎樣的大人？我又會用什麼祕密武器，來得到我想要的東西？

每天下課，我頂著這副讓我頭暈目眩的大眼鏡，在埤仔腳穿梭找狗，一直到肚子餓了，才回綠寶石屋休息。我穿過了公園旁的馬路，在觀音廟旁的水龍頭清洗了一下臉。一抬頭，竟看見了暴牙蘇和梁寬從綠寶石屋裡走出來，我趕緊躲進觀音廟裡，而他們面露微笑，往觀音廟旁的巷弄走去。

「你覺得會成嗎？」暴牙蘇說。

「怎麼不會？這條件已經開得很好了。」梁寬說。

「我想，最麻煩的大概會是這間觀音廟。」暴牙蘇說。
「對，如果是人的話都好辦，但神的話，就不一定了。」梁寬說。
等他們離去後，我衝回了綠寶石屋。還沒等到阿公阿媽開口，我就大聲說：「剛剛那些人來這裡幹什麼？」
「妳看到黑衣人了啊？」阿媽說。
「我認識他們，他們會騙人。」我說。
「妳怎麼會認識他們？」阿公問。
「反正，反正就認識啦。他們一定是來說服你們把這裡賣掉，對不對？」
阿公和阿媽互看了一眼，看來是被我說中了。
「這種事小孩子不要管。妳進去寫功課。」他們催促著我。
「他們說的話都是騙人的，我知道，因為他們也叫我這樣做。你們絕對不能相信……」
我一邊大聲說，一邊不情願地往裡頭走。
「相信就真的完了。」我轉頭再說一次。
那個晚上，綠寶石屋裡熱鬧非凡。阿媽的六個孩子回來了四個，一群大人蜷曲著身體，聚在那張小小的木桌旁，討論這間屋子的未來。小孩子被趕到亭仔腳餵蚊子，我和咪咪互相打停在手臂上小腿上的蚊子，打得皮膚通紅。

「你們覺得阿公阿媽會不會把這裡賣掉？」我問他們。

「會。」森仔說。

「為什麼？」我問。

「因為這裡破破爛爛的，把這裡賣掉，可以換一個新的房屋。」森仔說。

「對，換那種有尖尖的屋頂的。我也想要住那種新房子。」咪咪說。

「你們兩個傻啊，才換不起呢。他們若把這裡賣掉，就不會在臺北市有新的房子。」我說。

「為什麼？」他們說。

「因為阿公和阿媽很窮啊。要像花輪那樣的有錢人，才可以一直在臺北市買房子。」我說。

「那妳叫花輪把這裡買下來啊，反正妳是他的……」咪咪聳著肩說。

「女！朋！友！」森仔和咪咪同時用巨大的聲量喊出。

我隨手拿起一支竹掃把，瘋狂往他們兩人掮去。

「我才不是。你們亂講！」我大叫。

但越是這樣，他們兩人越是想起鬨。他們兩人節奏清晰，一拍一拍地喊著「女！朋！友！」

「女！朋！友！」……

他們跑過了馬路，直奔對面的公園，在黑暗中，我仍然聽到「女朋友」三個字，在空氣中浮浮沉沉。我已氣喘吁吁，不想繼續追殺。只好回到綠寶石屋門前的小板凳坐下，將掃把丟在阿公收集來的木柴堆裡。

這些木頭多是從附近工地撿來的。每天，阿公會將它們鋸成一小段一小段，再用一個像是大問號的鐵鉤，把附著在上頭的鐵釘拔除。晚上要洗澡前，他會蹲在鐵爐前，把這些木柴丟進小鐵窗裡，點著了火，再關上鐵窗。那整座大鐵爐被燒得滾燙，小孩子被禁止靠近，但站在遠處，我還是聽得見火燒木頭時發出的劈里啪啦聲響。

臺北市裡，有這樣的房子，說給誰聽都不會相信。也許阿公阿嬤也想和其他臺北人一樣，不需要撿木頭、砍木頭、燒柴，只要一扭開紅色的水龍頭，等個幾秒，就有熱水跑出來。

35 只好到屋頂找另一個夢境

我的家在臺北。

在長頸鹿英文班裡，我問了來自加拿大的麥克老師，「家」的英文到底是什麼呢？我學過home，也學過house，到底哪個才是真正的家？麥克不太會說中文，歪著頭想了一下，接著他在白板上寫了house這個字，再把手舉起來，將左右手的指尖輕碰在一起，形成一個至高點，手臂的其餘部分形成了兩道斜坡。

這是一個尖尖的屋頂，月曆上常看見的歐洲房子的屋頂，這樣的房子周邊總會有青色草原和清澈的小河流，畫面最前方，幾隻掛著鈴鐺的牛悠閒地吃草，屋後則是一片白皚皚的雪山。那是每個人遙不可及的夢想，而綠野仙蹤曾是我人生中最接近夢想的一次。

「有屋頂的是house！」我看懂後大聲說。

「堆堆堆。」麥可老師回答，他的中文裡沒有四聲，但我聽得懂，他睜眼微笑的表情像是在肯定我。

因此，有很長的一段時間，我以為有著尖尖屋頂的房子，才可以叫做house，才可以叫做一個家。但用這個標準來看，臺北還真的沒有什麼可以稱作一個家的地方。我找了好久，除了新生南路上的衛理堂，還有以前二十三巷的日本老屋，其他的房子都沒有尖尖的屋頂。那這樣，還算是個合格的家嗎？

阿公的綠寶石屋的屋頂是什麼樣子？

綠寶石屋門前的樹枝葉茂盛，從我的視線往上看，只看到一片油綠的葉子，根本看不到屋頂。但每年七夕要拜七娘媽的時候，阿媽會給我們淡紅色和白色的粉塊，一束圓仔花，要我們把這些東西丟到屋頂上去，說是七娘媽要梳妝打扮。森仔、咪咪和我使勁地把這些東西往樹的頂端扔上去，阿媽仍要我們丟高一點，遠一點，要越過樹枝，才會到屋頂。只有在那種時候，才會想到這房子雖然破破爛爛，但它還是有屋頂的，所以我們可以在裡頭躲避風雨。

我和森仔咪咪圍著方桌寫功課，寫到兩眼迷茫昏昏欲睡的時候，突然打下一聲響雷，屋頂上的瓦片嘎嘎作響。一開始，傳來幾顆彈珠在彈跳的聲音，但緊接著，千百顆彈珠就跟著落下，還以為是中共的戰機在天上拿著機關槍掃射。我們同時往天花板看，擔心這個老屋頂不夠堅固，彈珠將打破屋頂，一顆顆如子彈般穿入我們的頭顱。但不管雨下得再大，綠寶石屋的屋頂總是盡責阻擋一切，不讓我們陷入任何危險。雖然我們太矮，還看不到屋頂，但卻聽到了它，感覺到了它。

和綠寶石屋不同，爸媽買的房子在老公寓五樓，是公寓的最高一層樓。每天回家走樓梯都走到快累死，夏天也因為陽光直接曝晒，公寓變成了炙熱的烤箱，但我們卻可任意進出公寓的頂樓露臺。我們在這塊空地種茉莉花種金桔樹，可惜它們總是被遺忘，每次想起的時候，都只剩下枯枝殘葉，一捏就碎裂。因此，這個屋頂最後只剩下拿來遠眺的價值。這附近大多是三層高的老屋子，因此，站在這空曠的頂樓，我不僅可看見變化無窮的夕陽景色，還可以看見在黑夜裡散發著葡萄紫光的站前新光大樓。我往下方看去，到處是深紅的、暗藍色的，鐵皮的、塑膠的屋頂，這邊一片、那邊一塊拼湊組合著。這些屋頂雖然沒有麥克老師說的三角形屋頂洋房好看，但這裡的每一片屋頂底下都住著人。有人、有燈、有屋頂，在臺北，也就算是個家的樣子了吧。

關於家，我和水晶許了個願望。作為交換，我的眼睛成了她的眼睛。但是這些日子以來，我的願望非但沒有實現，反而有種離它越來越遠的感覺。綠野仙蹤的消失是厄運的開始，爸爸媽媽之間的爭執更是日益增多。在我的夢想藍圖裡，小黑也將在我的家裡，與我一起生活。但現在，牠卻消失了，甚至有可能被捕狗大隊殺了。這樣的話，根本不是「交換」，水晶騙走了我的眼睛。畢竟，她也是個大人，就像老大、爸爸和媽媽一樣，她當然也會有她的祕密武器。

要拿回我的視力，首先，我必須先找到她。

我進入了洞穴數次，但裡頭總是空空蕩蕩。看來，她連普啾鳥都沒帶上，就獨自一人出去外面玩了。兩隻鳥在地上百無聊賴地踩步著，不時抬頭看看我，像是在問主人去哪兒。我在地面上用小碎石排出了一幅畫，一個有屋頂的房子，旁邊加了個問號。我希望水晶能懂我的焦慮，但想了想，古代馬雅人哪懂得問號是什麼意思。於是我再排出了一個眼睛。

一開始，眼睛的圖案就這樣擺在原地，沒有任何變化。

但過了幾天，眼睛的附近出現了一隻絨毛娃娃，一看是辛普森家庭的爸爸荷馬，哎，醜死了。離綠寶石屋最近的全家便利商店裡有一臺夾娃娃機，最近放的都是辛普森家庭的玩偶，醜到沒人想要玩。看來，水晶跑去夾了。隔天，又出現了鬼馬小精靈的鑰匙圈、黏膩膩的糖葫蘆、棉花糖。物品越堆越多，成為一座琳琅滿目的小山。

我左右張望，希望水晶能現身，別拿這些亂七八糟的東西來打發我。

終於有一天，我剛進洞穴，便看見水晶蹲在地上排著白色的小小方塊。我小心翼翼，從她的身後慢慢靠近，直到她的身邊才出聲：「妳到底在幹麼啊？」

受到驚嚇的她往後跌坐，看見我後又馬上爬起，準備撞進石牆，穿梭而出。我趕緊拉住她的衣領說：「別跑！」

水晶又再次跌坐在地。她手上的白方塊散落一地，有的被我不小心踩成一團爛泥。只是這爛泥綿綿細細，白泥當中帶有紅泥，我從地上撿了一個完好的方塊，其兩旁有著明顯的暗紅雲朵迴紋，分明就是京兆尹出品的芸豆糕。

「妳拿這麼多芸豆糕來幹麼啊？」我問。

「妳不是愛吃嗎？」她說。

「那妳為什麼看見我要逃跑？做賊心虛嗎？拿了我的眼睛，卻不幫我實現願望。」我越說越氣。

「哎，不是我不想幫妳。」她嘆了一口氣繼續說：「我其實也努力過了。可是，有些事情，沒辦法就是沒辦法。」

「妳不能改變他們嗎？就把和藹的羅賓．威廉斯和溫柔的鄧麗君裝進去他們的靈魂裡，這樣辦不到嗎？不然，就把我舅舅和舅媽換過去，我也能勉強接受。再不然，把我換成咪咪，或是其他的孩子……」我越說愈多，越說越離譜。

「可可！拜託一下，現在問題都不是別人，而是妳自己。」水晶大聲說，「妳如果不能接受老天這樣的安排，妳永遠都不會長大。

「如果不是這樣，妳永遠，都不會成為妳想要變成的大人。」水晶再說一次。

「那我寧願永遠不要長大。」我低下頭，用只有自己聽得到的聲音說。

水晶拍拍我的肩膀，在我耳邊呢喃：「不，妳比誰都還想要長大。」

那之後，我決定不要再相信任何人。相信就有了希望，有了希望之後就會是破碎與幻滅。放學後，我常常一個人在街上走，從仁愛路走到新生南路，然後沿著新生南路走到一些更遠、更陌生的地方。

仁愛路和新生南路上的房屋仲介公司熱鬧得很。經過的時候，窗子上貼著滿滿的房屋物件廣告，上頭皆用了顯目的紅字標註著「賤售」兩字。「賤」是被媽媽禁止用的字，每次和森仔咪咪鬥嘴，腦中浮現「你很賤耶」一句，說出口的總是變成：「你很……豬耶。」現在，在路上看見這麼大、這麼多的「賤」字，我還真有點不敢直視。一間房子，是能有多賤？有多豬？有多機車？

我站在玻璃窗前仔細瞧看，每間房子看起來都很高級、豪華，紅筆在照片旁劃掉原本的金額，再寫下新的數字。對我來說，不管怎樣下跌，上頭寫的還是個大到讓我眼花的天文數字。

這時，一對穿著像要去打高爾夫球的夫妻，推開玻璃門走進去，一個男孩跟在他們身後，也不發一語進入店內。男孩猛個轉身，與我四目相望，我驚訝地往後退一步：這不是花輪嗎？看見我後，他的臉也突然如花朵般綻開，對我比手畫腳，最後走出來與我相會。

「你們也來賣房子？」我問。

「不是，要來買房子。」他說。

「但不是說，現在房市不景氣，不能買房子？」
「就是因為不景氣，所以才要趁現在買房子啊。」
「那如果買了，以後賣不出去怎麼辦？」我為他擔心。
「那要看妳說的以後是多以後。我說的是很以後的以後，有耐心的話，就一定賣得出去，而且還可以賣很貴很貴喔。」他說這些話的神情，就像在說買賣雞蛋糕一樣輕鬆簡單。
穿著西裝的房仲先生拿了一串鑰匙，打開了玻璃門，花輪的父母先走了出來。花輪媽媽看見了我，湊上前來跟花輪與我說話。
「哎呦，這是你的同學啊？」她輕推花輪的肩膀。耳朵上垂墜的水晶耳環便搖動了一下。
「是。她叫劉可可。」花輪說。
在這些有錢人面前，我變得極其有禮貌，工整地把手臂貼緊大腿說：「黃媽媽妳好。我姓劉，名可可。」我吞嚥了一下口水繼續說：「我今年十一歲，今年念幸安國小六年二班，射手座A型……」
正當我想繼續說話填補空氣中的沉默的時候，黃媽媽打斷了我：「這樣好了，劉可可，妳想跟我們一起上去看房子嗎？我們要去看十二樓那間。」
「走吧，劉可可。」花輪說。

如果每天回家，再也不需要爬一層一層的樓梯，而是清清爽爽，舒舒服服地搭電梯，人生會變得怎麼樣？

在不斷攀升的電梯裡，我想像自己是黃家的女兒，花輪就是我哥。前面兩個噴有高級香水的大人就是我的父母，他們閒來無事就一起打高爾夫球，彼此感情極好，說話總是客客氣氣的。房仲先生顯然是多餘的外人，不過沒關係，他可以先充當這家人的男僕。他會幫我提書包，開著李麥克的黑色霹靂車載我去上學，也會幫我寫功課，算數學……。

位於十二樓的這間房子有著氣派的銅雕大門，房仲先生花了滿大的力氣才推開這厚重的門。一進門就是一張很大的鏡子，我看著我們這些人走進來，就像是一家人，而且是電視劇裡那些說話字正腔圓，溫文儒雅的人。其他人蜿蜒進入了房裡，但我被玄關地板上光亮的黃褐色花崗岩吸引住了，忍不住蹲地，用指腹磨了下地板，竟發出了象徵光潔乾淨的啾啾聲。

穿過了玄關，是一間放著各種骨董紅木家具的客廳。好大一尊彌勒佛，擺在紅木櫃的正中間。我不知道他是否看穿了我的虛假身分，沖著我笑得裂嘴。

「這些骨董家具，屋主來不及搬了。」仲介先生說，「如果買主想要，就免費送了。不要的話，我們也會都處理掉。」

「那就都處理掉好了。」花輪媽媽說，「這風格也太老舊了。」

我摸摸那些木桌木椅，都是實心的，這些不就是媽媽一直想買的家具，說配著她插的花剛好。那年她好不容易才買了一塊紫檀，如砧板大小的不規則木墊，用來襯托她的一個荷葉邊陶瓷碗，就花了三千塊錢。現在這客廳，到處是散發著木頭香味的屏風、床榻、櫥櫃，肯定也要好幾十萬。

書房和主臥雖也是古色古香，但其他房間倒是有著完全不搭的風格。其中一間房裡，到處是蕾絲花邊裝飾。另一個房間，則樸素空曠。仲介先生說：「這屋主有一兒一女，就像你們這樣，但他們現在都去美國了。」

「我就一個兒子而已。這女孩是我兒子的同學啦。」花輪媽媽急著辯解。

我看看身上穿的史努比汗衫，胸前還有一點中午吃滷肉時滴下的黃漬，褲子永遠比腿短一點，露出一截襪子。

當然了，這怎麼會是同一家人？我都為黃媽媽感到委屈了。

我退出房間，一個人走回客廳，等著大家集合下樓。

客廳有一面極大的落地窗，我站在落地窗前眺望，底下是整齊的大馬路，再過去就是大安森林公園。以前我總以為大安森林公園無比荒涼，只有泥地和石塊，但現在從上頭一看，才發現其實到處都是正在抽芽的小樹。即使這些樹都還那麼幼小、脆弱，好像隨時會被大風折斷一樣，但只要有耐心等待，這些樹總有一天都會長大，變成蓊鬱的大樹。等到這個時候，臺北市一定會變得很美麗；而住在這間房子裡的人，一定也會很幸福。

36 臺北的天空

今天是總統選舉日。

早上起床的時候，看見爸媽已經穿著整齊，等著出門去投票。路上的行人皆繃著緊張嚴肅的面容，在國小的投票所前安靜排著隊。大人投票不關我的事，我獨自往操場旁的溜滑梯和盪鞦韆走去。此時，有人已經在單槓上像小猴子般繞圈圈，那人便是王冬瓜，原來他也陪他的父母來投票。

「你爸媽投誰？」我問。

「不跟妳講，反正跟你們家不一樣。」他說。

「你怎麼知道我們家投誰？搞不好一樣。」我說。

「我看過你爸耶。他感覺就是會投……」王冬瓜故弄玄虛說，「算了，我不想講。」

「大人的世界好麻煩，好複雜。」我說，「將來我們長大，搞不好會因為投不同的候選人而吵架。」

「這也不奇怪，我們現在就已經為了各種事而吵架。」他說。

「投完之後，不知道會有什麼改變？」我說。

「搞不好中共的飛彈就真的打來了。」王冬瓜說。

「怎麼可能！」我翻了白眼。

沒想到，這白眼一翻，我竟感到有些頭痛。

醫院還是檢查不出來我的眼睛到底是什麼問題。媽媽帶著我改看中醫，每天家裡都是一股刺鼻的藥草味，藥草被煮成黑色湯汁，我被逼著吞下。這又臭又苦的汁液在肚子裡翻攪，彷彿胃裡頭有隻黑色大章魚正在成長茁壯，伸出觸手四處摸索。

但往好處想，我倒是慢慢適應了這厚重的眼鏡，鼻梁上若沒這重量壓著還覺得怪怪的。想一想，這眼疾已經纏身兩個多月，我會不會一輩子弱視呢？水晶跟我說是暫時的，但我還能相信她嗎？

「妳眼睛怎麼突然這樣子？」王冬瓜忽然問起，「妳會瞎掉嗎？」

「我不知道，有一天睡醒就變成這樣了。」我想努力掩藏失落，但我還是低下了頭，腳開始無意義地在沙地上畫圈圈。

「不會瞎掉啦。」我繼續說，「雖然戴這眼鏡很醜，但至少我還看得到。」

「不會很醜啦。」王冬瓜說。

「你騙人，明明就很醜，很像鹹蛋超人。」我說。

「拜託，妳以前還比較醜。」他說。

這是哪門子的安慰法。他說完馬上站了起來，往遠方跑去。他以為我必定會追上去，從他的後背狠狠劈上降龍十八掌。

但我沒有，我只是繼續坐在鞦韆上。

我失去了從前像勁量電池般永不衰竭的精力，失去了小孩子生來具有的超能力。現在的我只想要這樣靜靜坐著，看著天空的雲，吹著涼風，看著身邊的人走來走去。在這個世界上，不管是當個大人，還是當個孩子，都已經是件很疲累的事情了啊。

水晶昨晚進入了我的夢境，她的形體似乎變得更透明了，我的視線透過了她的身體，看見她身後的景象，彷彿在這樣水晶般的形態裡，她再也無法隱藏任何事了。

她沉默不語，就這樣靜靜地看著我，我也只好靜靜看著她。

「妳現在在想什麼呢？」她突然問我。

「沒想什麼，我早就什麼都不想了。」我說。

「那關於我無法幫妳完成的那件事……」她正想要開口，我就對她搖搖頭。

「別說了。我本來就不應該要求不可能的事。」我說。

「無論如何，在我離開之前，還是會照著我們的約定，給妳一個回禮。」她說。

「我什麼都不要，只要把我的眼睛還給我，這樣就夠了。」我說。

「妳真的什麼都不要，連這個也不要嗎？」她說完便指向洞穴裡幽暗的一角。

我往角落看去，先是聽見了熟悉的嗚咽的聲音、腳趾抓地時急促的摩擦聲，接著，一個黑色物體飛快衝向了我，我還不及仔細觀看牠的臉，就被牠撞倒在地。

「小黑！是小黑！」我淚水縱橫，緊緊抱著小黑。小黑興奮地將我的淚水舔去。

「哎妳不知道牠有多難找。」水晶說，「每天，有這麼多狗死掉。」

我緊緊抱著小黑，牠仍有扎實的肌肉，發亮的毛髮，連喘氣時口裡透出來那種臭臭的氣味都沒有改變。但現在的牠，已經不是活著的小黑？

「小黑已經死了？」我問。

「當然，不然怎麼能這樣跟著我。」水晶說。

我的心臟一陣緊縮。死了，那是什麼意思？我還沒有任何認識的人突然死掉的經驗。唯一知道的死人，就是水晶。但我們還是常常見面，常常說話，分享別人聽不到的祕密。這就是死亡的樣貌嗎？那也沒有多悲傷、多恐怖啊？既然如此，為什麼大家都怕死呢？如果這就是死亡，小黑也就能永遠安全地待在洞穴裡，不用再害怕被人丟石頭，被人下毒，我也能常常來看牠。

「那現在小黑可以養在這裡嗎？我可以每天來抱牠嗎？」我忽然看到了希望，從前一直被拒絕的要求，終於可以實現了嗎？

「不，小黑也是來跟妳道別的。」水晶繼續說，「小黑就要跟我一起走了。」

水晶摸摸小黑的頭說：「在我們的世界裡，黑色母狗會引領我們，一步步走向死亡後的世界。」

我想像身處一片原始森林，就如同我在貝里斯走進的森林一樣。這森林裡有成群的蝴蝶，有清澈的小溪，空氣聞起來潮溼飽滿，處處傳來蟲鳴疊唱之聲。我想像水晶穿著她一貫的連身白裙，但這次衣物整齊乾淨，沒有血跡沒有膿漬。而她的前面，是一隻氣宇軒昂的母狗，牠站在一棵席巴樹下，一仰頭，樹葉間篩下的陽光便在狗的身上輕舞著。牠從來沒有活得這麼神氣過，牠不再是人人喊打的流浪狗，牠是堂堂正正的路隊長。在這幅畫面中，水晶張開雙手，一股爬升的氣流便捲住了她與小黑，帶著她們越升越高，超過了樹幹，最後穿進盤狀樹冠裡。在那些濃密蓊鬱的樹葉之中，她們成為了一道隱匿在樹葉間的光，明滅閃爍，生生不息。

一整天的選舉活動結束，夜幕剛降臨，觀音廟前就聚集了一堆人，還以為歌仔戲戲班又回來表演了。走近才發現有人在空地擺出了一臺小電視，所有的人都聚在那臺電視前看開票。

森仔、咪咪跟我也在人群中走動，看到哪裡有什麼好吃的，就湊過去看。有人帶來香港買的陳皮梅，有人端出整盤瓜子，有人切了幾盤白斬雞，開了幾瓶金牌臺灣啤酒。

開票開了一兩個小時，好像都是李登輝那一組最高票。

「可惜，可惜。」我聽阿公在旁邊抱怨，他肯定是投彭明敏。我在綠寶石屋裡看見了被阿媽捲起來的彭明敏旗子，她不想讓家裡其他的大人看到，也不准我說出去。畢竟她的六個小孩，全都想要股票長紅賺大錢。

「李登輝也是可以啦。」其他人說。

沒多久，電視臺轉播李登輝抵達中央黨部的畫面。臺下滿滿人潮一同喊著：「總統好！總統好！」氣鳴喇叭一拍拍地跟著節奏齊響，氣氛變得隆重、亢奮、激勵。好像光是聽到這節奏、人民的呼喊，鼻子就有點發痠。

我回頭看了森仔一眼，發現他臉上已掛了兩行清淚。

「你幹麼啊！這有什麼好哭啊？」我問他。

「不知道為什麼，看到大家一起喊的畫面就很感動。」他說。

森仔單純，什麼事情都容易感動他，但他大概連總統要做什麼事都不知道。

既然大局已定，大家便開始四散。維持幾個月的選舉大戲，好不容易來到落幕的時刻，只是，這氣氛跟之前歌仔戲散戲時也沒什麼差別，都是同等的落寞和空無。好像有什麼大事發生了，也好像什麼事都沒有發生一樣。

就當我拿著板凳，準備離開觀音廟時，突然間，天空一陣嗚嗚作響。

所有的人面面相覷，滿臉狐疑。

「空襲警報！」突然間有個老先生大叫，「以前日本時代，美軍打來時，就是這個警報聲。」

「跟萬芳演習的警報一樣。」這上下起伏的聲音，我們這些小孩子都很熟悉。

「怎麼會有警報？」大部分的人站在原地質疑，只有少數人拔腿就跑，跑進了觀音廟，躲在供桌底下，雙手合十祈禱菩薩保佑。

「中共打來了！」有人開始大聲說。

「你看你看，中共就是看不爽李登輝。」有人乘機說酸話。

我看了一眼電視裡轉播的畫面，競選總部那裡也是一片混亂。剛才走上臺的總統李登輝被人保護著走下臺，迅速往後臺退去。

警報持續鳴響，就像是一隻哭泣的狼在高聲哀鳴。

我拉著森仔、咪咪，一起躲到了鐵爐旁堆柴火的黑色小洞。咪咪嚇得全身發抖，我叫她把眼睛閉起來，開始數數字，只要數到一百，世界就會和平了。

我看見遠方的天空，突然出現了紅色的火光。

「糟了，好像真的出事了。」森仔說。

此時，我的右眼開始隱隱作痛，動脈劇烈地上下起伏著，彷彿有著千百萬噸的漿液正在沸騰著。就在這時，我的眼睛不斷流下淚水，但森仔看著我的表情充滿著恐懼。

「妳眼睛，妳的眼睛流血了！」他大叫。

我摸摸右眼，果然潮溼一片，我的手指上沾滿了鮮紅色的液體，但我並不感覺到疼痛，反而覺得很舒服、很暢快。像是一棵小樹芽終於衝破了果殼，衝出了土壤，第一次呼吸到了新鮮空氣。這種突破一切的自由之感充斥在我的胸膛。

失去訊號的電視機，發出雜亂的電波訊號，與空襲警報的大鳴大放，混合成一片不祥的聲響。這聲音像是個漩渦，把所有好的不好的事都纏繞了進去，我站在漩渦的中間，看著漫天的飛鳥，周圍奔跑的人群，還有那隨著風輕輕顫動的樹枝。這一瞬間，我卻感到無比平靜舒暢，我就像是正在抵抗邪魔的美少女戰士，站在城市廢墟的中央，頭髮隨著混亂的氣流左右飛動，而我，專注地盯著眼前這片橘紅色的天空。

忽然間，一道深紫色火光咻地一聲劃破了天際，從遠方飛向我頭上的天空，它似乎在空中定格了一下，然後，往四面八方解體。

沒有高燙的熱度，沒有強勁的力道，甚至只發出了水滴掉到炒鍋上那樣嘶嘶的細微聲音。這個火球，散開成一朵豔麗的煙花，花瓣一片片在黑夜裡攤開來。煙花殘影，在黑夜裡描繪出巨大的深紫色蘭花。

再次接通訊息的電視機傳來了記者直播的聲音：「各位觀眾，臺北市的天空出現了無法解釋的異象：選後的臺北市出現了煙火在天空凍結般的景象，如同一朵盛開的蘭花。先前因為天空出現了突如其來的火球，發布了防空警報，現在看來是虛驚一場，民眾無須驚慌。」

這朵蘭花，靜靜地停留在天空幾秒鐘的時間，不久後又再一點一滴地褪色，最後沉入了黑暗之中。我把眼鏡摘下，看見了目瞪口呆的森仔，以及仍閉著眼睛，嘴裡還數著數字的咪咪。

清晨，我聞到了客廳傳來的咖啡香。

我們家裡從來沒有人煮咖啡，但這個早上十分奇特，在半夢半醒之際，我聽見有人磨著咖啡豆，發出了細密均勻的砂石流動聲，也聞到了濃濃的，宛如在外國電影場景裡才有的香氣。等我完全清醒，坐在床上，才搞清楚這氣味是廚房傳來的中藥味，今天不過就是另一個尋常的日子，什麼都沒有改變。

走到廁所前，我聽到電視裡的新聞還在報導昨天的天空異象。

有人說中共昨天果然發射了一顆飛彈，但在半空中被本國國軍攔截，在天空中便引爆了。也有人說，為了慶祝李登輝總統當選，有人施放了特別的煙火。但也有人說，這不過是自然的隕石擦破大氣層的現象，是天文奇觀。更有人說，這是祥瑞之兆，臺灣受到天神庇佑，故出現神蹟。

接著，電視畫面切到了李登輝在當選晚會的感言，他說：「在國家面臨威脅、恫嚇的關鍵時刻，我們完成了這次大選，因為我們深信：這是歷史使命的召喚。我們臺灣人民，要永遠、永遠捍衛民主這條大道。」

爸爸看完便關上了電視，我猜他肯定不是投李登輝。

在廁所裡的鏡子，我看見了被枕頭套壓出紋路的紅潤側臉，滿頭亂髮，而昨晚冒血的眼睛，不僅外觀恢復了，連視力也恢復了正常。但我假裝不知道，上完廁所刷完牙，就悄悄地走進了房間。

這件事，我不會跟任何人說。

因為只要繼續假裝下去，每天放學我就可以去公園玩耍，不用被關在房裡寫功課。繼續假裝下去，我就看不見爸爸媽媽他們憎恨彼此的表情，也看不見房子裡被摔壞摔破的東西，更看不見我身體裡發爛的膿瘡。

現在，請跟我一起閉上眼睛，讓我來說個真正的故事。

記得嗎？那一片荒涼的廢棄之城。

在臺北近郊的小山上，有一個被眾人遺忘的小鎮。在那裡，所有的屋子都還沒有蓋好就被棄置了，原本要安裝門和窗的地方，成了一個個黑暗的洞口。只是大家都不知道，這裡才是全世界最神奇的地方，每個洞口，其實都通往另一個祕密的世界。只要鼓起勇氣，走進去那個最深最黑的洞，夢想就會成真。

於是，我選了一間壞掉的房子，走了進去。在這個沒水沒電、像是鬼屋的幽暗空間裡，我的姊姊正在裡頭等我，我的狗也搖著尾巴在那裡等我。有她們的地方，就是我永恆的家。

在這裡，我們可以自由快樂地做自己。悲傷的時候抱成一團哭泣，快樂的時候拉著手一起跳舞。當然，我們也可以在黑暗的洞口掛上彩色的窗簾，寒冷的時候生起溫暖的炭火煮咖啡。或者我們也可以什麼都不做，就這樣倚靠在彼此的身上，看著窗外的雪景，等著吐白煙的火車嘟嘟嘟地經過。真實的我，會在這個祕密的世界裡活著，從此不哭不鬧，充滿耐心地讓時間慢慢走過。

因為我知道一件事。

很多事，長大了就會好了。

後記

那是一個天氣特別晴朗的初夏午後。

我穿上一件藍綠色條紋相間的連身褲裝，化了個清爽但有細節的妝。我把頭髮往後梳，紮成乾淨的低馬尾，最後戴上形狀像可頌麵包的金色耳環。我在連身鏡前仔細瞧看，確定自己的裝扮符合了曼哈頓夏季的審美標準。

那是新冠疫情已經趨緩的第一個夏天，紐約人慢慢恢復了正常生活。我在網上預約了曼哈頓下東區的「移民公寓博物館」（Tenement Museum）導覽活動。

那天下午的記憶特別深刻。我在小義大利區漫步行走，咖啡店與餐廳都是開心聊天的人潮，我則繞進常用的保養品店。女店員非常有品味（或者是非常善良），她稱讚了我今天的裝扮。被紐約人稱讚打扮，是可以寫進墓誌銘的成就。我滿心愉悅，沉浸在飄飄然的喜悅感中，便不知不覺走過了一條劃分陰陽世界的馬路。

剛剛還是布滿咖啡館、義大利餐館、各種精品小店的安全區，過了這條馬路以後，城市的氣氛便全然變了樣。牆壁上布滿囂張的塗鴉，到處都是濃濃的尿騷味，垃圾桶的垃圾像嘔吐般滿溢到馬路上。我一開始並沒有意識到氣氛的轉換，但我卻感受到逼迫感——這大約是疫情帶給我們的身體感知訓練——有個男子已經緊緊跟在我身後好幾個街區了。

我當機立斷，直接彎進街邊的珍珠奶茶店，跟店員直說：「救我。」該男子也跟了進來，察覺不妙的店員英勇地趕他出去。為表達感謝，我坐在店裡的窗邊，喝了一杯甜度爆表的奶茶。等我親眼目送男子遠離，看見他從街角消失，我才小心翼翼地離開茶店，快速奔去導覽集合地點。

這是紐約的日常。城市裡有各種風景，也有各種幸福與危險的事物。這裡每個街區的氣氛都不同，像是一座用樂高拼成的城市：這塊區域是鮮黃色的，下一塊拼進來的就是淡紫色的。關於這座大城市的故事，是怎麼說也說不完的，但沒有哪個版本的故事才能代表正統的紐約，每個在這裡的人，都可以貢獻一部分的故事。鮮黃色的故事剛說完，邊緣就被淡紫色的故事染色，故事的角落互相重疊，但各自也都擁有晒得到陽光的表述空間。

臺北的故事是什麼？從小我們讀《臺北人》，白先勇寫出了屬於他那個時代以及外省族群的滄桑。身為一九八〇年代在臺北出生的女子，我也有自己的故事想要敘說。臺北的異質性可能沒有紐約這麼大，但即使同在中產階級的臺北居民，也有相當精細的分層結構。階級流動在臺北市常以非常幽微的方式發生：從萬華區遷徙到中正區，從橋的那端搬到這端，從一房變成兩房，從四樓變成八樓。我們對家屋的渴望不斷在階級結構裡變形，在這場階級遊戲裡，每往上爬升一點點，對家屋的想像也就跟著變化。

但階級遊戲開始前的那個原始家屋，常常是如此的不起眼。紐約下東區，從十九世紀以來就是收納各種移民的雜燴之地：先是被稱為「小德國」，在二十世紀初期又成為大量猶太人和義大利移民聚集的地方，之後又成為全美最大的波多黎各裔居住地，接著大量中國移民在此建立了著名的曼哈頓中國城。那日我所參觀的公寓，復原了一九三〇年代義大利移民在此居住的原貌。這些專給移民居住的廉價公寓，室內空間狹小，有兩間極小的房間，一個極小的客廳，和一個像是小叮噹口袋的魔術空間——既是餐廳、又是廚房、甚至只要把水槽拆下來當浴缸使用，這裡又變成了洗澡間。其他參觀者露出不可思議的表情，但我在那一刻，卻感受到了寫作精靈的召喚。

像是被肉眼看不見的幽魂所擁抱了，我全身起了雞皮疙瘩。看見水槽浴缸的這一刻，我意識到我將寫出一本書。

一九三〇年代，這個義大利家庭在紐約公寓的水槽，就是小時候我在臺北市外公外婆家的萬用大鋁盆：上一秒還用來洗菜，下一秒就拿來洗小孩。《怪城少女》裡的「綠寶石屋」，在我走進紐約下東區的移民公寓時，悄悄地從我塵封的記憶裡復活。在接下來的一年多，關於我的故鄉——臺北城南——的故事，在我的腦海裡蔓延成蔭。

嚴格說來，當我真正長成具有獨立意志的少女時，已經千禧年了。但既然是我的第一本長篇小說，我想回溯到更久遠的一九九〇年代。一九九〇年代的臺北城南與現在已經大不相同了，那個時候還有京兆尹，還有寶宮戲院，還有許多在小孩之間流傳的鄉里鬼故事。更重要的是，那是個沒有手機網路的時代。小孩們在公園裡定時聚集、在街頭巷尾流竄找樂子、在圖書館漫畫屋裡看書看到忘我。因此，那也是個信仰故事的時代。我們聽故事、說故事、也編故事。現實裡發生的任何事，或是沒發生的，都可成為故事的一部分。我們這些孩子為故事著迷，我們也崇拜會說故事的人。那樣的時代與社區氣氛深深影響了我，不管我去到什麼地方，離開臺北多遠，我還是會想起小時候亂編的故事。前陣子，堂妹跟我說起她記憶中的事：「有人說幸安國小某個樓梯底下的藏物間鬧鬼，結果我們一群小孩帶著一堆紙錢去做法，後來全部被老師抓起來。但到底是誰說學校有鬼的？」我差點把喝到一半的綠茶噴出來，沒想到我鬧出來的這件事還被記得。哎，當小說家真好，我終於把亂七八糟的想像力和鬧事的性格，轉換成正當的職業。

《怪城少女》的出版，不只是我個人的努力，也得到朋友與外界的幫助。首先，此寫作計畫入圍臺北文學獎年金，因此得到臺北市政府文化局的獎助，用以支付寫作期間的種種開銷。另外，熟知我個性和文學特質的朋友劉承欣和曾馨霈，在我寫完初稿時，與我開了跨海線上會議，提供了寶貴意見，幫助我完成穩定架構的二稿。在此特別感謝她們一路來的支持。感謝我的先生阿丹，雖然中文不是他的母語，但他用著翻譯軟體，一句句讀完我的書，且因故事結局而感傷。感謝朋友王俐文抓出了許多與歷史事實有出入的謬誤，提供了她寶貴的意見。最後，特別感謝臺灣師範大學的石曉楓教授，為此書寫序。我在大一時就有幸修到石老師的現代文學。當時每個星期天晚上，我都坐在電腦前，熬夜趕寫每週讀書報告。大概也是從那個時候開始，我感受到書寫的愉悅，從閱讀文學的學生，慢慢成為了寫文學的人。

最後感謝時報出版的總編輯金倫，副總編輯珊珊以及編輯佩錦，再次給予我出版新書的機會。也感謝廖韡讓人驚豔的封面設計，看到設計稿時我必須對著螢幕尖叫，才能表達我的興奮。感謝願意掛名推薦的各位老師文友：王聰威、陳柏言、郝譽翔、馬雅人。感謝校對小組，不辭辛勞地幫我補上正確的臺語文。感謝行銷昱豪安排各種活動，將這本書推到讀者眼前。

《怪城少女》帶著大家的愛，在這個世界上誕生了。

新人間 四四二

怪城少女

作　　者—劉思坊
副總編輯—羅珊珊
責任編輯—蔡佩錦
校　　對—蔡榮吉　劉思坊　蔡佩錦
封面設計—廖韡
行銷企劃—林昱豪

總 編 輯—胡金倫
董 事 長—趙政岷
出 版 者—時報文化出版企業股份有限公司
一〇八〇一九臺北市萬華區和平西路三段二四〇號
發行專線—（〇二）二三〇六—六八四二
讀者服務專線—〇八〇〇—二三一—七〇五・（〇二）二三〇四—七一〇三
讀者服務傳真—（〇二）二三〇四—六八五八
郵撥—一九三四四七二四時報文化出版公司
信箱—10899臺北華江橋郵局第九九信箱

時報悅讀網—http://www.readingtimes.com.tw
思潮線臉書—https://www.facebook.com/trendage/
法律顧問—理律法律事務所　陳長文律師、李念祖律師
印　　刷—綋億印刷有限公司
初版一刷—二〇二五年四月十八日
初版二刷—二〇二五年六月十二日
定　　價—新臺幣四八〇元
（缺頁或破損的書，請寄回更換）

時報文化出版公司成立於一九七五年，
一九九九年股票上櫃公開發行，二〇〇八年脫離中時集團非屬旺中，
以「尊重智慧與創意的文化事業」為信念。

怪城少女／劉思坊著. -- 初版. --
臺北市：時報文化出版企業股份有限公司, 2025.04
352面；14.8x21公分. --（新人間叢書；442）

ISBN 978-626-419-265-1（平裝）

863.57　　114001614

ISBN 978-626-419-265-1
Printed in Taiwan